光文社文庫

長編時代小説

つばき

山本一力

光　文　社

つばき

解説

末國善己

序章

江戸は毎年五月二十八日、大川の川開きで夏が始まる。

そしておよそ三月が過ぎた八月十五日、富岡八幡宮の神輿連合渡御とともに、暑かった夏が逝く。

夏を迎え、夏を送るふたつの行事は、ともに深川と深いかかわりがある。土地の住民は一年に二度、お店者も職人も、男も女も、おとなもこどもも、だれもが熱く燃える。

『たとえ』でいうのではない。文字通り、身体の芯から燃え立つのだ。深川の夏が暑いのは、陽気のせいばかりではなかった。

つばきは生まれも育ちも、浅草並木町である。それでも深川の住民が川開きだの、八幡宮の祭だので熱くなることは、人伝に何度も聞いていた。

そんなに賑やかなら、一度は見物に行ってみたい……。

浅草で一膳飯屋『だいこん』を商っていたときは、軽い気持ちでそんなことを口にした。

えにしに恵まれて、つばきは寛政元（一七八九）年五月初旬から、深川に移った。そして、浅草と同じ『だいこん』を深川で開業した。

店開きをして半月後に、川開きを迎えた。

*

江戸のほぼ中央を流れる大川は、町民のみならず、公儀にも重要な流れだった。

江戸は百万人以上のひとが暮らす、途方もなく大きな町だ。しかもその半分を占める武家は、モノをただ費やすだけで、なにも生み出すことをしなかった。

江戸ならモノが売れる。

諸国から、江戸を目指してモノが流れ込んできた。ほとんどの物資は菱垣廻船(ひがきかいせん)や弁才船(べざいぶね)などの大型貨物船を使って、江戸湾品川沖に廻漕(かいそう)されてきた。

積荷は小型のはしけに移し替えて、霊岸島(れいがんじま)や佐賀町(さがちょう)の蔵へと運ばれた。そこで仕分けされたのち、ふたたび川船を使って各町へと横持ち（配送）された。

その横持ちに使われたのが、大川をはじめとする河川と、公儀や諸藩が掘削した運河である。深川は、運河が町を縦横に走っていた。

川幅の広い大川は水運のかなめであると同時に、納涼川遊びにも欠かせない流れである。

公儀は五月下旬から八月下旬までの三カ月に限り、大川での川遊びを許可した。

五月下旬の花火は、遊びの幕開けだった。

「おめえさんところは、川開きの弁当を誂えてくれるかい」

だいこん開業直後から、つばきは多くの客にこれを問われた。並木町で一膳飯屋を商っていたときには、川開きが近づいても一度も問われたことはなかった。

「深川の連中は見栄っ張りだからよう。ゼニを払って、見栄えのする弁当を食いたいんだろうよ」

安治が口にしたことは、図星だった。

「一人前が小粒二粒（約百六十六文）かかってもいいからよう。ひとに見せびらかせる弁当を誂えてくんねえ」

「よそでは見たこともねえような、趣向を凝らした弁当をこせえてもらいてえ」

つばきは毎日のように、こんな誂え注文を訊かれた。開業するのが精一杯で、川開きの弁当作りにはなんの備えもしていなかった。

「相すみません。来年にはかならず、役に立たせていただきますから」

つばきとみのぶは、毎日客に詫びた。

「浅草もお祭りにかける意気込みは凄かったけど、深川はさらに……」

口を噤んだつばきの胸中を、母は察したのだろう。

「この町で商いを始めるなら」

娘と間合いを一歩詰めた。

「一日も早く、この土地ならではの、威勢のいいご注文に応えられるように……よね」

みのぶの言葉に、つばきは強いうなずきで応えた。寛政元年五月下旬のことである。

ため息をついたものの、ふたりはまだ富岡八幡宮の祭がどんなものかは知らなかった。

一

深川は、掘割に差す朝日が川面を照り返らせて朝がくる。

町を縦横に走る堀は、狭くても二間（約三メートル半）幅があった。

客を乗せて突っ走る、舳先の尖った猪牙舟。

野菜・米・味噌などを、三尺幅（約九十一センチ）の船一杯に積んだ物売り舟。

水道橋の水場で上水を満載し、船足（喫水）がぎりぎりまで深く沈んだ水売り船。

行徳から塩を運んでくる、船底がぺたっとまっ平らな平田舟。

品川沖の親船から投げ下ろした材木を、いかだに組んで曳いてくるはしけ。

昼間の深川は、これらの船が堀を埋めるようにして行き交っている。公儀が定めた『ひとは陸を、物は水を』の実践である。

船は日暮れとともに、堀川を走るのをやめた。無数の船のねぐらは、深川各町が設けた船着場か、在所の桟橋のいずれかだ。

船が姿を消すと、深川の川面は静かになった。堀の両岸に並ぶ料理屋の明かりを、ただ静かに映すのみである。

月星が堀を照らすこともあるが、それは町の明かりが落ちた夜更けのことだった。

朝を迎えると、朝日が堀に差してくる。深川に暮らす者は、堀の照り返りの強さ加減で、季節の移ろいを感じ取った。

*

寛政元年八月十三日の深川は、どの町もいつも以上に早起きだった。

夏の勢いは、日ごとに衰えてはいた。それでも六ツ（午前六時）には、州崎（すざき）沖から昇った陽が、深川にも届いた。

「なんでえ、おめえ……今日もまだ仕事に出るてえのかよう」

大工の源助（げんすけ）が口を尖らせた。文句を言われたのは、同じ長屋の別棟に暮らす左官の庄助（しょうすけ）である。庄助は左官道具の入った箱を肩に担いでいた。

「すまねえ、あにい。仕事が押してやがって、どうにもなんねえんだ。七ツ（午後四時）の担ぎ稽古までにゃあ、かならずけえるから勘弁してくんねえ」

それじゃあ、と言い残した庄助は、源助から逃げるようにして木戸を出て行った。

稽古とは神輿担ぎのことである。

ふたりが暮らしている長屋は、深川山本町の裏店、善右衛門店だ。

「七ツに遅れるんじゃねえぜ」

庄助の背中に言葉をぶつけて、善右衛門店に朝がきた。

二日後の八月十五日は、富岡八幡宮例祭である。今年は来年の本祭を控えた陰祭だ。それでも町内神輿のない氏子各町の若い衆は、八幡宮の宮神輿を担ぐのが定めだった。

宮神輿は三基ある。

いずれも元禄時代に紀伊國屋文左衛門が奉納した総金張りの神輿だ。

富岡八幡宮の氏子は大川の東側三十余町と、西側箱崎町など三町である。このなかで町内神輿を持っているのは佐賀町、門前仲町、木場などの七町。いずれも商いの盛んな町ばかりだ。

ほかの町には神輿がなかった。

担ぎ手は余るほどいるが、神輿を誂えるカネがなかった。ゆえにこれらの各町の若い衆は、八幡宮の宮神輿を担ぐのだ。が、なにしろ担ぎ手の数が多すぎた。

神輿三基に、担ぎ手が千人。控えを含めても一基二百人でことが足りるだけに、神輿に肩を入れられる者は、町内でも選りすぐりの力自慢に限られた。

それだけに、担ぎ稽古の始まる十三日から、祭の終わる十五日までの三日間は、仕事を投げ捨てて、神輿にかかりきりになった。

善右衛門店の源助も庄助も、やっとの思いで担ぎ手の半纏を手に入れていた。仕事に出る庄助に、大工の源助が口を尖らせたのも無理はなかった。

町内鳶の手で、八幡宮参道わきには三基の神輿の御酒所が構えられていた。茂原から船で運び込んだ竹をふんだんに使った、ぜいたくな御酒所である。

普請の費えは、各町の長屋差配が住人から集めた割前と、門前仲町の商家からの寄進を充てた。割前、寄進とも、御酒所わきの大看板に大きく張り出される。

「山本町善右衛門店　銀七十九匁」

「黒江町木兵衛店　銀百匁、銭五貫文」

割前がほかの長屋に負けると、そこの長屋の担ぎ手は幅が利かなくなる。祭となると、住人たちは飯を抜いてでも割前に回した。

それは商家も同じだった。

大店であればあるほど、寄進の額をはずんだ。寄進を渋ったりしたら、額が掲げられたその日から客足が落ちるからだ。

さりとて青天井に寄進はできない。

祭に先立つ寄合に顔を連ねる商家の番頭たちは、陰で寄進の額を幾らにするかの談合を持った。

「今年は間口一間あたり、一両二分にしませんか」

「それはだめです、相模屋さん。陰祭で一両二分も出したら、来年の本祭ではえらいことになる」

「あたしも徳力屋さんのいう通りだと思う。今年はなんとか一両どまりにしませんか」

番頭たちは、仕入れの掛け合いでもするかのように、寄進の額を遣り合った。

なかには、寄進を出し渋ったり、まったく出さない商家もあった。これらの店は、ほとんどが問屋で、町の住人を相手にしない商いである。寄進の看板に屋号が載らなくても、店のあるじは涼しい顔で通りを歩いた。

「今年も庄内屋、岡崎屋、野田屋の三軒は、寄進を頬っ被りする気だぜ」

「ほんとうかよ。それで祭だけは楽しもうてえのは、ふてえ了見だ」

祭を翌朝に控えた御酒所では、寄進を渋る商家が槍玉にあげられた。

「吉田屋さんはどうでえ」

「きまってるじゃねえか。さっき店の前を通ったら、小僧たちが樽を並べてたぜ」

「てえことは、いつも通りかよ」

御酒所に集まった三十人近い担ぎ手が、てんでに手を叩いて喜んだ。

「だったら、吉田屋さんのめえでは、目一杯に揉まねえといけねえやね」

「神輿の総代さんには、おれからそのことを言っといたからよう」

酒の回った担ぎ手たちは、四ツ（午後十時）の鐘が鳴るまで、大声で翌朝の神輿次第を話し合った。

*

明けて八月十五日の富岡八幡宮大鳥居下。

六ツの鐘を聞いたあとで、神輿総代が柝を打った。乾いた音が、まだ静かな門前町に響き渡った。

揃いの半纏を着て、まっ新の下帯を締めた担ぎ手たちの肩が入った。

わっしょい、わっしょい。

男の掛け声で神輿が鳥居の前で足踏みを始めた。

神輿一基に入った肩が四十人。それが三基である。神輿の周りを、控えの担ぎ手や町内から景気づけに出てきた総勢五百人が取り巻いていた。

わっしょい、わっしょい。

全員の声が揃い、掛け声が門前町を目覚めさせた。方々の雨戸が開かれて、小僧たちが通りに出てきた。

祭の空は、真っ青に晴れ渡っている。斜めから差してくる朝日が、神輿の鳳凰をキラキラッと光らせた。

総代がもう一度、さきほどよりも大きな手つきで柝を打った。

それを合図に、神輿が動き出した。

鳥居下を出た神輿は、東に進んだ。通りの右手は二十間川（にじっけん）、左手には三十三間堂の白壁が続いている。大和町（やまとちょう）に入った。

神輿は壁を傷つけないように、通りの真ん中を進んだ。総代が神輿の先に立ち、柝を振って進む道を指し示した。花棒を担ぐ連中が、総代の指図に従い、梶を右に寄せた。

一町（約百九メートル）も進むと、通りの両側に二階家が立ち並び始めた。大和町の色町に入ったのだ。

富岡八幡宮の神輿には、水掛けがつきものである。晩夏の明け六ツは、地べたも町も、まだ暖まってはいない。いつもなら寝起きのわるい色町の茶屋や料理屋が、この朝はすでに目覚めていた。

緋色だすきの茶屋の姐（ねえ）さんたちが、ひしゃくの水をかけた。店の牛太郎（ぎゅうたろう）（客引きの若い衆）は、手桶ごと水を浴びせている。

水がかかって神輿が喜んだ。

わっしょい、わっしょい。

寄進をはずんだ茶屋の前では、神輿は何度も何度も揉まれた。そして高々と差した。

店の前で揉んだり差したりするのは、なによりの縁起である。牛太郎がさらに多くの水をぶっかけた。

大和町を出た神輿は、となりの冬木町（ふゆきちょう）に入った。木戸を抜けると、酒の香りが通りに充ちていた。

香りは町のなかほどの、吉田屋の店先から漂っていた。

四間（七メートル強）間口の店先一杯に、こもかぶりの四斗樽（しとだる）十樽が、鏡を抜かれて待ち構えている。

総代が柝を打つと、花棒がすぐさま応じた。神輿がまっすぐ吉田屋の店先に向かい始めた。

わっしょい、わっしょい。

神輿が店先に差しかかった。

小僧、手代などの奉公人二十人が総出で、樽の酒を神輿と担ぎ手に掛け始めた。

担ぎ手たちは神輿を揉みながら、大口をあけた。掛け手は、その口をめがけてひしゃくを振った。

四十斗の酒が、あっという間にカラになった。通りの地べたも、たっぷり酒を吸い込んでいる。冬木の町が酒の香りで満たされた。

ひとしきり吉田屋の前で騒いだ神輿は、向きを左に変えて八幡宮の裏手に入った。通りの左側には大川につながる堀が流れている。

右側には問屋が並び始めた。堀からそのまま荷揚げできるこの町は、問屋には格好の地の利である。

庄内屋、岡崎屋、野田屋の分厚い木の看板が、店先の柱に吊り下げられていた。三軒とも、祭の寄進をまったくしない問屋である。

神輿が一番手前の、野田屋の店先に差しかかった。

総代がひときわ高く柝を打った。

花棒が応じて、梶を大きく右に切った。

わっしょい、わっしょい。

神輿が野田屋の看板にぶつかり、柱がベキッと折れた。構わず神輿が進んで行く。

岡崎屋、庄内屋と、立て続けに柱が折れた。

問屋の大戸があわてて開かれ始めた。

奉公人が飛び出そうとしたとき、神輿が引き返した。数百人のひとの群れに押し寄せられて、開きかけた大戸が大急ぎで閉じられた。

神輿は通りを何度も行き来し、三軒の問屋のひさしをボロボロにして町から出て行った。

二

五月の川開きのとき、つばきは深川の町が日を追って変わっていくさまに目を丸くした。

「八月の八幡様の祭んときにゃあ、もっと町が変わるからよう」

客は口々に八月の凄さを教えた。

「今年は陰祭で、てえしたことはねえ。見ものはなんといっても、来年の本祭さ」

これもだいこんの客が、代わる代わるつばきに言ったことである。

八月に入ると深川はどの町も、まさしく日ごとに様子が変わっていった。

軒下に奉納提灯を吊り下げる家。

大きなうちわを飾りに掲げる商家。

天水桶（てんすいおけ）の水を、新しい川水と入れ替える大店の小僧。

毎日のように、町の顔つきが変わった。そして、だいこんにくる客のゼニ遣（づか）いが渋くなった。

とはいえ住人がしみったれになったわけではない。

むしろ逆で、有り金を祭で惜しみなく使いたいのだ。それゆえ祭以外に使うカネは、一文でも無駄遣いを惜しんだ。

この土地で初めて迎える祭だ。様子の分からないつばきは、当初は戸惑った。が、客の入りがよくない日々が続いても、肴（さかな）も酒も浅草時代からの威勢を保った。

その気風（きっぷ）のよさが受け入れられたのだろう。次第に客足が戻り、いまでは満卓の夜が続いていた。

深川のだいこんでは、開業当初から酒を出した。浅草から大事にしてきた江戸の地酒、宮（みや）

戸川を出し続けた。

浅草への想いが、まだたっぷりと残っていたということだろう。

つばきは二階家を普請していた。

一階同様、板敷き部分には空き樽の卓を用意していた。ほかに四人用の卓を三組並べた小上がりも設けていた。

小鉢の煮物は、浅草から手伝いに通ってくる母親みのぶが仕上げた。

濃い味付けの小鉢をあてにする。

「いいじゃねえか、この酒も」

隅田川や白髭誉よりもわずかに甘口の宮戸川は、小鉢が酒の美味さを引き立てた。

いまでは宮戸川を注文する客も増えていた。

深川のだいこんは五ツ半（午後九時）が店仕舞いである。

みのぶは夜用の仕込みを済ませたあと、夕刻七ツ（午後四時）の乗合船で並木町へ帰って行った。

遅くまで商いを続けるのは、明かり代が大変である。つばきは費えがかかるのは承知で、行灯よりも数倍明るい、ろうそくを用いた。

「店が明るいと、モノは美味く食えるし、酒もうめえやね」

ろうそくの明かりは、客には大好評だった。

客の大半は日傭取(日当働き)と、給金は旬日払いの職人である。店を喜んでくれていても、懐次第で客の入りはでこぼこした。

が、つばきは慌てなかった。深川の土地柄が性に合っていたからだ。

「おっかさんはいまでも並木町が好きなようだけど、あたしはこの町が大好きになりそうなの」

なりそうなの……と言いつつ、すでに大好きなのは表情と物言いから察せられた。

つばきのこの町が大好きは、客にも伝わっていた。

「美味しいものを出し続けてさえいれば、お客さんが大事にしてくれるわ」

商いの繁盛に近道はない。手を抜かずに毎日の献立を大事にすることだと、みのぶに聞かせた。

自身に言い聞かせるような口調だった。

つばきが初めて迎えた、富岡八幡宮の陰祭の当日。だいこんは店を休むことにした。

「来年は本祭だそうだから、陰のときに様子を見定めておこうと思うの」

みのぶもうなずいて、つばきの思案を支えた。八月十五日は、昼前から浴衣に着替えて祭見物に出かけた。

わっしょい、わっしょい。

深川のいたるところで、わっしょいの掛け声が響き渡っている。その熱気に触れて、つばきは身体の芯に熱を覚えた。

掛け声を発している男の何人もが、だいこんの客だった。

「おめえ、勝手にタコを食うんじゃねえ」

「てやんでえ、だったらいわしの煮付けをよこしやがれ」

店では他愛(たわい)もないことで、口喧嘩(くちげんか)を繰り返していた男たちである。

その若い衆がいまは揃いの半纏を着て、腹の底から掛け声を出している。

聞いているだけで上気した。

これで陰祭だというなら、来年の本祭はいったいどんな騒ぎになるのかしら……。

神輿に掛けられた水が飛び散り、見物しているつばきの浴衣にかかった。髪も顔も、水で濡(ぬ)れている。

それでもつばきは熱に浮かされたような顔で、揉まれる神輿に見入っていた。

三

深川の夏は、富岡八幡宮の例祭とともに終わる……。

古くから、土地の者が語り継いできたことである。寛政元年の夏も、その言い伝えを裏切らなかった。

夏祭が終わったのは、八月十五日だ。今年は陰祭で、深川の者にいわせれば「大したこともない」祭だった。

しかし陰祭とはいえ、神輿は町内で存分に揉まれた。祭当日の十五日は、日の出から日没まで、八幡宮参道の両側を物売りの屋台が埋め尽くした。

祭が終わった翌日の八月十六日は、朝から雨になった。逝く夏を惜しむかのような、八月にはめずらしい、落ち着いていてしっとりとした降り方だった。

深川に店を構えてから、つばきは毎月の七日、十七日、二十七日を休みとした。月に三度の休みがあれば、商いの新しい趣向を考えることもできる。

足りないことを補うための、備えの日としても休みが使える。

深川で新しく雇い入れた奉公人たちは、月に三度も休みがとれることを大喜びした。

「その分、普段の日は働きますから」

だれもが目を輝かせて、存分に働いた。

店の休業日の八月十七日も、前日からの雨が朝から降り続いていた。店の裏には、五坪ほどの狭い庭が造られていた。狭いなりにも、深川の庭師がしっかりと手を入れた庭だ。

庭石に雨がぶつかり、わずかに跳ねた。昨日よりも降り方が強くなっていた。

自分でいれた焙（ほう）じ茶の湯呑みを手にして、つばきは雨に打たれる庭石を見た。目は石に向いているが、あたまのなかでは二日前の陰祭の一日を思い返していた。

＊

寛政元年八月十五日、つばきは店を閉めた。

大川の川開きといい、富岡八幡宮の例祭といい、土地の行事や仕来りで、知らないことが山ほどあった。

深川に暮らし始めて、つばきはそのことを痛感した。今年はすべてが初めてだから仕方がない。しかし来年からは、知らなかったという言いわけは通用しないだろう。

祭の当日を休みにしたのは、翌年の本祭に備えて、自分の目で祭の様子を見定めておきたかったからだ。

つばきは明け六ツ（午前六時）の鐘で宿を出た。そして、永代橋東詰まで、ひとの流れに逆らって参道を歩いた。

日の出からさほどにときが経っていないのに、ひとのかたまりが富岡八幡宮へと向かっている。大川の西側のひとたちが、今日の祭を楽しみにしているからだ。

地べたには、前日の暑気が蓄えられていた。ひとの群れが放つ熱気と、地べたが蓄えていた昨日までの暑気。

永代橋近くから富岡八幡宮までの一本道は、夜明け直後から熱を帯びていた。道の端に立つたつばきは、その熱い参道に目をやった。

永代橋東詰近くから富岡八幡宮の大鳥居まではまっすぐの一本道で、およそ八町（約八百七十二メートル）だ。それだけの長さの道の両側に、三百を超える数の屋台が出ており、すでに商いを始めていた。

昇りつつある晩夏の朝日が、屋台を照らし始めている。ずらりと一列に並んだ屋台が、朝日を浴びて色味を競っていた。

並木町でだいこんを営んでいたとき、つばきは毎年、浅草寺の祭を楽しんだ。凄まじい人波に揉まれながら、屋台で買い食いを楽しんだ。

嫁入り前の娘たちにも、祭の屋台で買い食いをするのは格別の楽しみである。この日だけは大店の母親も、娘にうるさいことは言わなかった。

浅草寺周辺に出る屋台の数の多さを見て、つばきは毎年のように胸を張った。

こんなに数多く屋台が出るお祭は、よその町にあるわけがない。

それが自慢で胸を反らしたのだ。

ところが永代橋から富岡八幡宮まで、途切れずに続く屋台の列を見たつばきは、悔しさを胸の奥底に抱えながらも見とれてしまった。

そんなおのれが悔しくて、ふうっと息を吐くと、人の波に乗って歩みを進めた。歩きながら、どんな屋台が出ているのかを見定めようとした。

数だけ多くても、仕方がない。大事なのは、なにを商っているかなんだから……。

数の多さに見とれはしたものの、胸のうちでは、まだ浅草寺の祭に肩入れしていた。しかしその肩入れの気持ちも、冷や水売りの屋台をのぞいたあとで、あっけなく消え失せた。

「冷やっこくて甘い、御茶の水渓谷の冷や水だ。白玉が浮かんで、一杯六文だよ」

四十年配の親爺が、木の椀を手にして売り声を発していた。

御茶の水渓谷の冷や水……つばきは、いままで一度も耳にしたことはなかった。もちろん、呑んだこともない。

「一杯ください」

「あいよう」

親爺は椀にあふれるほどの水を注いだ。

「白玉はどうするよ」

「いれてください」

「白玉入りは六文だ。あと二文足したら砂糖を倍に増やせるが、どうするね、姐さん」

親爺の物言いの小気味よさにつられて、つばきは砂糖の増量を頼んだ。

「嬉しいねえ。打てば響くてえのは、姐さんのようなひとをさすんだろうよ」

口開けの縁起だからといって、親爺は二文の割り増代を受け取らなかった。

「だったら、もう一杯いただきます」

親爺の好意を受け入れたあと、つばきは砂糖増量の冷や水をお代わりした。そしてお代わり分は、決まった値をしっかりと払った。

「いいねえ。姐さんの気風のよさには、惚れ惚れしちまうよ」

親爺は世辞とも正味ともつかない物言いで、つばきを褒めた。

浅草寺の祭で、御茶の水渓谷の冷や水売りは、一度も見かけたことはなかった。浅草も気風のよさを売る土地柄だが、冷や水売りの親爺のような、小気味のよい物売りに出会ったこともなかった。

こんな屋台が出ていたとは……。

気持ちをあらためたつばきは、本気で八幡宮の祭を楽しんでみようと思い直した。そのかたわらでは、深川のだいこんで御茶の水渓谷の冷や水を商うことができないかと、商売のことにもしっかりと思いをめぐらせていた。

見物してみると、八幡宮の屋台で売っている品は、おもしろいものが多かった。

「言われた通りの形を拵える、江戸で一番の飴細工でござい」

飴屋の親爺は手にしたはさみで、見る間に白ウサギを拵えた。

「ピリリと辛いが、しっかりと滋養に富んでいる。薬研堀の七味唐辛子といえるのは、うちだけだよ」

薬研堀の七味売りは、真っ赤な帽子をかぶり、燃え立つような色味の上っ張りを羽織っていた。ひと目見ただけで、唐辛子の辛さを口のなかに覚えた。

物売りたちのなかには商売物を小さく刻み、味見をさせている者もいた。

「うちの生姜糖(しょうがとう)（氷砂糖を煮たものに、生姜の搾り汁を加えて固めた菓子）の甘さと美味さを一度でも味わったら、よそのものは食べられないからね」

派手なお仕着せを着た姐さんが、胸を張って口上を口にした。

「嘘だろう、そんなこたあ」

うまい具合に、職人髷(まげ)の男が合いの手をいれた。物売りの姐さんは、その男に菓子のかけらを差し出した。

「嘘だと言ってばかりいないで、これをひとくち食べてごらんよ」

職人髷の男は、口に含むなり目を見開いた。喉を鳴らして飲み込んだあと、うめえと大声を発した。

「てえした美味さだ。甘さが上品で、飲み込んだあとは口に残らねえ」

幾らだと問われて、物売り姐さんはひと袋で十六文だと答えた。

「かけそば一杯の値で、この菓子をひと袋も買えるてえのか」

股引(ももひき)のどんぶり（ポケット）に手を突っ込むと、男は十六文を取り出した。

「ひと袋、真っ先に買わせてもらうぜ」

男が呼び水となって、屋台の周りから何人もの手が伸びた。

昔、伸助さんに聞いた通りの売り方じゃないの……。

目元をゆるめたつばきは、生姜糖売りの屋台から離れた。さくらを使って物を売るのは、浅草寺も深川も同じだった。

＊

伸助のことを思い出したところで、つばきは祭の思い返しを閉じた。そして、ゆっくりとした所作で立ち上がった。

幸いにも、今日は店が休みである。行くなら今日だわ……。

つばきから吐息が漏れた。

深川には深川の仕来りがあるに違いない。

いまそれを詳しく聞かせてもらえる相手は、伸助以外に思い浮かばなかった。

この土地で商いを続けるには、知っておかなければならないことが幾つもありそうだ。

いやだと思う男でも、必要とあれば辞を低くして出向く。

伸助をたずねようと決めたつばきは、もう一度吐息を漏らした。

決意を固いものにする吐息だった。

四

つばきが閻魔堂の弐蔵（伸助）の宿をおとずれたのは、八月十七日の四ツ（午前十時）過ぎだった。

「なんでえ、前触れもなしに」

弐蔵は両目に力を込めてつばきを見据えた。つばきは返事をせず、膝に重ねた手に目を落とした。

こども時分、つばきは伸助と安治は同い年ぐらいだと思っていた。ところが過日、思いがけなく伸助と向き合ったとき、つばきは相手の変わりように虚を突かれた思いがした。

あの折り伸助は「五十の半ばになっちまったよ」と自分から歳を口にした。

いま目の前に座っている男は、還暦が近いのではと思わされた。それに驚き、つばきは目を落としたのだ。

寛政元年のいま、安治は五十路を迎えていた。みのぶは四十六で妹のさくらは二十四、かえでは二十である。

安治は五十のいまも、腕のよさを買われて通い大工を続けている。さくらもかえでも嫁いだことで、安治は並木町でみのぶとふたり暮らしだ。

仕事に追われていることが、安治に気の張りを与えて身体の達者を保っているのだろう。

安治はいまでも白髪は皆無だった。

五十半ばと自分で言った伸助は、髪に白いものが何十本も交じっている。

伸助が身を置く稼業の厳しさが、毛髪にあらわれていたのかもしれない。

黙ったままのつばきに焦れて、閻魔堂の弐蔵が咳払いをした。

つばきは気をこの場に戻し、背筋を伸ばして伸助を見た。

「深川の仕来りについて、弐蔵親分に教えてもらいたいことがあったものですから」

弐蔵に強い目で見据えられていても、つばきはまるで気にしていなかった。

「おめえは、そっちの都合次第で、いつでもおれと口が利けるとでも思ってるのか」

弐蔵のわきには、若い者が三人も控えている。配下の者の手前もあるのだろう、弐蔵は本気で凄みを利かせていた。

「そんな滅相もないことを、思ったりするものですか。もしもあたしの振舞いが気に障ったのでしたら、どうぞ勘弁してください」

弐蔵の面子を考えて、つばきは大仰な物言いで詫びた。

「しょうがねえやつだ。てめえの都合で突っ走る気性は、ガキの時分とちっとも変わっちゃあいねえ」

子分に聞こえるように毒づいたあと、弐蔵は長火鉢に肘を載せた。晩夏のいまでも火の熾きた炭が、灰のなかに埋められている。ひとつを掘り出した弐蔵は、刻み煙草を詰めたキセルを近づけた。

火のついた煙草を、弐蔵は美味そうに吸い込んだ。鼻から吐き出した煙が、つばきのほうに流れている。つばきは身じろぎもせずに、煙草の煙をやり過ごした。

「聞きてえというのは、なんについての仕来りなんでえ」

一服を吸い終わったところで、弐蔵が問いかけた。

「富岡八幡宮のお祭のことです」

「おめえは祭と気楽にいうが、祭の仕来りてえのは山ほどあるぜ」

「さぞかしそうでしょうけど……」

つばきは膝に載せた手を組み替えて、上体をわずかに前に乗り出した。これだけのことで、弐蔵に対して示す親しみの様子が一段と強くなった。

「あたしは深川に根付いて、この先もずっと商いを続けます。親分にも、なにかとお手数をおかけすると思います」

恵比須（えびす）の芳三郎（よしさぶろう）親分からも、くれぐれもよろしくと言付（ことづ）かっておりますから……つばきは、わざと芳三郎の名を出した。

今戸（いまど）に宿を構える恵比須の芳三郎は、江戸の北側を束ねる貸元である。閻魔堂の弐蔵などと二つ名を名乗ってはいるが、芳三郎の前に出れば、弐蔵はまともに顔を見られない格下の貸元なのだ。

「しっかりと聞こえたぜ」

渋面を拵えて、弐蔵は芳三郎の名を受け止めた。

「もういっぺん訊くが、おめえは祭のどんな仕来りを知りてえんだ」

「本祭りの寄進の額です」

つばきは迷いなく言い切った。

「いかほどの寄進をすれば、出過ぎることにはならず、さりとて足りないと後ろ指をさされることもないのか、それを教えていただきたいんです」

「おめえがなにを訊きてえのかは、ようく分かったぜ」

弐蔵はわきに控えた若い者のひとりに、あごをしゃくった。若い者は素早く立ち上がると、流し場に向かった。ほどなくして戻ってきたときには、盆に湯呑みを載せていた。

「どうぞ」

茶を勧められたつばきは、しっかりとうなずき、目で礼を伝えた。渡世人の宿で出る茶は、焙じ茶と決まっている。素焼きの湯呑みには、ほどよい量の焙じ茶が注がれていた。

「お茶のいれ方が上手ですね」

茶に口をつけたつばきは、いれ方を褒めた。つばきよりも年下の若い衆は、照れくさそうな顔でうつむいた。

「おれの稼業を承知のうえで、おめえは祭の仕来りを訊きにきた。なにが知りたいのかと思ったら、寄進の相場だと……それに間違いはねえな」

「その通りです」

答えたつばきは、湯呑みの茶を飲み干した。

「いかほど寄進を包むかなんぞは、町の世話役に訊けばすぐにおせえてくれる。それをしねえでここにきたてえことは、おめえは町のだれにも弱味を見せたくねえからだ」

「そうです」

つばきは弐蔵から目を逸らさずに、きっぱりと答えた。

「だいこんを深川に出したいきさつは、おめえが土地の材木屋に意地を張ったからだと、だれもがうわさしている」

分かりきっていながら、弐蔵は豊国屋の屋号を口にしなかった。

「この町で商いをしっかりと根付かせるためには、祭の仕来りだけじゃあねえ。いろいろと、手配りをしなけりゃあならねえことがあるんじゃねえか」

弐蔵が謎かけをして口を閉じた。つばきは返事をせずに、黙って弐蔵を見詰めていた。

弐蔵の飼い猫が、尻尾を立てて入ってこようとした。が、敷居のあたりで、張り詰めた気配を察したらしい。

ニャアと鳴いて部屋には入らず、廊下を戻って行った。

五

茶のいれ方を褒められたのが、よほどに嬉しかったのだろう。若い者は、弐蔵の指図を待たずに代わりの茶を運んできた。

「気がきくじゃねえか」

弐蔵は、配下の者をひと睨みした。雨の降り方が変わったのだろう。庭石を打つ雨音が、ひときわ大きくなっていた。

「ありがとうございます」

睨まれて固まっている若い者に、つばきはやさしい物言いで礼を伝えた。

「茶は、もういいぜ」

わずかに口調をやわらげて、弐蔵は若い者を居室から出した。入れ替わりに、猫が入ってきた。

一度は部屋に入ろうとしたものの、廊下に引き返していた猫だ。

「こっちにきねえ」

弐蔵は畳に手をおいて、猫を呼んだ。猫はニャアと鳴いただけで近寄ろうとはしない。焦れた弐蔵は舌打ちのあとで、強く手招きをした。

猫は一向に応じようとはしなかった。

「もう三年も飼ってるてえのに、愛想のねえ猫だぜ」

弐蔵が顔をしかめた。

遠い昔に、つばきはこの顔つきを何度も見た覚えがあった。渡世人のしかめっ面は、それだけでひとが怯(おび)えた。

しかしつばきは、何度見せられても、怖いとは思わなかった。弐蔵を怖がらなくなったきっかけは、猫だった。

「親分は、猫がきらいだったんじゃありませんか」

軽い調子で言ったつもりだったが、言葉の奥底にひそんだ棘(とげ)を感じ取ったのだろう。弐蔵はさらに顔をしかめて、また大きな舌打ちをした。

猫が耳をぴくっと動かした。湿り気を含んだ風が、庭から流れ込んできた。

*

浅草並木町に暮らしていたころ、まだ仲助と呼ばれていた弐蔵は、ひっきりなしに長屋をたずねてきた。つばきの父親安治から、博打(ばくち)の貸し金を取り立てるためにだ。

長屋には、三匹の野良猫が棲みついていた。女房連中が日替わり交代で、猫に残飯を食べさせていたからだ。

格別に猫好きが長屋にいたわけではない。蔵前(くらまえ)の米蔵(こめぐら)が近い並木町は、どこの長屋にもネズミが巣を作っていた。

「うちの長屋の猫ちゃんたちは、気立てがいいからさあ。せっせとネズミを退治してくれるんだよ」

ふちの欠けたどんぶりで残飯を食べさせながら、女房たちはネズミを咥(くわ)えた猫を褒めた。ネズミを追うのは、猫の本能である。ゆえに猫は、ひたむきにネズミを追った。

何度もネズミを退治しているうちに、首尾よく仕留めると、女房連中から褒美がもらえると猫たちは気づいた。

ネズミを咥えた姿を見せれば、ダシを取ったあとの煮干だの、いわしの食べ残しだのが、残飯の上に載せられるのだ。

三匹の猫は、競い合ってネズミを獲(と)った。正しくは、二匹の猫が競い合った。三匹のなかの一匹の三毛猫はオスの老猫で、動きが鈍かった。

猫の牙で首筋の急所を嚙まれると、ネズミは息絶えた。が、嚙みどころがわるかったり、嚙み方が甘かったりすると、咥えられたままでもがいていたりもする。

いつもは陽だまりにうずくまっている猫が、獰猛(どうもう)なけだものの顔になっていた。あたかも、ネズミがもがくのを楽しんでいるかのようである。

「おねえちゃん、こわい」

ネズミを咥えて歩く猫を見ると、さくらとかえでは姉の手を強く握った。つばきは怯えもせず、猫を真正面から見た。

日向ぼっこをしているときとはまるで違う、けだものに戻った猫。牙を剝き出して、獲物をがっちりと咥えている猫。

怖いけど、こんなことをするのは猫だけじゃない。ひとだって、自分よりも弱い獲物に出合ったら、おんなじことをする。

猫は受けた恩も、されたわるさも、しっかりと覚えているからね。いじめたりしたら、恨まれるよ……。

本能を剝き出しにした猫から、つばきは多くのことを学び取った。それと同時に、長屋の女房に何度も言われていることを、しっかりと胸のうちに刻みつけた。

三匹の野良猫のなかで、つばきは三毛猫が好きだった。一番の年寄り猫で、ネズミを獲ることも滅多になかった。

他の二匹が褒美のいわしにありついているとき、三毛猫はうらやましそうな顔もせず、黙って残飯を食べていた。

「おじいちゃんネコが、かわいそうだよ」

さくらもかえでも、つばき同様に三毛猫が好きだった。そして妹ふたりは、褒美にありつけない三毛猫を哀れんだ。

「おじいちゃんに、うちからいわしをもってきてあげようよ」

残飯を食べる三毛猫のわきで、かえでが立ち上がった。それをつばきは引き止めた。

「いわしは、ネズミを獲ったご褒美なんだから。獲ってもいないのにあげたりしたら、おじいちゃんネコをばかにしたのとおんなじことになるのよ」

諭されても、幼いかえでには通じなかった。

ある夏の夕暮れどき。伸助はいつものように、肩をいからせて長屋の路地に入ってきた。井戸端で洗い物をしていたつばきは、手をとめて立ち上がった。

伸助の用向きは、貸し金の取り立てに決まっている。が、母親は蕎麦屋の手伝いから戻っていなかったし、安治もまだ日本橋の普請場だった。

宿にいるのは、さくらとかえでだけだ。妹ふたりに、伸助の怒鳴り声は聞かせたくない。ゆえに路地で押しとどめようとして立ち上がったのだ。

まさにそのとき。

老いた三毛猫が、ネズミを咥えて伸助に近寄った。そして伸助の足元で、咥えていたネズミを口から放した。

半殺しの目に遭っているネズミは、なんとか逃げようとしてもがいた。よろけたネズミは、伸助が履いている雪駄の鼻緒に寄りかかった。

「ギャアッ」

仲助から、悲鳴のような甲高い声が漏れた。なにごとかと、長屋の女房連中が路地に出てきた。きまりがわるくなったのか、仲助は足を急がせて長屋の木戸口から出て行った。

その日を境に、つばきは仲助が声を荒らげても怖がらなくなった。

＊

武蔵に呼ばれても近寄らなかった猫だが、つばきから魚のにおいを嗅ぎ取ったらしい。媚びるでもなく、尻尾をピンと立ててつばきに近寄った。

つばきは手を伸ばして、あたまを撫でた。猫は心地よさそうに、甘えた声で鳴いた。

「まったく、おめえってやつは……」

ぼそりとつぶやいただけで、武蔵はあとの口を閉じた。武蔵も遠い昔の出来事を、覚えていたのかもしれない。

屋根を打つ雨音に、猫が漏らす甘い鳴き声が重なった。

「そろそろ、話を始めてもいいかよ」

猫をかまっているつばきに、武蔵が苛立ちの声を投げた。つばきは背筋を伸ばして武蔵を見た。

「もちろんです。よろしくお願いします」

用があって、宿に押しかけたのはつばきである。武蔵に静かな目を向けた。

「なんでえ、茶がねえや」

つばきに見詰められた弐蔵は、落ち着かなくなったらしい。若い者を呼ぼうとして、せわしなく手を叩いた。

猫はそんな飼い主に見向きもせず、尾を立てて座敷から出て行った。

六

「おめえがだいこんを始めた場所は、閻魔堂のシマ（縄張り）にへえることになる」

長火鉢のわきにつばきを呼び寄せたあと、弐蔵は引き出しから一冊の帳面を取り出した。

『深川見ケ〆帳』

表紙は茶色くくすんでおり、端が反り返っている。ひと目で、帳面の古さが分かった。

「その帳面は、なんと読むんですか」

「おめえでも、読めねえのか」

「読めません」

深川は読めたが、あとの文字はどう読めばいいかが分からない。つばきは素直に読めないと明かした。

「次々に繁昌店を切り盛りしてきたおめえでも、読めねえ字があったとは驚くぜ」

正味でつばきが読めないことを喜んだ弐蔵は、目尻を下げた。

「この帳面は、みかじめ帳といってよう、おれたちの稼業の閻魔帳だ」

弐蔵が上体をわずかに乗り出した。

「深川の町ごとに、だれがどの店を世話して、幾らのみかじめ料をとるか、しっかりと取り決めてある」

みかじめ料とは、店を流れの渡世人から守る、いわば用心棒代である。弐蔵は帳面をめくった。深川の町名が幾つも書いてある。

だいこんを出店した町の差配役の欄には『閻魔堂』と記されていた。

「そんな帳面、だれが作ったんですか」

つばきは、声を尖らせて問うた。

「なんでえ、その物言いは」

弐蔵の顔に、薄い笑いが浮かんだ。この顔つきになったときの弐蔵は、むごい仕置きもいとわなくなっている。つばきがこどものころ、伸助はこの薄笑いのあとで安治をこっぴどく痛めつけた。

それを思い出したつばきは、さらに顔つきを険しくした。

「あたしの知らないところで、親分たちはだいこんをだれが差配するかとか、幾らのみかじめ料を取るかなどと、勝手に決め合っていたんですか」

つばきは両目を怒りで燃え立たせて、武蔵を見た。自分の知らないところで渡世人たちが勝手な取り決めをしていることに、業腹な思いを抱いたからだ。

「ちょっと、お手水を拝借します」

武蔵の返事も待たずに、つばきは座を立った。手洗いというのは、その場を取り繕う口実である。一瞬でも早く、つばきは武蔵の前から離れたかった。

「おい、やっこ」

武蔵に呼ばれて、茶を運んできた若い者が飛んできた。

「客人をかわやに連れてってやんねえ」

「へいっ」

言いつけられた若い者は、つばきの先に立って歩き始めた。つばきはたもとに手をいれて、銀の小粒二粒（百六十六文）をつまんだ。

いつなんどき、心づけを渡すことになるやもしれない。たもとには祝儀用の小粒銀が、常に十粒納められていた。

「どうもありがとう」

礼とともに、つばきは小粒を若い者に握らせた。

「ありがとうごぜえやす」

深い辞儀をしたあとで、若い者はすぐさまかわやから離れた。用足しをするつばきを気遣ったのだろう。

ふうっと息を吐き出したつばきは、手水鉢のわきに立った。用足しがしたかったわけではなかった。

あのまま弐蔵と向き合っていたら、ひどいことを口走るおのれを、抑えきれなくなっただろう。三十路（みそじ）まで四年のつばきだが、腹を立てると、いまだに顔色にあらわれる。

＊

つばきはこの歳になるまでの間に、商いでは一膳飯屋や弁当屋で、大きな成果を挙げてきた。

奉公人は、いまも何人も使っている。妹ふたりは確かな相手に嫁がせたし、両親の世話もしている。

多くの取引先や得意先が、つばきの手腕には一目おいた。

「つばきさんの度量は、男のわたしが惚れ惚れするほどに大きい」

男たちは、口を揃えてつばきを褒めた。

「ありがとうございます」

つばきは半端な謙遜はせず、褒め言葉を喜んで受け止めた。その素直さが、さらに評判を高めた。

つばきの弱点は、ただひとつ。

気にいらないことを言われたり、理不尽だと感じる振舞いをされると、たちまち顔に出ることだ。

「感じたことを真っ正直に顔に出したら、いろいろと損をする。いやなことを言われても、肚のうちにぐっと抑え込むことを、そろそろ覚えたほうがいい」

飴売りの元締八兵衛に、つばきはこう諭されたことがある。気にはとめているが、生まれつきの気性を変えるのはむずかしい。

それをわきまえているつばきは、不愉快な目に遭ったときには、口実をこしらえて場を離れた。そしてひと息いれて、気持ちを落ち着かせてから戻ることにしていた。

気性は変えられない。それはだれよりも、つばき当人が分かっていた。しかし気性は変えられなくても、その場をやり過ごすだけの相応の知恵は備わっていた。

*

「ごめんなさい。親分からお話をうかがっている途中で、お手水に立ったりして」

つばきは科をこしらえて笑いかけた。

そんな自分を思っただけで虫唾が走った。しかし弐蔵との談判がうまく運ぶなら、気持ちとは裏腹に科を見せる芸当はできた。

一本気な気性に変わりはないが、つばきは自分でも気づかぬうちに、したたかさも身につけていた。

七

深川に降る晩夏の雨には、よそにはない香りと風情が含まれている……艶然（えんぜん）とした笑みを浮かべたつばきを見ながら、武蔵はそのことをあらためて強く感じた。

武蔵が浅草から移り住んで、すでに長い年月が過ぎていた。しかし、目の前のつばきはこの土地に越してきて、まだ幾らも日が経ってはいなかった。

こども時分のつばきは、痩せ気味で尖った顔立ちだった。まだ小さなこどもであったことを割り引いても、つばきは女の色香とは無縁としか思えなかった。

そんなつばきだったのに、雨の庭を背にして座っている姿からは、なんともいえない艶が感じられるのだ。

重ねた両足からわずかにずれた尻は、座っていても、その丸みが分かるほどに肉置き（ししお）がよかった。

しかし胸元の合わせ目は閉じられていた。

白いうなじに見える二本のほつれ髪が、庭からの風を受けて揺れたりする。

ほどよく歳を重ねたいまのつばきは、座っているだけで艶を放っていた。

しかし……と、弐蔵は思った。

今日のつばきに色艶を感じるのは、ここが深川だからだ。

富岡八幡宮の祭を終えたあとの、雨降りの昼前。この時季の深川の女は、毎年、そしてだれもが、いつも以上に色っぽく感じられた。

小雨に濡れた葉には、まだ夏の陽差しを浴びて蓄えた緑の精が、たっぷりと残っていた。弾き返された雨粒は、ころころと葉のうえを転がっていく。

葉の下では、働き者の蟻の群れが一列になって、大きな獲物を順送りにしていた。

そんな庭を渡ってくる風が、つばきのうなじを撫でている。ほつれ髪が揺れるのを見て、弐蔵は心ノ臓をどきんっ、と鼓動させた。

深川に暮らし始めて、さほどの日が過ぎていないのに、つばきがのぞかせる艶やかさ。

生まれついてのものじゃねえ。深川という土地が、つばきを後押ししているからだと、弐蔵は思い込もうとした。

つばきがいきなり艶っぽくなったわけじゃねえ。ここが深川だから、あんな鶏ガラだったつばきでも、色っぽく見えるんでえ……。

おのれに強く言い聞かせた。そうでもしないと、いい歳したおのれをもてあましてしまいそうだった。

「若い者が毎日、しっかりと拭き掃除をやってるからよ。うちのかわやは、きれいなもんだろう」

つばきが相手だと、弐蔵はなにを話せばいいかが分からなくなってしまう。いまも言ったあとで、間抜けなことを口にしたと、おのれに呆れていた。

「そうですね」

素っ気ないつばきの返事を聞いて、弐蔵は胸の内で強い舌打ちをくれた。

庭から流れ込んだ風が、弐蔵の頬を撫でて過ぎ去った。

落ち着きねえな。

あたかも、弐蔵をたしなめているかのような風の流れ方だった。

*

弐蔵がつばきを、ひとりの女と感じたのは、遠い昔のことである。

痩せていて、身体には丸みのかけらもねえ。まるで、鶏ガラじゃねえか。

時折り燃えるような憎しみの目を見せるつばきに、伸助は大人気ないと思いつつも、本気で肚を立てた。ゆえに、痩せたつばきを見て毒づいたりもした。

そのかたわら、なぜかつばきに惹かれた。

父親の安治は、何度も伸助に嘘をついた。肚の底には憎しみを隠し持ちながらも、伸助に追従も言うし、尻尾をふるようにして酒に付き合うこともあった。

どれほど安治が親しげな顔を見せても、伸助はいささかも本気にはしなかった。

やくざ者は、ひとに嫌われ、怖がられてこその稼業だ。酒を酌み交わし、互いに笑い声をあげたとしても、正味のところでは安治はおれを嫌っている……。

伸助はそれをわきまえていた。分かっていたつもりだったが、つい情にほだされて、安治に親切ごころを見せたりもした。取り立てを甘くしたのだ。

安治は礼を言うどころか、隠れてよその賭場で、そのカネを遣った。分かったときの伸助は、前後の見境をなくして目一杯に安治を仕置きした。

やくざ者が、柄にもなく仏ごころを見せたりするからこのざまだ……。

安治を痛めつけながら、伸助はおのれの甘さを悔いた。

親子なのに、つばきには伸助におもねるようなところは皆無だった。

しくじりで指を詰めた伸助は、両方の小指が欠けている。

「タコ」

つばきは指の数から、伸助をそう呼んだ。それでなくてもタコは、ひとを小ばかにした呼び方である。

つばきはあろうことか、八本しか指がないことから、伸助をタコ呼ばわりした。あたまに血が上った伸助は、血相を変えてつばきを追い回した。

つかまえて、半殺しの仕置きをしてやる。

伸助の怒りの強さを察したつばきは、命がけで逃げた。伸助は息を切らして追いかけた。

田んぼ道を追っているうちに、伸助は奇妙な気持ちが湧き上がるのを覚えた。

つばきはひたすら逃げている。足を高く跳ね上げて、駆け続けた。

しかし、一度も後ろを振り返らなかった。

おとなの伸助よりも足が速いと、つばきがうぬぼれているわけではなさそうだ。振り向かないのは、伸助におもねる気がないからだ。

どこまででも、おのれひとりの力で逃げてみせる。つかまって、たまるか。

先を駆けるつばきの背中は、そのことを強く示していた。後ろに高く跳ね上げる足は、あたかも近寄る伸助を蹴飛ばそうとしているかのようだ。

痩せて鶏ガラのようにしか見えない女の子に、伸助はふっと愛しむ思いを抱いた。

＊

「おい、やっこ」

弐蔵のひと声で、若い者が飛んできた。

「茶はまだか」

いつもは大して茶を飲まない弐蔵が若い者を叱りつけた。

「いま、湯を沸かしておりやすんで」

「いつまでも、手間取るんじゃねえ」

「へいっ」

あたまを下げて、若い者は座敷を出た。

つばきの手前、またも親分風を吹かしてしまった。流し場に戻る若い者の後ろ姿を見て、弐蔵はふっと吐息を漏らした。

風が強くなったらしい。小雨が横に流れ始めていた。

八

八月十七日の雨は、九ツ（正午）が近くなっても、一向にやむ気配を見せなかった。

深川で商いを続けるなら、土地に根付いた仕来りをわきまえるのは欠かせない。とりわけ深川はどこの町も、富岡八幡宮の氏子であるのを誇りとする土地柄である。

細かな仕来りを教わろうとして、つばきは弐蔵の宿をおとずれた。

一膳飯屋といえども、水商売・客商売であることには変わりはない。うわべの話ではなく、商いがらみの仕来りの本音を聞きだすには、地回りの渡世人が一番……浅草の並木町でだいこんを商っていたときに、つばきは肌身でこのことを覚えた。

それゆえに、みずから弐蔵の宿をおとずれた。弐蔵なら、つばきにこころを許して、正味の話を聞かせてくれると思ったからだ。

ところが、あてが大きく外れた。

時折り、つばきを見る弐蔵の目つきは粘り気を帯びた。しかし弐蔵が口にすることは、どこかよそ行きなのだ。

深川で商いを始めてから今日まで、驚くことの連続だった。

川開きの賑わいに接したのは、生まれて初めてだった。並木町にも多くの人出があったが、深川は桁違いの賑わいだった。

つい先日の町内神輿にも、大いに驚いた。

「今年は陰祭だからよう。てえしたことにはならねえ」

若い衆の言葉を真に受けて、並の寄進しかなかった、つばきは、神輿担ぎに命がけの若い衆を間近に見て、身体に震えを覚えた。

怖かったのではない。つばきの身体が、深川の気風と響きあったがゆえの、心地よい震えだった。

陰祭でこんな調子なら、来年の本祭はどんなことになるのだろう……。

一日も早く深川に馴染みたくて、つばきは弐蔵から知恵を借りようとした。

江戸で一番大きい八幡様というのが、深川っ子の自慢である。しかも富岡八幡宮には、総金張りの宮神輿が三基もあった。

来年の本祭では、揃いの半纏と緋縮緬のふんどしを締めた氏子が、宮神輿を担ぐのだ。

「あの緋縮緬のふんどしが締められるなら、ほかにはもう、なんにもいらねえ」

「うそをこきやがれ」

「なにが、うそなんでえ」

「おめえ、横丁のみい坊に見せてえがために、三の宮を担ぐんだろうがよ」

宮神輿三基を担げるのは、町内の肝煎から名指しをされた者だけだ。本祭まで、まだ一年もあるというのに、若い者は目の色を変えて、おのれを肝煎に売り込んでいる。

深川ではすでに来年の祭に向かって、ぶすぶすと種火がくすぶっていた。

暮らしてみて、つばきは初めて深川ならではの気風を肌に感じた。そして『だいこん』をしっかりと土地に根付かせるには、仕来りをわきまえるのが不可欠だと強く思った。

それゆえに、弐蔵をあてにしたのだが。

＊

「なにを、ぼんやりとしてやがるんでえ」

尖った声をぶつけられて、つばきは庭を見ていた目を弐蔵に戻した。

「もうじき、昼飯じゃねえか」

気づかぬうちに、一刻（二時間）近くのときが過ぎていた。

もうじき、昼飯……弐蔵の物言いには、謎がかけられていた。つばきはすぐに、謎を解いた。

「よろしかったら親分、うちまでご足労いただけませんか」

つばきに向かって、弐蔵は大きく顔をしかめた。部屋の隅では、手下の者が神妙な顔で弐蔵を見詰めていた。

「こんな雨んなかを、なんだっておめえんとこまで出向かなきゃあならねえんだ」

「そうおっしゃらずに……昔馴染みの頼みだということで……お願いします」

つばきは胸元で手を合わせた。

「おい、やっこ」

弐蔵に呼ばれて、若い者が長火鉢の前まで進み出た。

「今日はこのあと、客人はこねえのか」

「夜の五ツ（午後八時）に、平野町の貸元がこられやす」

「それまで、客はこねえのか」

「へいっ」

若い者は、きっぱりとうなずいた。

「だったら一刻ばかり、外に出てもどうてえことはねえな」

「どちらまで？」

「すぐ先のだいこんだ」

用があれば使いを寄越せと言い置いて、武蔵は立ち上がった。屋根を打つ雨音が、一段と強くなった。

九

武蔵の宿とだいこんとの間は、わずかな隔たりでしかない。武蔵は黒、つばきは小豆色の蛇の目をさして歩いた。

歯の高さが二寸（約六センチ）もあるつばきの高下駄は、ぬかるみをものともしない。しかし武蔵は、この雨のなかでも見栄を張って雪駄履きである。

武蔵の後ろを歩きながら、つばきはふっと思い出し笑いをした。

武蔵がつばきによそ行きの物言いしかしなかったのは、周りに若い者がいたからだ。子分の手前、武蔵は目一杯に威張った口調で話をした。

あてが外れたと思ったつばきは、武蔵との話の途中で庭に目を移した。

ひとのこころを見抜くのは、渡世人に欠かせぬ資質だ。つばきの胸中を見抜いた武蔵は、ここではなしに河岸を変えろと、つばきに謎かけをぶつけた。

「よろしかったら親分、うちまでご足労いただけませんか」

こう頼み込むように仕向けてから、弐蔵はたっぷりともったいをつけた。そのうえで、つばきとともに宿を出た。

弐蔵のこどもじみたあけすけさを思い出して、つばきは笑ったのだ。

「なにがおかしいんでえ。おれの芝居が、くさかったとでも言いたそうだな」

前を向いて歩いていた弐蔵が、いきなり振り返った。そして、図星をさした。これには、つばきは心底から驚いた。

「おれには、子分の手前の面子がある。それぐらいは、つばきも分かるだろうが」

足をとめて話す弐蔵の口調には、さきほどとは異なり、親しさが色濃く含まれていた。しかもおのれの口で、面子うんぬんを白状していた。

「気が回らなくて、ごめんなさい」

つばきも本気で詫びた。強い雨が、音を立てて蛇の目を叩いている。

弐蔵はつばきとの間合いは詰めぬまま、ふっと目元をゆるめた。

「おめえの才覚と客あしらいのうまさに、深川で暮らすためのわきまえが加わりゃあ、この土地での商いは、間違いなしにうまく運ぶだろう」

弐蔵はしっかりと認めた口ぶりである。

この歳まで知らなかったことに深川で次々と出くわして、つばきはほんの少し、気弱になっていた。そんなつばきを、弐蔵は渡世人ならではの正味の物言いで褒めた。

いやなやつだとしか思っていなかった弐蔵を、つばきはいままでとは違う目で見ていた。

「歩きながらぼつぼつと話をするが、それでも構わねえか」

「もちろんです」

「話をするなら、おれと並んで歩くことになるぜ」

弐蔵が仲町の地回りのひとりであることは、多くの者が知っている。渡世人と一緒に歩く姿を見られて、それでもいいのかと、弐蔵はつばきを気遣っていた。

「伸助さ……ごめんなさい」

伸助と言いかけた口を、つばきは慌てて閉じた。わずかなやり取りでしかないのに、いまのつばきは、本気で弐蔵ではなく、伸助だと思っていた。

「おめえになら、伸助と呼ばれても腹は立たねえが」

弐蔵は、つばきのほうに一歩を詰めた。

「子分のいる前では、よしにしねえ」

「分かりました。気をつけます」

つばきがあたまを下げた。傘が動き、首筋に雨が落ちた。つばきは顔色も変えず、知らぬ顔を決め込もうとした。が、弐蔵にはしっかりと見られていた。

「深川にひとたび降り始めた雨は、相当にしつこいからよ。道はすぐにぬかるみになるし、あっという間に川だの堀だのが溢れちまう」

ふたりが立っている地べたは、すでにぬかるみになっていた。

「硬い地べたの町は、すぐに水が出る町よりも、二割がところ多めに寄進をする。これが深川の仕来りの一番の基本だ」

弐蔵はゆるくなった足元を気遣いながら、先に立って歩き始めた。

うちの町は硬いのか、ゆるいのか、どっちなのかしら……。

弐蔵を追いながら、つばきは思案をめぐらせていた。

十

この日は終日、だいこんは休業である。店の土間に入っても、ひとの気配はなかった。

「いま、火を熾しますから」

弐蔵を土間の腰掛けに座らせたつばきは、手早くたすきがけをして流し場に入った。雨降りでも流し場が暗くならないように、三方に窓が構えられている。

これは父親安治の思案だった。

「料理を拵える場所が薄暗くちゃあ、仕上がったものがうめえかまずいか、察しがつかねえだろう」

明るい場所で料理をしてこそ、ものの美味いまずいが分かる……これが安治の考えである。

安治は料理の玄人ではない。しかし、何十軒もの食い物屋普請を手がけていた。

どうすれば美味い料理ができるか。そのツボについては、並の料理人よりも安治のほうに心得があった。

火熾しの前に、つばきは流し場の窓をすべて開いた。窓の上部には、幅一尺五寸（約四十五センチ）のひさしが張り出している。少々の雨なら、窓から吹き込むことはなかった。

へっついの灰のなかには、種火がいけてある。それを取り出したつばきは、小さな種火を煙草盆に移した。

「お湯が沸くまで、煙草でも吸って待っててくださいな」

伸助と呼ばれていた時分から、弐蔵は大の煙草好きである。つばきはそれを忘れていなかった。

「おめえは小さい時分から、ほんとうにひとのことをよく見てたぜ」

「それは、あたしのことを褒めてくれてるんですか」

「あたぼうじゃねえか」

弐蔵は素直に認めた。

「おめえに備わってるのは、メシ炊きの技だけじゃねえ。ひとの本音を見抜く眼力こそが、なによりもでえじな宝だぜ」

「ありがとうございます」

つばきは本気で礼を口にしてから、流し場に戻った。

土間の広さは十坪。一膳飯屋の流し場にしては、ゆったりとした広さである。焚き口三つの大型へっついが三基、横に並んでいる。

深川は職人の町だ。

「職人のメシには、なんたって揚げ物が喜ばれるからよう。揚げ物用のへっついを据えつけたほうがいいぜ」

教えてくれたのは、棒手振の辰治である。冬木町周辺に、おもにいわしを売り歩く辰治は、深川の様子にはことのほか詳しい。

つばきは教えられた通りに、揚げ物用のへっつい一基を据えつけた。拵えるのは、季節の野菜や、旬の魚介のてんぷらと、魚のすり身の揚げ物である。

これが大きな評判を呼んでいる。とりわけ、辰治から味付けを教わったいわしの揚げ物は、大評判となっていた。

種火を焚きつけに移し、つばきは七輪に炭火を熾した。五合の水が入る大型の土瓶を火にかけたあとで、つばきは店の土間を見た。弐蔵がうまそうに煙草を吸っていた。

ほんとうに弐蔵親分は、なによりも煙草が好きなんだ……。

いつの間にかつばきは胸の内で、弐蔵親分と、敬いを含んだ呼び方をしていた。

「ごめんなせえ」

土瓶の湯が沸き立ち始めたとき、店に職人風の男が顔を出した。番傘を手にしてはいるが、傘のさし方が下手なのだろう。着ている半纏の肩が、びしょ濡れになっていた。

「ちょっと待ってくださいね」

つばきは沸き立っている土瓶のふたをとり、焙じ茶の葉をたっぷりといれた。その土瓶と湯呑みを弐蔵の卓においてから、店の戸口で男と向き合った。

「あいにく、今日は休みなんですが」

「そいつあ、いいんだ。おれは、メシを食いにきたわけじゃねえからよう」

男は手に持っていた番傘を、戸口の外に立てかけた。

「こちらに頼んだら、昼の弁当を仕出ししてもらえると聞いてきたんだが、やってもらえるかい」

「もちろん、拵えさせていただきます」

「ちっとばかり数が多いんだが、それでも構わねえかい」

「多いとおっしゃいますと、いかほど入り用なんでしょう」

「一人前二百文の見当で、百個ばかり入り用なんでえ」

一人前二百文の弁当を百個。

ざらにはない、大口の注文である。卓に座って煙草を吹かしていた弐蔵が、聞き耳を立てていた。

「一人前二百文のお弁当なら、相当のことができますが、誂えるお弁当のお使い道はなんでしょう」

「上棟式の昼飯なんだが……そこに座ってもいいかい」

「もちろんです。どうも、気がつきませんでごめんなさい」

つばきは男を迎え入れると、戸口に近い卓に案内した。

「あいにく今日はひとがいないもんですから、お茶の支度もできていなくて……」

「いいてえことよ。おれは、茶を呑みにきたわけじゃねえからよ」

男の物言いは、最初に口を開いたときと同じだった。

「茶なら、ここにあるぜ」

卓から立ち上がった弐蔵は、焙じ茶の入った土瓶を提げてきた。

「ひと回り、その辺を歩いてくるぜ」

商いの話を他人には聞かれたくない……つばきが胸の内で思っていたことを、弐蔵は察したらしい。

「どうもすみません」

あたまを下げて弐蔵を送り出してから、つばきは男に茶を注いだ。

「おれは佐賀町の木島屋さんの普請場で働いている、大工の吉蔵でえ」

名乗ってから、吉蔵は焙じ茶に口をつけた。

「弁当が入り用なのは、しあさって二十日の九ツ（正午）前だ。鐘が鳴り始めたら、祝いの木遣り（きや）を歌い出すからよう」

吉蔵は、上棟式の仔細を話し始めた。

＊

佐賀町の木島屋といえば、深川でも名の通った廻漕問屋である。深川に暮らし始めてまだ三月（みつき）少々のつばきだが、『佐賀町の木島屋』のことは、充分に分かっていた。

長さ二町（約二百十八メートル）の、自前の長い船着場を持つ木島屋は、佐賀町河岸に十七の蔵を持っていた。蔵は味噌蔵と醤油蔵がともに三蔵ずつ、残る十一はすべて雑穀蔵だった。

諸国から江戸に運ばれてくる産物は、品川沖で大型廻船から小型のはしけに積み替えられる。木島屋が自前で作事したのは、はしけを横付けする船着場である。

荷揚げされた産物は、一旦は木島屋の蔵に納められた。そして客先からの注文に応じて、蔵から味噌・醤油・雑穀を払い出した。

江戸市中への横持ち（配送）の多くは、堀川を走る川船で行う。江戸御府内（ごふない）の堀は、ほとんどが大川と交わっている。

大川端に船着場を持つ木島屋は、御府内ならどこでも、即日の横持ちができるというのが売り物である。

「木島屋さんなら、季節にも天気の良し悪しにもかかわりなく、すぐに届けてくれる」

「品切れになりそうなときでも、木島屋さんがいてくれれば安心だ」

横持ちの確かさでは、木島屋は他の廻漕問屋に大きく水をあけていた。

木島屋の普請というのは、大旦那の隠居所である。総檜造り、総二階建ての隠居所は、仕上がる前から深川では評判となっていた。

*

「なにしろ、木島屋さんの上棟式だからよう。昼飯の弁当にも、費えは惜しまねえんだ」

小鯛の塩焼きをかならず添えてほしいというのが、中身についての注文だった。

吉蔵の話を聞きながら、つばきは素早くあたまのなかで算盤を弾いた。

形の揃った小鯛を百尾。

数を揃えるのは簡単ではない。しかし十八、十九の二日間があれば、魚金の信次ならなんとかしてくれるだろう。

小鯛一尾の費えが三十文。二段重ねの折箱代が十七文。赤飯と、小鯛以外の惣菜を拵えるのに、ざっと五十文。水引を巻いて、形よく包むのに十文。

およその費えで百七文である。百個の注文をこなせば、十貫（一万）文近い儲けとなる。

「しっかりと拵えさせていただきます」

つばきは深々とあたまを下げた。

「払いは弁当と引き換えにしてくれと、棟梁がそう言ってるんだ。初めての商いだが、前金なしでもいいかい」

「木島屋さんのお名前は存じあげていますから、もちろんそれで結構です」

「だったら、頼んだぜ」

湯吞みの茶を飲み干した吉蔵は、番傘をさして足早に佐賀町の方角に戻って行った。

後ろ姿に向かって、つばきはあたまを下げた。

十一

外回りから戻ってきた弐蔵は、顔つきがまるで変わっていた。両目が険しく尖っており、息遣いも荒くなっている。

「大きな商いが向こうから舞い込んできて、よかったじゃねえか」

物言いには、皮肉な調子が強く滲んでいた。

「気を使って外に出てくだすって、ありがとうございました」

つばきも、抑揚のない物言いで応じた。

弐蔵の宿からだいこんまで歩いてくる途中で、つばきはふっと弐蔵を憎からず思った。こども時分からいやな男だと思い込んでいたのは、間違いだったのかとまで思った。

大工の吉蔵が大きな注文を持ち込んでくるなり、弐蔵は店から出て行った。

商いの話を聞かないように、気を使ってくれるのかしら……。

あのときのつばきは、さらに弐蔵を好ましく思った。

ところが……。

戻ってきた弐蔵は、まさに地回りの渡世人そのものの顔つきになっていた。一人前二百文で百個などという、桁違いの注文が舞い込んだ。弐蔵はその場に居合わせた。

儲けのにおいを嗅ぎつけて、渡世人の血が騒ぎ始めたのかもしれない。そう思ったつばきは、心底からげんなりした。

その思いは、声の調子にあらわれた。

「妙な気を回すんじゃねえぜ」

つばきの胸中を、弐蔵は見透かしたようだ。

「おめえがでけえ注文をもらおうが、おれにはかかわりのねえことだ」

弐蔵は目を細くして、つばきを見据えた。

「おめえから取り立てるみかじめ料は、商いの波がどうだろうが、そんなことには構っちゃあいねえ。決めた額だけ、月ぎめで取り立てるぜ」

　弐蔵はどすんと音を立てて、腰掛けに座った。

「ところでさっきの大工から、おめえは前金を受け取ったのか」

　弐蔵の口調がいきなり変わった。禍々しさが消えて、あたかもつばきを案ずる身内のような物言いだった。

「そんなもの、受け取ってはいません」

　つばきの口調はぶっきら棒である。だいこんの商いに口出しをするなと言いたげだった。

「一人前二百文の弁当を百ともなりゃあ、儲け半分としても十貫文は費えにかかる」

　食い物屋からみかじめ料を取り立てている弐蔵は、商いの中身にも通じているらしい。口にした儲けの額は、的を射ていた。

「そんだけの仕入れをするてえのに、前金ももらわねえのはよう。太っ腹というよりも、素人の振舞いだぜ」

「素人で結構です」

　つばきは、切り口上で応じた。

「佐賀町の木島屋さんが、総檜造りの隠居所を普請しているのは、あたしの耳にも聞こえています」

「それがどうしたよ」

「そんな確かな先からの、誂え注文です。前金なんか、いただく道理がないでしょう」

「そうかねえ……」

弐蔵は相手をからかうような薄笑いを浮かべて、つばきに近寄った。ついさきほどの、つばきを案ずるような様子は、すっかり顔から消えていた。

「深川で商いをするときには、肝に銘じたほうがいいという言い伝えがあるが……」

つばきに向かって、あごを突き出した。

「おめえ、それを聞きてえか」

「そんなもの……」

聞きたくないと言いかけたつばきは、途中で口を閉じた。

腹立ちまぎれに口走らず、弐蔵にあたまを下げて教えてもらうほうがいい……。

つばきは思い直した。

「ぜひにも、教えてくださいな」

「おめえがそこまで言うなら、おせえてやってもいい」

弐蔵はわざと、もったいをつけた口調で応じた。

「出る杭は打たれる。出ない杭は踏んづけられる。これが深川に昔から伝わる、商いの秘訣だ。忘れるんじゃねえぜ」

これだけを言い置いて、弐蔵はだいこんから出て行った。深川の仕来りを教わるはずだったのにと、つばきは唇を噛んだ。やっぱり伸助さんとはうまがあわない。

雨に濡れた子犬が、だいこんの軒下で身体をぶるるっと震わせた。

十二

八月十八日も雨で明けた。

とはいえ、前日のような強い降りではない。髪と着物の濡れが気にならなければ、傘なしでも歩けるような絹雨だった。

つばきは先月日本橋の吉羽屋（よしばや）で新調した、真紅の蛇の目をさして宿を出た。赤はつばきには縁起のよい色だ。ここ一番の日のために、新調したまま使わずに仕舞っておいた。

その真紅の蛇の目を手にして、つばきは仲町の辻に出た。黒塗りの火の見やぐらのてっぺんが、朝もやにおおわれている。辻に差しかかったときには、やぐらの黒板が赤い蛇の目を引き立てていた。

今朝は魚金（仲卸し）の信次を相手に、小鯛仕入れの談判をしなければならない。形の揃った小鯛を、百尾だ。

塩焼きを拵える手間を考えれば、どうしても明日の八ツ（午後二時）ごろには入り用だ。なにしろ、百尾の塩焼きである。うろこをはがし、ワタをきれいにする下ごしらえに、一刻

（二時間）はかかるだろう。

　そのあと塩をあたり、三台の七輪で焼き上げるのに、およそ三刻（六時間）だ。夏場のいまは塩を強くして、焼きも念入りにしなければならない。

　弁当の注文主は、深川でも大尽で知られた佐賀町の木島屋である。もしも弁当がもとで食あたりを出したら、だいこんが潰れるだけでは片づかないだろう。

　下ごしらえも塩焼きも念入りに行うためには、小鯛を待てるのは明日の八ツがぎりぎりだった。しかしつばきは、小鯛百尾を揃えることは、さほどに心配をしていなかった。

　八月中旬過ぎのいま、真鯛は木更津沖から羽田周辺まで、江戸湾を好き勝手に泳いでいる。腕のいい羽田浜の漁師が網を打てば、小鯛百尾を獲るのは難儀なことではなかった。

　問題は、小鯛が手に入るか否かではない。一尾を幾らで仕入れられるか、である。

　大漁で魚が余りそうなときなら、形のいい真鯛でも一尾二十文で買うことができた。

　鯛はさばやいわしとは異なり、さほどに足が速いわけではない。が、晩夏とはいえ夏のいまは、生の鯛をひと晩持ち越すのはできない相談である。

　ゆえに大漁のときには、真鯛といえども捨て値で買うことができた。

　ところが今回は『形の揃った小鯛を百尾』と、つばきが誂え注文を出すのだ。漁師は小鯛を狙って網を打つわけだ。

　つばきにしてみれば、一度に百尾の注文は尋常な数ではなかった。

しかし漁船を出して網を打つ漁師には、百尾は半端な数だ。しかもどうせ網を打つのなら、小鯛ではなしに真鯛を獲りたいに決まっている。

「小鯛だなんて面倒くさいことを言ってねえで、大きな真鯛でいいだろうがよ」

真鯛を獲るのも、小鯛を網にかけるのも、かかる手間は同じだ。しかし魚河岸の買値は、まるで違うのだ。

腕のいい漁師であればあるほど、小鯛獲りは面倒で割に合わないと言うに決まっていた。

それらをすべてわきまえたうえで、つばきは仕入れ値の談判をするのだ。

魚金の信次とつばきは、時おり担ぎ売りの辰治や小吉(しょうきち)と一緒にうどんを食べる仲である。約束したことはかならず守る、信義に厚い男だ。

しかし商いの談判となれば、信次はがらりと変わった。

「こいつにだけは、かなわねえ」

掛け合い名人と呼ばれる魚金のあるじが舌を巻くほどに、信次の駆け引きはしたたかである。

しかも魚の目利きには、図抜けた技量を持っているのだ。料亭の板前や、名の通った魚屋のあるじを相手に、信次は目一杯の高値で売りつけた。

「安く叩き売られたんじゃあ、魚だって成仏できねえだろうからさ」

信次の言い分を、つばきはいつも感心しながら聞いていた。

いつもは魚金に残った魚を、総ざらいするのがつばきの商いだ。

しかし今朝は、つばきが誂え注文を出すのだ。信次の掛け合い上手の腕に、感心しているゆとりはなかった。

どれほど仲良しでも、商いは別。

目の前に控えた市場での掛け合いを思い、つばきは気を引き締めた。

永代橋をくぐり抜けた乗合船は、御城(おしろ)につながる堀に入った。この堀を西に進めば、日本橋である。

雨は相変わらず降り続いていた。しかし真紅の蛇の目が、うっすらと露を結んでいる程度の降り方である。

仲はよくても、商いは別だから。

つばきはもう一度、おのれに言い聞かせた。

堀に入った乗合船の船頭は、櫓(ろ)を棹(さお)に持ち替えていた。

十三

目一杯に強い掛け合いをと、つばきは唇を強く嚙んで魚市場に入った。

上の前歯で、下唇をぎゅっと嚙んでいる。あとひと息前歯に力をこめたら、柔らかな唇が破れそうだった。

「ここ一番の談判のときにゃあ、唇が破れそうなぐれえに力をこめて噛みな。そうしときゃあ、たとえ願ったとしても、甘い掛け合いにはならねえ」

つばきがだいこんを始めたとき、安治から何度も教えられた掛け合いのコツである。いつもは仲のよい信次を相手の談判だけに、つばきは父親から教わった通り、血が滲みそうなほどに下唇を噛んでいた。

魚金に近づくと、信次は他の客との話を放り出してつばきのそばに寄ってきた。

いつものつばきなら、市場中に響き渡る声で、おはようとあいさつをした。今朝は前歯でぎゅっと下唇を噛み締めている。

傍目には、だれかにいやがらせをされたつばきが、唇を噛んで口惜しがっているかに見えた。

「どうした、つばきさん。豊国屋にいやがらせでもされたのか」

信次は真顔で、つばきの尋常ではない様子を案じていた。

「そうじゃないの」

「だったら、わけを聞かせてくんねえ。つばきさんがそんな顔をしてるのは、よほどのわけがあるんだろうがよ」

おれでできることなら、なんでも助けるからと信次は強く言い切った。

「形の揃った小鯛を百尾、明日の八ツまでに揃えなければならないの」

心底からつばきを案じている信次をみて、きつい談判を……と、張り詰めていた気持ちが一気に萎(な)えた。

つばきは、ひと息で用向きを切り出した。もしも息継ぎをすると……またもやそこから、強い掛け合いをしろというおのれの声が、あたまのなかを走り回ると思ったからだ。

「なんでえ、そんなことか」

わけが分かった信次は、拍子抜けしたような顔つきになった。

「そんなことなら、なんてえこともねえさ」

信次は、つばきの耳元に口を寄せた。

「うちの旦那と話している、潮焼け顔の男がめえるかい」

信次は目で魚金の店先を指し示した。つばきはその男に気づかれないように、小さくうなずいた。

「あれは羽田浜の網元でさ。祭が終わって、いきなり景気が渋くなったと、こぼしていたさなかだよ」

つばきを市場の裏口に連れ出した信次は、百尾の掛け合いはおれに任せろと請け合った。

*

八月十五日には、江戸の方々で夏祭が催された。深川は陰祭だったが、それでもつばきは威勢のよさに目を見開いて驚いた。

ところが祭が終わるなり、値の高い魚はまるで売れなくなった。各町を売り歩く担ぎ売りが仕入れるのも、値の安いいわしばかりだ。

「いわしだったら、うちで船ごと仕入れさせてもらいやすぜ」

信次が言ったことに、羽田の網元が渋い顔でうなずいていたとき。

つばきが市場に入ってきた。思い詰めたような顔つきを見て、信次は網元との話を途中で打ち切った。

*

つばきを連れて魚金に戻った信次は、羽田の網元に煙草を勧めた。網元の煙草好きを、信次は心得ていた。

「いい煙草だ」

網元が一服を吹かしたとき、信次はことのついでという調子で、小鯛の様子をたずねた。

「いまの時季なら、入れ食いだろう」

夜明け直後の海なら、水面（みなも）が桃色に見えるほどに鯛が泳いでいると、網元は続けた。

「網を打ったら、破けるかもしれやせんね」

信次が調子を合わせると、網元はキセルを大きく振った。

「網を投げて大きく獲ったところで、だれも鯛なんぞは買わねえ」

ふうっと吐息を漏らしたあとで、網元はもう一度、キセルに煙草を詰めた。

「漁師連中は、網を打ちたくてうずうずしてるが、魚を獲っても無益な殺生になるだけだからよ」

言い終わった網元は、火皿を真っ赤にして強く吸い込んだ。吐き出した煙が、信次のほうに流れた。

「明日の四ツ（午前十時）までに、小鯛を百尾、用意してもらえやすかい」

網元に思案の隙を与えず、信次は一尾十五文で納めてほしいと言い切った。

「小鯛が一尾十五文じゃあ、漁師の煙草代にもならねえぜ」

「ついさっき網元は、漁師さんたちは網を打ちたがっていると、そう言ったばかりじゃありやせんか」

信次が詰め寄ると、網元は苦い笑いを浮かべてキセルの雁首（がんくび）を灰吹きにぶつけた。ポコンと鈍い音がしたのを聞いたあと、網元は明るい笑顔を見せた。

「答えに迷ったときは、灰吹きの音のお告げに任せることにしている」

「それでは、引き受けてくださるんで」

「ポコンと鳴かれちゃあ、しゃんめえさ」

網元は快活に言い放つなり、魚金から出て行った。

「灰吹きの音のせいにするとは、あの網元は大したタヌキだぜ」

信次の物言いには、網元への敬いが強く含まれていた。

つばきは信次を、熱く潤んだ目で見詰めていた。

「一尾三十文で、百尾」

つばきの思惑の半値で、信次は網元と話をまとめた。相手が漏らした言葉を攻め道具にして、五割の口銭、一貫五百文をたちまち稼ぎ出したのだ。

迷ったときには灰吹きの音で決めると言って、網元はきつい談判を受け入れた。分のわるい話を呑み込むとき、網元はとっさにもっともらしいわけを思いついた。

それをしっかりと見抜きながら、相手をあっぱれだと敬っている信次。

商いの奥の深さを目の当たりにして、つばきは気持ちを昂ぶらせていた。

市場のなかに流れ込んできた風が、つばきの頬を撫でた。風にはもう、雨の湿り気は含まれてはいなかった。

十四

形の揃った小鯛の仕入れには、なんとか目鼻がついた。つばきの目元が、大きくゆるんでいた。

まことに間のいいことに、羽田浜の網元が市場にきていた。毎日のように魚を仕入れにくるつばきだが、浜の網元と出くわしたことなど、ほとんどなかった。

ところが、今朝はいた。

このめぐり合わせに、つばきは運のよさを強く感じた。

つばきから話を聞いた信次は、網元相手に強い談判を始めた。それができたのも、つまりは高値で魚が売れなくなっていたからだ。

江戸の方々で、十五日には夏祭が盛大に執り行われた。深川に限らず、どこの町の住人たちも、夏祭に有り金をそっくり投じた。それを使い果たした直後のいまは、魚を買わなくなっていた。

ふところにゼニがあった夏祭前なら……。

「そのひらめは、幾らなんでえ」

「こいつあ、旬の魚だからさあ」

「能書きはいいから、幾らするかを言ってみねえな」

「薄作りを拵える庖丁の手間賃込みで、骨までつけて四百文だ」

「なんでえ、そんだけかよ」

客はぐいっと胸を反り返らせた。

「だったらそこに並んでる、三尾まとめて総ざらいにするぜ」

　一尾で一日の手間賃近くもするひらめを、顔色も変えずに三尾も買い入れた。

　ところが祭が終わったいまは。

「皿に山盛りになった、活きのいいいわしだ。十尾そっくりを、二十文の捨て値で売るからよう。買ってってくんねえな」

　山盛り十尾で二十文でも、ひとは買い渋る。ゼニがないときには、十尾二十文のいわしでも手が出ないのだ。

　財布の紐がぎゅっと固く縛られていて、高値の魚はまるで売れない。皮肉なことに、網を投げれば魚は幾らでも獲れた。

　こんな時季だからこそ、形の揃った小鯛百尾が、一尾十五文の捨て値で仕入れられた。

　たとえ一尾十五文でも、網元は買ってもらえれば御(おん)の字だ。

　信次は手ごわい掛け合いを果たしたことで、魚金にほどよい儲けをもたらした。

　そしてつばきは目論見(もくろみ)通りに、一尾三十文の指し値で、形の揃った小鯛百尾の仕入れが果たせそうだ。

　商いにかかわった三者それぞれが、だれひとり陰で舌打ちすることなく、旨味を分かち合うことができた。

　このたびの弁当仕出しの商いは、きっと上首尾に運ぶと、つばきは確信した。

嬉しさの余りに、ふうっと吐息を漏らした。息を吸い込むとき、うどんのダシの香りに鼻がぴくぴくっと動いた。

「信次さんのおかげだから、みんなにおうどんをおごらせて」

「みんなてえのは、おれもへえってるのか」

小吉は五尺八寸（約百七十六センチ）の大きな身体で、つばきのほうに乗り出した。

「もちろんよ。嬉しいんだから、あたしにおごらせて」

「なんとも間のいいめぐり合わせだぜ」

「それは、あたしが言いたいことよ」

小吉に笑いかけたつばきは、先に立って市場のうどん屋に向かった。

信次・辰治・小吉の三人が、横一列に並んでつばきの後ろに従った。

「なんでえ、横に並んだりしやがって」

市場の狭い通路で、すれ違いざまに相手が口を尖らせた。が、つばきの弾んだ気持ちが三人にも伝染している。

「ごめんよ、にいさん」

信次は軽い口調で相手に詫びを伝えた。

うどんつゆの鰹ダシの香りが、すぐ先の店から漂い出ていた。

十五

気持ちが弾んでいるつばきは、いつも以上に食べっぷりがよかった。

「あたし、もう一杯お代わりをさせてもらうわ」

男三人が、啞然（あぜん）とした目でつばきを見た。つばきは軽い足取りで、つゆがどんぶりから溢れ出しそうなうどんを運んできた。

最初の一杯以上に、刻みネギがたっぷりと散らされている。ネギの強い香りと鰹ダシの香りとが、見事に混ざり合っていた。

「いただきまあす」

二杯目のうどんに、つばきが箸をつけた。見ていた三人が、同時に喉を鳴らした。

「みんなも遠慮なんかしてないで、お代わりをすればいいのに」

「ちげえねえや」

最初に辰治が立ち上がった。残るふたりも、カラのどんぶりを手にしてあとを追った。

*

「どうしたんでえ、つばきさん」

二杯目を食べ終わったつばきは、目元を曇らせてぼんやりしていた。

「ほかにもまだなにか、しんぺえごとがあるのかよ」

つゆをすすっていた信次は、どんぶりを卓に戻してつばきの顔をのぞき込んだ。

「今朝、市場で会ったときよりも、目のあたりが曇ってるぜ」

信次は真顔で心配をしていた。辰治も小吉も、どんぶりを卓に戻し、信次と同じような顔つきでつばきを見詰めた。

「ごめんなさい、みんなに余計な心配をかけたみたいで……」

「余計だなんて、水臭いぜ」

辰治は淀んだ気配を振り払うかのように、わざと明るい調子で話しかけた。

「高いうどんを、二杯もゴチになったんだからさあ。おれっちで役に立つなら、なんでも言ってくんねえ」

そう言ったあとで、辰治は仲間に目を向けた。信次と小吉が、何度も大きくうなずいた。

「ありがとう、みんなで心配してくれて」

座り直したつばきは、膝に手をおいて三人それぞれに目を合わせた。

「百尾の小鯛を、どうやって手際よく塩焼きにすればいいのか……その思案に、行き詰まっていたものだから」

小鯛を塩焼きにするのは、七輪の炭火が一番だ。しかしだいこんには、四台の七輪しかなかった。

　新たに買い求めても、七輪はさほどに高い道具ではない。が、もしも入用な数だけ買い込んだりしたら……。

　使い終わったあと、どこに仕舞っておくかが頭痛の種になりそうだった。

　七輪のほかにも、もうひとつ大きな悩みがあった。小鯛を焦がさずに、どうやって美味そうな焦げ目をつけるか、である。

「そいつあ、たしかにやっけえだなあ……」

　辰治が深いため息を漏らした。吐いた息を吸い込むときに、辰治はうなぎ屋の美味そうな香りを胸いっぱいに吸い込んだ。

　うどん屋の隣では、うなぎ屋が店を構えていた。蒲焼き（かば）の香りを吸い込むなり、辰治は勢いよく立ち上がった。

「でえじょうぶだ、つばきさん」

　辰治の顔が大きくほころんでいる。

　三人は腰掛けに座ったまま、わけが分からずに辰治を見上げていた。

十六

思いついた思案が、よほどに嬉しかったのだろう。辰治は散々にもったいをつけて、すぐには中身を聞かせようとはしなかった。

「前置きはいいから、とっとと聞かせてくんねえ」

焦れた小吉が口を尖らせた、つばきはなにも言わないながらも、目の端に浮かんだ焦れったさを隠し切れずにいた。

「客先でうなぎの蒲焼きを拵えるのは、おめえの十八番(おはこ)だろうがよ」

口を開いた辰治は、奇妙なことを小吉に問いかけた。

「それがどうしたてえんだ」

「この場でみんなに、蒲焼きの段取りを聞かせてくんねえ」

「いい加減にしろよ、辰の字」

小吉は真顔で辰治に嚙みついた。

「いいから、おれの問いに答えてみねえ」

「答えたら、おめえの思案を聞かせるてえんだな」

「あたぼうよ」

目の端を吊り上げた小吉に向かって、辰治はしっかりとうなずいた。

「だったらおれも、なにひとつ端折(はしょ)らずに話すからよう。しっかりと聞いてくれ」

小吉は魚の棒手振のかたわら、得意先から頼まれたときは、客先でうなぎの蒲焼きを拵える。庖丁さばきにも、焼き加減にも、そして蒲焼きに塗るタレの拵えにも、それなりの自負を持っている。

辰治を正面から見詰める形で、小吉は座り直した。

「まずはうなぎに、目打ちを刺すところから始まりだ。まな板の端を使えば、あとの仕事がやりやすくなる」

目打ちをしてまっすぐに伸ばしたうなぎの、胸ビレの後ろに出刃庖丁を入れる。刃が中骨に当たったら、庖丁を倒す。そして中骨に沿って、背から身を開く。

「左手でうなぎの身を押さえながら、庖丁をためらわずに、一気に尾まで切り開く。これがうなぎを裂くときのコツだ」

小吉は身振り手振りを交えながら、開いたうなぎに串を打つところまで話を進めた。

「串を打ったあと、すぐに焼くのかよ」

辰治が問いかけると、小吉は首を振った。

「上方の料理人は、串を打ったうなぎをすぐに焼くらしいが、江戸前の蒲焼きは焼く前に蒸しにかける」

小吉は両腕を丸くして、大きな蒸籠（せいろ）の形を描いた。

「なんで蒸しにかけるんでえ」

「蒸したら身が柔らかになるし……あっ、そういうことかっ」

話している途中で、小吉は辰治に向かって太い右腕を突き出した。

「どうやら分かったらしいな」

「確かにそいつあ、妙案だ」

小吉と辰治が、互いにうなずき合った。

「ふたりだけで分かりあってねえで、おれとつばきさんにも話してくんねえ。そうだろう、つばきさん」

尖った物言いの信次に、つばきはこくっとうなずいた。

「すまねえ、すまねえ」

あたまをかいた小吉は、つばきに目を合わせた。

「下ごしらえをした鯛を、すぐに焼くんじゃなしに、蒸籠で蒸すのさ」

塩を振った鯛を、蒸籠で蒸しにかける。大きな蒸籠なら、一段で五尾の小鯛を蒸すことができる。蒸籠を三段重ねにすれば、十五尾の小鯛の調理ができる。

「蒸し加減をしっかりと見極めれば、小鯛の芯にまで火が通るからさ。美味さを逃がさずに、手早く料理ができるぜ」

「でも、それだと……」

辰治の思いついた思案に、つばきはまったく得心していなかった。

「塩焼きではなしに、蒸した鯛になってしまうでしょう」

塩焼きならではの、焦げ目のついていない小鯛は料理にならないと、つばきは反対した。

「そんなこたあねえさ。そうだろう、小の字」

「あたぼうじゃねえか」

小吉はぐいっと胸を反り返らせた。

「仕上げを御覧じろてえんだ」

小吉と辰治は、得意顔を拵えてつばきを見た。得心のいかないつばきは、頬を膨らませて小吉を見詰めていた。

十七

辰治と小吉がだいこんに顔を出したのは、八ツ（午後二時）の鐘が鳴った直後だった。

「雨降りの日は、商いのはかゆきがいいからよう」

ふたりとも天秤棒の前後に吊るした盤台を、きれいにカラにしていた。

朝から雨降りの日は、長屋の女房連中も商家の女中も、買い物に出るのを億劫がる。そんな日は、辰治も小吉も高い魚は一切仕入れをしなかった。

市場で仕入れるのは、いわしやあじなどの安い小魚だけである。それらを盤台一杯に仕込み、長屋や商家に売り歩いた。

「こんな雨のなかを、わざわざ売りにきてくれたんだからさあ」

晴れの日よりいわし一尾あたり一文高い値をつけても、女房連中も商家の賄い女も、文句を言わずに買い求めた。

モノの値段にはうるさい女房連中だが、一文の高値は雨の日の手間賃代わりだと割り切っていた。

辰治も小吉も、この日は百尾を超えるいわしとあじを仕入れていた。それを八ツの手前ですっかり売り切ったのだ。商いが上首尾に運んだふたりは、すこぶる上機嫌だった。

「支度のほうは、できてるかい」

小吉に問われたつばきは、湯が煮え立っている大鍋を指差した。

「こんだけたっぷり沸いてりゃあ、いうことなしだ」

鍋に蒸籠を載せてから、小吉は小鯛の仕込みを始めた。試し作りのために、つばきは五尾の小鯛を仕入れていた。

出刃庖丁を手にした小吉は、バリバリッと小気味よい音を立てて、うろこを剝がした。魚金の信次が選りすぐった小鯛には、八ツを過ぎても活きのよさが残っていた。

腹に庖丁を入れてワタを取り除くと、小鯛の両側に軽く切れ目を入れた。そのあとで小鯛の真上の高いところから、塩を軽く振り撒いた。

小吉は五尾の小鯛すべてを、同じように下ごしらえをした。が、身の両側に入れた切込みは、五尾それぞれに形を変えていた。

下ごしらえが終わったときには、蒸籠はすっかり湯気で熱く湿っていた。

「この蒸籠なら五尾そっくり並べても、楽々に隙間ができるだろうさ」

つばきが用意した蒸籠は、差し渡し一尺五寸（直径約四十五センチ）もある、大型の蒸籠である。小吉は底に熊笹を敷き詰めてから、小鯛五尾を並べた。

「蒸籠を載っけてくんねえ」

小吉の指図で、つばきは湯が煮え立っている大鍋の上に蒸籠を載せた。たちまち、湯気が回り始めた。

「ひいっ、ふうっ、みいっ、ようっ……」

蒸籠を載せるなり、小吉は数を数え始めた。三百まで数えたとき、最初の一尾を取り出した。あとは五十刻みに三百五十、四百、四百五十と数え、最後の一尾は五百のところで取り出した。

「切込みの形は、これが一番きれいだぜ。どうでえ、つばきさんは」

小吉が指し示したのは、斜めに二本の切込みが入っている小鯛である。しっかりと蒸し上がった身が膨れて、斜めの切込みが見た目にもきれいだった。

「あたしも、これがいいと思うわ」

「おれもおんなじだ」

「そいじゃあ、仕上げといこうじゃねえか」

つばきも辰治も、斜め二本の切込みをよしとした。

大鍋を七輪からおろした小吉は、真っ赤に熾きた炭火に鏝(こて)を差し入れた。二本の平べったい串が並んでいる、鋤(すき)のような鏝である。

「おれが鏝の加減を見ている間に、つばきさんは鯛に塩をあたってくんねえ」

「あたるって……この蒸し上がった鯛の上に振りかけるってこと？」

「その通りさ」

まな板に載せて、高いところから、まんべんなく塩を散らす。まな板に並べるときは、三百から五百まで数えた順番を間違えないようにと、小吉は細かな指図をした。

つばきは言われた通りに、五尾の小鯛に塩を振り撒いた。まな板の右端に三百で取り出した小鯛をおき、左端に五百の小鯛をおいた。

「これだけ焼きゃあ、きれいに仕上がるだろうさ」

小吉が手にした鏝は、二本の串が炭火で焼かれて真っ赤になっていた。その焼けた鏝を、小吉は小鯛の身に押しつけた。

ジュジュッと音がして、魚の焦げるにおいが立ち昇った。小吉が鏝を外すと、小鯛には美味そうな焦げ目がついていた。

「うわあ、すごいっ」

つばきが、心底から感心した声を漏らした。食べ比べた結果、三百五十まで蒸した小鯛が、一番美味だと分かった。

蒸籠で蒸した小鯛が、見た目にも美味そうな塩焼きに変わっていた。

十八

八月十九日も、雨降りのまま夜明けを迎えた。つばきがだいこんの雨戸を開いたのは、永代寺が明け六ツ（午前六時）の鐘を撞き終わる直前だった。

今日も雨だわ……。

店の前の地べたは、幾日も降り続く雨でぐずぐずにゆるくなっている。さほどに強い降り方ではなかったが、路地の方々に水溜りができていた。

今日の八ツ（午後二時）には、羽田の網元から形の揃った小鯛百尾が届く段取りである。

雨降りでも、漁は大丈夫よね。

つばきは声に出して、自分に言い聞かせた。明日の昼に届ける弁当作りの首尾は、八ツに届く小鯛次第である。

大丈夫と言い聞かせたものの、つばきは胸の内の心配を消すことはできなかった。降り続く小雨が、不安な思いを煽り立てた。

雨空を見上げていたつばきは、ふっとひとつの思案に行き着いた。

八幡様に、小鯛の大漁をお願いすればいい。

お願いごとは口にせずに、お礼をいうだけだから……。

深川に暮らし始めてからは、ことあるごとに八幡宮への参詣をしていた。さりとて、なにかの願い事をするわけではなかった。

無事に商いが続けられていることへの、お礼参りである。

「土地の者は、八幡様にあれこれ願い事をしたりはしねえ。息災に暮らせるお礼参りをするのが、ここの作法だからよ」

暮らし始めて間もないころに、弐蔵から教わったことのひとつである。つばきは神仏に対しては、篤い信仰心を持っている。

賽銭は一文銭二枚だったが、弐蔵に作法を教わったあとは、一度も願い事を唱えたりはしなかった。

薄手の合羽を羽織ったつばきは、まっすぐに富岡八幡宮へと向かった。日本橋への乗合船が発着するのは、佐賀町の船着場だ。

八幡宮は、佐賀町とは逆の方角である。遠回りになるのを承知で、つばきは魚河岸に出向く前に八幡宮へと向かった。

途方もなく広い八幡宮の境内(けいだい)では、濃緑の葉を茂らせた木々が杜(もり)を拵えている。明け六ツを過ぎたばかりの境内には、だれもまだ吸っていない、手つかずの空気が濃く立ちこめていた。

狛犬(こまいぬ)に辞儀をしてから、つばきは社殿につながる石段を登った。小雨模様の晩夏の朝である。境内の常緑樹は、強い木の精をあたりに放っていた。

つばきは胸いっぱいに、杜の精気を吸い込んだ。

おいしい……。

我知らず、言葉が口をついて出た。それほどに、八幡宮の杜は精気が濃密だった。

二枚の一文銭を投げ入れると、チャリンと軽やかな音がした。朝の美味い空気と、賽銭の音が響き渡るほどの静けさが、社殿前の境内に満ちていた。

お参りにきてよかった……。

間断なく降り続く小雨だが、いまのつばきには、いささかも気にならなかった。

履物は、三寸（約九センチ）歯の高下駄である。境内の玉砂利に高い歯をとられないように、足元を気遣いながら歩いた。

それなのに、うっかり大きな石を踏んづけたらしい。

ガクッと高下駄がよれた。足首が内側に曲がり、つばきの身体がよろけた。それでも倒れないように、つばきは懸命に踏ん張った。

足に強い力が加わり、右の高下駄の鼻緒がブチッと切れた。

しゃがんで高下駄を手に取った。切れた鼻緒の端が、玉砂利のうえに落ちた。

すげ直さないことには、歩けない。が、合羽を羽織ったために、つばきはたもとに汗押さえの手拭いを仕舞うのを忘れていた。

幸いにも、だいこんは船着場に向かう通り道である。つばきは高下駄を脱いだ。

歯の高さが三寸もある高下駄である。片方だけを履いていては、歩きにくくて仕方がなかった。

両方の下駄を手に持ったまま、つばきは裸足(はだし)で境内を歩いた。雨に濡れた玉砂利は、すべすべしている。裸足で踏むと、足の裏に心地よさが伝わってきた。

たまには、裸足もいいもんだわ。

なにごとも、いいほうに解釈する。

これはつばきの得意技である。八幡宮からだいこんまでの道を、つばきは裸足の感触を楽しみながら歩いた。

だいこんに戻ったあとは、すぐさま別の高下駄に履き替えた。鼻緒をすげ直すためのときの無駄遣いを、つばきは惜しんだ。

八幡宮まで行き帰りしたことで、いつもの朝よりも四半刻（三十分）近くも遅くなっていた。

雨降りの朝は、乗合船が混雑する。だれもが、雨のなかを日本橋まで歩くのを億劫に思うからだろう。

もしも乗合船が満員になったりしたら、次の船が出るまで、四半刻も雨のなかで待つ羽目になる。

鼻緒をすげ直すのは、魚河岸から帰ってからにしようと決めた。

手早く身づくろいをし直して、つばきはだいこんの土間を出た。

一段と分厚い雲が、深川の空におおいかぶさっていた。

十九

船着場へと向かうつばきは、懸命に足を急がせた。しかし履いているのは、雨降り用の高下駄である。

歯の高さが四寸（約十二センチ）もあり、気が急いてはいても駆けることはできなかった。

しかも履きなれたほうの高下駄ではなく、備えで仕舞っておいた履物である。

鼻緒はまだ固く、足に馴染んでいない。

強く突っかけると鼻緒がこすれて、親指の付け根が強く痛んだ。

「船が出るよおうう」

佐賀町の船着場から、船頭の触れが聞こえてきた。しかし前方には蔵と船頭小屋とが重なり合っており、船頭の姿は見えない。

いま行くから、ちょっとだけ待って……。

つばきは右手を大きく振った。握っている番傘が、上下に揺れた。

あいにくつばきの声も、手の振りも、蔵と小屋とに邪魔をされて船頭には見えなかった。

つばきは足を急がせた。日本橋に向かう船を一便しくじると、四半刻は待たなければならない。

段取り通りにことが運べば、今日の午後には小鯛が届く。そのあとは、戦場のような忙しさになるのが目に見えていた。

ゆえに今朝の仕入れは、いつも以上に早くすませたかった。乗合船を一便しくじると、ときを大きく無駄遣いすることになる。

いま行くから。

もうすぐだから、ちょっとだけ待って。

胸の内で、同じ言葉を呪文（じゅもん）のようにつぶやきながら、つばきはひたすら足を急がせた。跳ねがあがっているのは分かっていたが、構わずに先を急いだ。

目の前に、大きな味噌蔵が見えてきた。降り続く雨を突き破って、味噌の香りがつばきのほうに漂ってきた。

この味噌蔵の角を曲がれば、すぐ先が船着場である。いつもの朝なら、つばきは蔵から漂い出る味噌の香りを楽しんだ。

今朝はその香りを番傘で払いのけるようにして、船着場へと急いだ。

あとひと息だから……。

息を詰めて角を曲がった。目の前が大きく開けて、大川の眺めがあらわれた。

やっぱり、だめだった。

つばきがつぶやきを漏らした。日本橋に向かう乗合船の船頭は、すでに棹を櫓に持ち替えていた。

肩を落として気落ちしたつばきは、大川にぼんやりとした目を向けた。

雨をもいとわず、杉丸太のいかだが永代橋をくぐっている。棹をあやつる川並（かわなみ）（いかだ乗り）は、蓑笠（みのかさ）の雨具を身にまとっていた。

雨模様の朝は、景色の色味が淡い。

いかだに組まれた杉は、皮がたっぷりと水を吸い込み、こげ茶色一色である。棹をあやつる川並も、蓑笠に包まれて丸太と同じようなこげ茶色に見えた。

空は鈍色（にびいろ）で、降り落ちる雨は銀糸のようだ。

きれいな眺めだこと。

船に乗り遅れたことも忘れて、つばきは大川の眺めに見とれた。

絵師がこの景観を写し取れば、唐土(もろこし)の山水画のように描くかもしれない……そう思いながら、つばきは大川の眺めを見続けた。

仕入れのたびに、つばきは佐賀町河岸を歩いていた。永代橋を歩いて渡ることもあれば、今朝のように乗合船を使うこともある。

いずれにせよ佐賀町河岸の周辺は、ほぼ毎日、行き来をしていた。

ところがつばきは、落ち着いた目で大川の眺めを見たことはなかった。いつも先を急ぐあまりに大川も永代橋も、そして佐賀町河岸も、目には映っていても、景観を見てはいなかった。

船に乗り遅れたことで、つばきは初めて佐賀町河岸からの眺めの美しさに気がついた。

今度は、晴れた朝の眺めを見にこよう。

雨の大川を眺められたことで、乗り遅れた苛立ちがきれいに失せていた。

大きな息をひとつ吸い込み、つばきはもう一度大川の眺めに目を戻した。

コン、コン、コン。

気持ちが落ち着いたら、普請場の音が聞こえてきた。雨模様だというのに、大工たちは今日も普請を続けているようだ。

そうか……あれが、木島屋さんの隠居所の普請なのね。

すぐさま察したつばきは、普請場のほうへと歩み始めた。

次の乗合船が出るまでには、まだ四半刻近くの間があった。明日の正午には、ここの普請場に弁当を届けるのだ。現場の様子を見るには、お誂えのひまが得られた。

つばきは履きなれない高下駄を気遣いながら、木島屋へと向かった。店が近くなると、道が石畳に変わった。

荷車の行き来がしやすいように、木島屋が自前で作事した石畳である。高下駄の歯がぶつかると、つばきの歩みに合わせてカタカタと音が立った。

*

佐賀町の木島屋といえば、深川はもちろん、大川の西側にまで屋号が通っている廻漕問屋の老舗だ。

「なんたって木島屋さんは、長さ二町（約二百十八メートル）もある、自前の船着場を構えているからよう」

「まさにそのことさ。ほかの問屋がどれだけ束になったとしても、木島屋さんの荷扱いにはかなわねえ」

長い船着場のすぐ後ろには、十七の蔵が並んでいる。どの蔵も本瓦葺きで、厚さ一尺（約三十センチ）の漆喰壁仕上げだった。

廻漕問屋が軒を連ねた佐賀町のなかでも、木島屋は図抜けた身代の大きさを誇っている。

三年に一度の富岡八幡宮本祭には、木島屋は百両の寄進をするとうわさされていた。

商いも大きいが、世間に対する見栄の張り方も半端なものではなかった。

広大な敷地の奥に向かって、ひっきりなしに荷車が押されていた。仕上げで忙しいのだろうが外からは見えないように、紅白幕で普請場は隠されている。

さすが、木島屋さんの普請場は違う……。

明日は棟上げだというのに、まるで様子が見えないのだ。が、つばきは雨降りのなかでひとり合点をしていた。

＊

雨を蹴散らすようにして、隠居所の普請が進んでいた。ざっと数えただけで、数十人の職人が忙しなげに立ち働いている。

あのひとたちに食べてもらう、棟上祝いのお弁当……。

威勢よく働く職人の姿を見て、つばきは身体の内側から強い力が湧き上がってきた。

船着場へ戻り始めたころには、高下駄もすっかり足に馴染んでいたらしい。石畳を歩くと、高さ四寸の歯が軽やかな音を立てていた。

二十

小鯛は十九日の八ツ（午後二時）下がりに届いた。

「今朝方、獲ったばかりの魚だ。これなら文句はねえだろう」

納めにきた若い衆が、鼻の穴を広げて自慢したのも無理はなかった。

「うわあ、きれいな小鯛」

調理場手伝いのおはなが、思わず声を漏らした。

小鯛は二十尾ずつ、底の浅い杉の木箱に納められていた。箱の底には、大きな熊笹が敷かれている。

杉箱は、この納めのために新規に拵えたらしい。まだ杉の色味も鮮やかで、強い香りを放っていた。

濃緑の熊笹は、淡い桃色の小鯛と際立った色味の違いを見せている。熊笹の色が濃いだけに、小鯛の淡い色味が引き立って見えた。

「すぐにも塩焼きに取りかかれるようにてえんで、うちの親方の指図でウロコもワタも、きれいに外しておいたからよう」

ありがたいことに、百尾の小鯛はすぐにも調理に取りかかれる形で納められていた。

「親方に、くれぐれもお礼を申し上げてください」

百尾の小鯛を納めにきた横持ちに、つばきは小粒銀五粒の心づけを握らせた。ゼニに直せば四百文を上回る額だ。若い衆の小遣いとしても、十匁（もんめ）の小粒銀なら不足はなかった。

「ありがとうごぜえやす」

威勢のよい声で受け取った若い衆は、軽い足取りで細道を出て行った。

昼前から小降りになっていた雨は、いまはすっかり上がっていた。ときはまだ、八ツを四半刻ほど過ぎたばかりだ。雨雲が逃げ去ったあとには、濃紺色をした晩夏の空が戻っていた。

陽は少しずつ、西へ移り始めていた。しかしまだたっぷり残っている暑さを、高い空から地べたに降り注いでいる。

店先に立ったつばきは、右の人差し指を軽く舐（な）めてから突き立てた。指に風と温気（うんき）を感じて、天気の動きを判ずるのだ。

「おてるさん」

つばきに呼ばれて、おてるは急ぎ足で店先に出てきた。

「今日はこれから、いままでになかったほどの残暑がぶり返すわよ」

「そうですね」

空を見上げたおてるは、つばきの見立てに得心していた。

「せっかくの小鯛が傷まないうちに、手早く火を通しましょう」

べられる。

「分かりました、すぐに始めます」
調理場に戻ったおてるは、おはなに指図して、大釜に水を汲み入れさせた。へっついのわきには、大型の蒸籠がすでに用意されていた。蒸籠は三段で、一段につき、十尾の小鯛が並べられる。

調理場の外の路地では、七台の七輪が火熾しを待っていた。七輪の炭火は、鏝を焼くための火である。

蒸し上がった小鯛に七輪で焼いた鏝をあてると、見た目にも美味そうな焦げ目をつけることができる。小鯛の塩焼きを手際よく拵えるために辰治と小吉が思いついた工夫だった。

「こどもたちは、なんどきから手伝いにきてくれるのかしら」
「段取り通り四ツ（午後十時）からですが」
「だったらわるいけど、あと一刻（二時間）ばかり早めてもらえないかなあ」
勝手を言ってごめんねと、つばきはおはなに軽く詫びた。

夏の温気のなかを、小鯛は生のままでは一夜を越すことはできない。ゆえに今日のうちから、百尾の小鯛には火を通す算段をしていた。

調理を済ませた小鯛を、翌日の昼までどうやって保たせるか。あれこれみんなで話し合いを重ねた末に、夜通しうちわの風を送るという思案に行き着いた。

すのこに熊笹を敷き、そのうえに仕上がった小鯛の塩焼きを並べる。あとは交替で、夜通しうちわの風を送り、傷むのを防ぐ。

これがみんなで取り決めた段取りだった。

おはなが暮らす長屋には、こどもが多い。そのこどもたちに駄賃を払い、朝までうちわを使わせる……おはなが口にしたことを、つばきは妙案だと喜んで受け入れた。

四ツから翌朝まで、こどもたち六人を呼び寄せるというのが、当初の段取りだった。しかし雨が上がったあとの暑さは、つばきの予想を大きく上回っていた。

一刻でも早く、うちわの風を送りたい。そう判じたがゆえに、こどもを呼び集める刻限を早くしたのだ。

「いまから長屋に戻って、こどもたちのおっかさんに頼んできます」

蒸籠の支度を終えてから、おはなは裏店へと駆け戻って行った。おはなの背を、強い西日が照らしていた。

二十一

永代寺が五ツ（午後八時）の鐘を撞き始めたころ。長屋のこどもたちは、てんでに親に手を引かれてだいこん前の小道を歩いてきた。

「降っていたときには、秋を思わせるほどに涼しかったのにねえ」

「ほんとうだよ。今夜の暑さは、夏がぶり返したみたいじゃないか」

親同士が、声高に残暑の厳しさを言い募っている。つばきが見立てた通り、雨が上がったあとは、町が蒸されていた。

雨はすっかり上がっており、夜空には無数の星と、幅の広い天の川が見えた。

「あの川のどこかに、まだ牽牛星と織女星が残っているのかなあ」

「七夕は、もうとっくに終わったじゃねえか。そんなもん、いるわけねえだろう」

「そうだよ。ふたつの星が天の川を渡れるのは、一年に一度きりだって、ちゃんが言ってたもん」

雨上がりの空には、幾日かぶりに天の川が流れていた。こどもたちは、親から聞かされてきた知識のかけらを、声高に投げ合って歩いていた。

雨が上がってから、まだわずか三刻（六時間）しか経っていない。それなのに、蚊が羽音を立てて飛び交っていた。

だいこんの近所には、ぼうふらにはお誂え向きの、草むらや水溜りが幾らでもある。こどもが身体から放つ熱とにおいが、蚊をおびき寄せるのだろう。

「まったく、うっとうしい蚊だよ」

こどもの手を引いた母親は、汗の浮いた首筋をピシャッと叩きながら、だいこんに向かって歩いてきた。

五ツの鐘が鳴り始めたときから、つばきは店の裏口に出てこどもたちを待ち受けた。鐘が鳴り終わる前に、五人のこどもが揃った。

「勝手なことをお願いしまして……」

あたまを下げるつばきの周りには、不思議なことに一匹の蚊も飛んではいなかった。

「ほんとうに、うちの子なんかで役に立つのかねえ」

「食べ物作りの手伝いなんか、小僧には無理だと思うんだけど……いったい、なにをさせたいの？」

親のなかには、手伝いの中身を詳しく聞いていない者もいた。

「そんなにむずかしいことを、手伝ってもらうわけではありませんから……どうぞ、そちらにお座りください」

集まってきた親に、つばきは裏口に出した腰掛けを勧めた。

「手伝ってくれる子は、おねえちゃんと一緒に店に入ってちょうだい」

今夜、夜通しうちわで風を送るのは、男児ふたり、女児三人である。こどもの世話と、仕事の指図をするのは、おはなの役目だ。

右手をあげて先頭に立ったおはなのあとに、こどもたちは歓声をあげながら続いた。五人全員が店の調理場に入ると、裏口が静かになった。

「わざわざお連れいただいて、ありがとうございます」

つばきは半刻（一時間）前に自分の手で拵えた麦湯を、母親たちに給仕した。素焼きの大きな湯呑みに、ぬるめの麦湯がたっぷりと注がれていた。

「これは……甘くておいしいわねえ」

「ほんとう。こんなにおいしい麦湯は、呑んだことがないわよ」

「いったい、なにを混ぜたんだい？」

問われても、つばきは笑顔を拵えただけで答えなかった。

＊

つばきは麦湯に砂糖を加えていた。それも和菓子作りに使う上物の砂糖、和三盆である。

当初の段取りよりも一刻（二時間）早くにこどもたちの手伝いを頼もうと決めたとき、つばきは仲町の薬屋、蓬萊屋をおとずれた。

「和三盆を一斤（約六百グラム）、六つの袋に小分けしてください」

「かしこまりました」

蓬萊屋の手代は、声をはずませた。

砂糖のなかでも上物の和三盆を売っているのは、乾物屋ではなしに薬屋である。この砂糖を調味料に使う者は金持ちでもまれで、多くは病人に舐めさせる薬として使ったからだ。

砂糖を薬に使う理由は、ただひとつ。

甘味が上品ながらも強い代わりに、飛び抜けて高価だったからだ。

つばきが買い求めた一斤の和三盆なら、じつに二分（二分の一両）もした。ゼニに直せば二貫五百文、安い裏店なら四カ月分の店賃に相当した。

それほどに高価な砂糖を麦湯に使おうと決めたのは、つばきが縁起担ぎだからだ。

大きな仕事を請け負ったときのつばきは、いい縁起を呼び込めるように、費えを惜しまなかった。

もしも今日一日、雨降りが続いていたなら、つばきはこどもを段取り通り、四ツ（午後十時）に呼んだだろう。

ところが雨は八ツ（午後二時）の四半刻過ぎには上がった。右の人差し指を舐めて天気の様子を判じたら、強い残暑がぶり返しそうだと分かった。

それゆえに、こどもたちの手伝いを一刻早くからに変えてもらった。当初の段取りの四ツまで待っていては、小鯛が傷むかもしれないと思ったからだ。

段取りが変われば、ツキも変わる。

この道理を強く信じているつばきは、段取り変わりとなったいまこそ、いいツキを呼び込まなければと思案をめぐらせた。

こどもたちの世話は、おはなに任せればいい。心根のやさしいおはななら、こどもの差配は間違いなく上首尾に果たしてくれる。

ツキが変わるとすればこどもではなしに、一刻早く連れてくる母親が鍵……つばきはこのことに思い当たった。

たとえだいこんが地元で信用されていたとしても、こどもを一晩手伝いに出すのは、母親には気がかりだろう。そのうえさらに、当初の段取りより一刻も早くから手伝いがほしいといわれたら……。

どんな母親でも「大丈夫かしら」と、不安な思いを募らせるに決まっている。その不安が元で、もしもこどもの手伝いを断られたりしたら、大きな手はず違いが生ずる。

ところがもしも母親が「だいこんなら大丈夫」と安心してくれたら、ことは上首尾に運ぶに違いない。それが縁起であり、ツキというものだ。

だとすれば、母親に喜んでもらえることをすればいい。

あれこれと思案をめぐらせているうちに、不意につばきは、和三盆を手土産に配ろうと思いついた。

思いついたというよりは、教えられたことを思い出したのだ。

薬にするような、高価な和三盆である。長屋暮らしの者は、甘味の調味料として買い求めることはしない。

しかし、もしも手土産でもらえたら。

自分のカネでは買わないが、いただき物で手にできたら、惜しまずに使う品……これこそが、喜ばれる手土産選びの極意だと、かつて駿河町（するがちょう）の菓子屋、備後屋新兵衛（びんごやしんべえ）から教わったことがあった。

「少々値が張るが、ここ一番のときには和三盆を使えば効き目は絶大だ」

菓子屋の当主は、和三盆を強く薦めた。そのことをつばきは思い出したのだ。

蓬萊屋の手代は注文通り、一斤の和三盆をきちんと六等分して油紙の袋に小分けした。

一袋を麦湯作りに使い、残りの五袋を母親たちへの手土産に使うことにした。

＊

「このたびは、無理な頼みを気持ちよくお聞き届けくださって……お礼の申しようもございません」

五人の母親にしっかりと礼を伝えてから、つばきは油紙の袋を全員に手渡した。

「麦湯に混ぜていたのは、和三盆です」

「あらまあ」

「そんなぜいたくなものを……」

「道理で、おいしいわけだわさ」

母親たちはてんでに声を上げて、麦湯の美味かったことに得心した。

「いまお渡ししましたその袋には、和三盆が入っています」

「なんだって?」

「和三盆が、この袋のなかに入ってるんだってさあ」

「いやだ、どうしよう」

調子の高い声が、だいこんの裏口で飛び交った。素っ頓狂(とんきょう)な声を発しながらも、母親たちの目は喜びで輝いている。

つばきは、弁当作りの上首尾を確信した。

二十二

九ツ(午前零時)の鐘が町に流れ出すまでは、こどもたちの目はしっかりと固かった。

「金(きん)ちゃん、そんな扇(あお)ぎ方じゃあだめよ。風がお魚に、ぜんぜん届かないもん」

「おまえだって、うちわの使い方がなってねえじゃねえか」

「どうして?」

「どうしてじゃねえよ。うちわは、こうやって思いっきり扇ぐんだよ」

板の間に立ち上がった金太(きんた)は、両手で持ったうちわを、四尺(約百二十センチ)の身体の上下いっぱいに動かした。

「おねえちゃん、金ちゃんがあたいにいじわるする」

こどもたちは銘々がうちわを持ち、ある子は蒸籠のふちから、別の子はすのこの真上から、懸命に風を送った。

手伝いというよりは、うちわ遊びに近い。しかし小鯛に風が届いている限り、おはなはこどもを叱ることはしなかった。

ゴオーーン……ゴオーーン……。

同じ永代寺が撞く鐘でも、町が寝静まってからの音は、遠慮気味に響く。

最初の鐘が撞かれたとき、金太が大きなあくびをした。こどものあくびは、駆け足で他の子にうつる。

九ツの本鐘すべてが鳴り終わったときには、五人のこどもはまぶたを閉じていた。

「まだ眠ってはだめでしょう……ほら金太、しっかりと目をあけなさい」

金太の前に立ったおてるは、顔のそばで両手を強く叩いた。

ピクッと、金太のまぶたが引きつった。が、目が開くにはいたらなかった。残る四人のこどもも、全員がすでに寝息を立てていた。

「どうしよう……これじゃあ、小鯛が傷んでしまいそうだわ」

こどもの手配りをしたのは、おはなである。全員が眠りこけているさまを見て、おはなは途方に暮れた顔つきになっていた。

「ごめんよ」

だいこんの裏口で男の声がしたのは、眠ったこどもを板の間から畳の部屋へと、おはなが移していたときだった。

九ツを過ぎてからおとずれる者に、おはなもみさきも心当たりがなかった。

つばきを呼ぼうにも、湯殿で湯につかっているさなかである。

「どちらさまでしょう」

杉戸越しに問い質すみさきの声は、いぶかしさに満ちていた。

「その声は、つばき坊じゃねえな」

「いったい、どちらさまでしょうか」

向こう気の強いみさきは声を尖らせた。

「閻魔堂の弐蔵だ」

ぞんざいな口調ながらも、弐蔵はきちんと名乗っていた。

二十三

真夜中を過ぎただいこんで、若い男四人がきびきびと立ち働いていた。

四人とも紅色の派手なたすきがけで、尻端折りの格好だ。

「そっちの具合はどうでえ」

「軒下から、あと二寸（約六センチ）ばかり下にしたほうがいい」

「がってんだ」

真夜中だというのに、男衆の物言いは威勢がよかった。

着ているものは、四人とも細縞柄の紺色木綿長着（ながぎ）だ。細縞は、大店がお仕着せに好んで使う柄である。ぼんやりとした明かりしかない真夜中ゆえに、遠目にはお店奉公のお仕着せのようだ。

しかし四人とも、とてもお店者（たなもの）には見えなかった。第一に、しゃべり方の歯切れがよすぎた。それに加えて、口調がお店者とは明らかに違っていた。

「あいよう」

「がってんだ」

四人はこれを連発した。大店の奉公人は、まかり間違っても「がってんだ」だの「あいよう」だのとは答えない。

歳のころ二十六、七の若い衆四人は、弐蔵が呼び集めた、てきやの若い者だった。

「ほんとうに今夜という今夜は、親分の手配りに助けていただきました」

若い衆四人が手伝いを始めるなり、つばきは正味（しょうみ）の礼を口にした。こどもたちが全員眠りこけてしまい、つばきは往生していた。そこに前触れもなしに若い者を引き連れて姿をあらわしたのが、閻魔堂の弐蔵だった。

つばきは、本心からの感謝を口にした。弐蔵はつばきに見えないところで、満足の笑みを浮かべていた。

＊

十七日の正午過ぎに、弐蔵がつばきとだいこんで話をしていたとき。職人風の男が、仕出し弁当百人分という、大量の誂え注文を持ち込んできた。

誂え話を聞かれるのを、つばきはいやがっている……そう察した弐蔵は、余計なことを口にせずに引き揚げた。

が、佐賀町の普請場からきた男が持ち込んできた誂えは、ひとり二百文という、飛び切り高値の仕出し弁当である。

そのことを耳にした弐蔵は、つばきがどんな段取りで誂えをこなすのか、差配ぶりを遠くから見詰めていた。

三年に一度の富岡八幡宮本祭は、佐賀町と木場で持っているというのが、地元の言い伝えである。

佐賀町河岸には、廻漕問屋が群れをなしていた。祭の費えは、蔵ひとつにつき幾らという割前を、佐賀町の肝煎が課した。言われた廻漕問屋も、目一杯に見栄を張った。

佐賀町が富岡八幡宮に寄進する本祭の費えは、五十両を下回ることはなかった。

木場も負けてはいなかった。

「佐賀町が蔵ひとつで幾らというなら、うちらは杉の丸太、檜の丸太一本につき幾らと決めようじゃないか」

木場の材木問屋は、佐賀町より一両でも多く寄進すると気張った。

江戸に祭は数多くあれども、ひとつの町から五十両、六十両という途方もない大金が寄進されるのは、佐賀町と木場のほかには一町もなかった。

その佐賀町のなかでも、木島屋は図抜けた身代の大きさを誇っていた。

「木島屋さんからごひいきを頂戴できれば、商いは孫子の代まで安泰というものだ」

木島屋と新規の取引がかなった店は、赤飯を近所に振舞って喜んだ。が、ひとたび木島屋の不興を買ったならば、もはや深川での商いに望みは持てないと言われた。

餅菓子屋。太物屋（ふとものや）。雨具屋。履物屋。

木島屋から出入り差し止めを食らって、深川から夜逃げした店は、何軒もあった。

仲町地回りの弐蔵は、もちろん木島屋の評判は何度も耳にしていた。

うまく運べば上々だが、もしもしくじったらえらいことになる……。

百人分の仕出し弁当が、木島屋の普請場からの誂えだと聞かされた弐蔵は、つばきの動きをしっかりと見張った。とはいえ、つばきの気性を分かっているだけに、余計な手出し口出しは一切しなかった。

百尾の小鯛の扱いが、今回の誂えの肝。

そう判じた武蔵は手下に言いつけて、つばきの動きを見張った。

蒸籠で蒸した小鯛に、焦げ目をつける。その趣向を手下が聞き込んできたときは、武蔵は心底からつばきに感心をした。これは手早く、そして見栄えのいい料理を出す、よしず張りのてきやの手法だったからだ。

前夜のうちに小鯛に火を通して、傷みを防ぐという段取りにも、大いに感心をした。しかし、こどもたちに夜通しうちわで風を送らせる思案だと聞いたときには、眉をひそめた。

てきや仕事の手伝いで、武蔵はこどもを何度も使ってきた。

「そいつは、使っちゃあならねえ」

「あと半刻（一時間）は、そこを動いちゃあいけねえぜ」

きちんと指図をし、目配りを抜からなければ、こどもは充分役に立った。安い駄賃で使えるこどもを、武蔵は大いに重宝した。

しかしただひとつ、夜の手伝いだけはまるであてにならないと骨身に染みていた。

どれほど元気そうに見えていても、こどもはまるで申し合わせたかのように、四ツ（午後十時）を過ぎると居眠りを始めた。

ひとたびこっくり、こっくりと船を漕ぎ始めると、どれほど脅してもだめなのだ。

「ガキが使えるのは四ツの手前までだ」

てきやの仲間内では、これが鉄則だった。

こどもをそんな使い方をしたら、決めのところでつばきはしくじる。

そう案じた弐蔵は、『霊巌寺(れいがんじ)の芳蔵(よしぞう)』と呼ばれているてきやの元締に掛け合った。

「よんどころねえわけがありやして……」

事情を正直に話して、弐蔵は若い者四人を芳蔵から借り受けた。いずれも屋台の物売りに明るい者ばかりである。

「夕方から蒸籠で蒸した小鯛を、翌日の昼まで傷まずに持たせる知恵がほしい」

弐蔵のつけた注文に、四人は同じ答えで口を揃えた。

「そういうことなら、蒸籠に風を送ればなんてえことはありやせん」

つばきの思いつきは的を射ていた。過(あやま)ちは、こどもを使おうとしたことだった。

＊

「もうあと二寸ばかり垂らしたら、しっかりと結べるぜ」

「こっちはこれで、ちょうどいい具合だ」

「おれっちの蒸籠もここまで吊るしておきゃあ、夜明け前の凪(なぎ)になっても、風の通りは充分だ」

弐蔵の頼みを聞き入れた芳蔵は、飛び切り腕のいい四人を手配りした。

江戸御府内には、随所に神社仏閣が建立されている。そして毎月五日は水天宮、八日が薬師、十八日は観音、二十五日が天満宮、二十八日が不動尊と、それぞれの縁日が定まっていた。

芳蔵が仕切るのは、大川の東側全域である。町の数だけでも三百余町。これだけの広さの高町（神社仏閣の祭礼）を仕切れるのは、江戸のてきや元締のなかでも、霊巌寺の芳蔵だけだった。

門前仲町の縁日には、富岡八幡宮と、深川不動尊のふたつがある。いずれの高町も、弐蔵は芳蔵の下について仕切りを手伝っていた。

芳蔵から頼まれるまでもなく、弐蔵はおのれから高町差配の手伝いを申し出た。

「あんたは、あの霊巌寺の親分の手伝いを引き受けておられるのか」

たとえ下で働いたとしても、霊巌寺の芳蔵の手伝いができるのであれば、仲間内で大きく幅が利いた。

「霊巌寺の芳蔵親分は、器量の大きさが桁違いだ」

周りのだれもが、芳蔵の器量の大きさを認めていた。

四人が手際よく物事を進めるきびきびとした動きは、仕事なれした大店の手代でもかなわなかった。

「ほんとうに助かりました」

蒸籠を軒下に吊るし終わったとき、つばきは武蔵に深々とあたまを下げた。

「どうてえことでもねえ。難儀なときは、お互いさまじゃねえか」

若い衆の手前、見栄もあるのだろう。武蔵は、鷹揚な物言いをした。

「こんな夜中のことで、大したことはできませんが……」

つばきは急ぎ支度で、メシを炊いていた。

つばきの炊くメシの美味さの評判を、武蔵は浅草並木町の時分から耳にしていた。評判を聞いていただけではなく、つばきが炊いたメシを何度も口にしたことがあった。

「せっかく、こちらのつばき姐さんがそう言ってるんだ。炊き立てのメシを、遠慮なしにゴチになろうじゃねえか」

草木も眠る丑三つ時（午前二時半ごろ）に、武蔵と若い者四人は、だいこんの板の間に腰をおろした。

炊き上がったメシを、おはなが櫃に移している。二十目ろうそくの明かりのなかで、強い湯気が立ち上った。

板の間の隅では、こどもたちが心地よさげに寝息を立てていた。

二十四

真夜中にだいこんの板の間で、弐蔵たちに炊き立てのメシが振舞われることになった。

へっついの前にしゃがみ込んだつばきは、どうやってもてなせばいいか、あれこれと思案をめぐらせた。

遣うときには、惜しまずに遣う。

これがつばきの生き方である。

弐蔵が連れてきたのは、てきやの若い衆。この面々の手助けが得られたことで、温気のさなかにもかかわらず、小鯛の塩焼きは一尾も傷まずに済みそうだった。

弐蔵はつばきのために、てきやの元締にあたまを下げた。

渡世人の貸元が、てきやの元締に借りをつくったわけだ。弐蔵はひとことも口にはしなかったが、大きな負い目を背負ったのは間違いない。

手助けにあらわれた若い衆は、全員が敏捷に立ち働いた。その動きを見ただけで、弐蔵は選りすぐりの若い衆を借り受けてきたのだと、つばきには察せられた。

弐蔵は頼まれもしないのに、つばきのために陰で動いていた。

それが分かったいま、つばきはできる限りのもてなしで応えようと決めた。

目一杯にもてなせば、弐蔵も若い者にいい顔ができる。渡世人に見栄を張らせることが、なによりの礼だとつばきは心得ていた。

が、なんといっても丑三つ時のことである。

もてなしたいという気はあっても、できることには限りがあった。

どうすれば、てきやの若い衆に分かってもらえるだろうか……。

あれこれ思案をめぐらせながら、つばきはへっついの前にしゃがんでいた。炊き上げるメシの火加減に気を配るためである。

腕によりをかけて、美味いごはんを炊き上げよう……最初に思いついたのは、このことだった。

おいしいごはんを炊くことなら、だれにも後れはとらない。いきなりメシを炊くことになったものの、つばきに不安はなかった。

＊

美味いメシを炊くために、つばきは水に工夫を凝らしていた。並木町にいた時分には、考えなかった工夫である。深川の水が浅草よりもまずかったがゆえに、編み出すことのできた思案だった。

並木町でだいこんを営んでいたときは、幾らでも水道の水が使えた。ところが御府内の水道は、大川をまたぐことはできないのだ。

江戸市中の地べたを掘って張り巡らした水道は、木の樋を伝って流れていた。水源地は、玉川と神田川のふたつである。どちらの水道も、地べたに埋めた樋の高低差を使って、淀みなく流れていた。

大川は川幅が百二十間（約二百十六メートル）以上もある、大きな流れだ。東西の岸は永代橋、新大橋などで結ばれている。

ひとは橋を渡って両岸を行き来できた。しかし高低差だけで流れる水の道は、大川の流れでさえぎられた。

橋の下は大小の船や、いかだがくぐる。高さのある船でも支障なく通過できるように、どの橋も真ん中が大きく盛り上がっていた。

そんな橋の下に、水道を渡すことなど、できる話ではなかった。

深川で使う水は、井戸水である。しかし埋立地の深川は、井戸を掘っても塩辛い水しか得られなかった。

洗濯などの雑用には使えても、飲料水にはならない。飲み水や料理に使う水は、毎日、水売りから買い入れるほかはなかった。

しかし水売りが売り歩くのは、御堀の銭瓶橋たもとで汲んだ、水道の余水である。夏場は朝に買った水でも、夕方にはいやなにおいを放つことがあった。

「水を漉して使えばいいだろうよ」

知恵を出したのは、父親の安治である。

普請の請負仕事で、安治は茂原の山奥に出向いたことがあった。そこの施主から、水を漉して使うことを教わっていた。

炭。きれいに洗った小石と砂。そして棕櫚の葉。これらを四斗樽の空き樽に敷き詰めて、水売りから買い求めた水を流し込んだ。

四度目の水を漉し終えたとき。

「これならいいだろう。おめえも呑んでみねえな」

目元をゆるめた安治は、水の注がれた湯呑みをつばきに差し出した。

「おいしい……」

ひと口含んだつばきは、ふうっと吐息を漏らした。そして残りを一気に飲み干した。

元からつばきは、メシの炊き方は図抜けて上手だった。そのつばきが、漉し水を使ってメシを炊くのだ。

「だいこんのメシの美味さてえのは、尋常なものじゃねえ」

だいこんで供するメシの美味さの評判は、たちまち深川の隅々にまで広まった。

＊

美味しいごはんを出しただけでは、手伝ってくれたあのひとたちに、感謝の気持ちを分かってはもらえない……。

へっついの炎を見詰めるつばきの顔が、真っ赤である。土間が暗いために、薪を燃やす炎の明かりがつばきの顔を染めていた。

薪の炎が、へっついの周りを赤く照らし出している。つばきの顔だけではなく、土間まで赤く染まっていた。

炎が放つ赤い明かりを見ていたつばきが、両手をパンッと叩き合わせた。

そうだっ。

勢いよく立ち上がったつばきは、みさきを呼び寄せた。

「うちにあるだけの百目ろうそくを、ここに持ってきて」

みさきは納戸から、十本の百目ろうそくを運び出してきた。

店で使うのは、一本二十目の細身のろうそくである。細いといっても、ろうそくは高価だ。灯して四半刻（三十分）しか持たない二十目のろうそくでも、一本五十文もした。

その代わりに二十目ろうそくなら、遠州行灯よりも五倍は明るい。明るいがゆえに、ろうそくは高かった。

百目の大型ろうそくなら、一本を灯しただけで二十目ろうそくの七倍近い明るさが得られた。重さは五倍でも、明るさは七倍あった。

しかし燃えるのも早い。

二十目ろうそくは一本で四半刻は持った。百目のろうそくは、倍の半刻（一時間）しか持たなかった。明るい分、炎も大きいからだ。

百目のろうそくは、一本が三百文。そんな高価な明かりが、わずか半刻で燃え尽きた。ゆえに大店といえども、百目ろうそくを灯すのは、よほどわけのある場合に限られた。

みさきが運び出してきた百目ろうそく十本すべてに、つばきは火を灯した。だいこんの調理場が、あたかも昼間のような明るさになった。

「このろうそく全部を、板の間に運んでちょうだい」

余りの明るさに驚いたおはなは、目をしばたたかせた。

「お客様をもてなすのに、薄暗いところではしようがないから」

百目ろうそくを十本も灯すことは、客に見栄を張る賭場といえどもないことだ。

てきやの若い衆は、少々のことでは驚かない。渡世人同様に、幾つも修羅場をくぐっているからだ。

ところがそんな若い衆でも、板の間を照らし出した十本のろうそくには目を見張った。

明るい板の間に、人数分の箱膳が運ばれた。膳に載っているのは、大きめの鉢と茶碗、それに柘植(つげ)で拵えた汁椀である。

茶碗と汁椀は、伏せられていた。

鉢には、つばきが拵えたなすの味噌炒めが形よく盛られていた。

油炒めをしたなすを、味噌と砂糖で味付けした、つばき得意の一品である。

だいこんで使う魚も野菜も、つばきは日本橋の魚河岸で仕入れている。炒めに使ったなすは、砂村(すなむら)の農家が魚河岸に納めた飛び切りの品だった。

色味の美しさに惚れて、つばきは使い道を考える前に買い込んでいた。いささか高かったが、値段にはかかわりなく仕入れた。

味付けに用いた味噌も砂糖も、とっておきの上物である。なすの油炒めは得手な料理のひとつだが、丑三つ時に拵えた献立は、ことのほか美味くできていた。

箱膳が行き渡ったのを見定めてから、つばきは客の真ん中に座った。炊き立てのメシを移した櫃を、みさきがつばきのわきに置いた。

「お待ちどおさまでした」

つばきは武蔵の茶碗にメシをよそった。手渡したあとは、順に若い衆に給仕をした。

「あり合わせのものだけですが、どうか存分に召し上がってください」

茶碗によそわれたメシから、強い湯気が立ち昇っている。炊き立てのメシは熱々で、板の間に淀んでいる温気を蹴散らしていた。

「すまねえが、ちょいと塩をもらえねえか」

武蔵に言われて、みさきは粗塩を盛った小皿を持ってきた。

「このひとの炊いたメシは、塩をひとつまみ振りかけて食えば、美味さが際立つぜ」

武蔵の言ったことに、若い者全員が従った。親指と人差し指で摘んだわずかな塩を、パラパラッと炊き立てメシに振りかけている。

遠い昔、並木町の裏店でつばきが炊いたメシを、武蔵は同じことをして口にした。つばきの炊くメシの美味さも、うまい食べ方も、武蔵はしっかりと覚えていた。

「こいつあ……」

ひと箸を口にいれた若い者が、あとの言葉を忘れたような顔つきである。

「どうでえ、うめえだろう」

武蔵は、まるでおのれで炊いたかのような顔で、つばきのメシを自慢した。

「このなすのうめえことといったら」

端に座った若い者は、立て続けになすの油炒めを口に運んだ。

「たまらねえ美味さだぜ」

「こんなうめえメシを食ったのは、生まれて初めてだ」

銘々が、メシと料理の美味さに舌鼓を打っている。たまらずこぼれ出た感嘆の声が、百目ろうそくの明かりを揺らした。

二十五

てきやの若い衆は、食べっぷりがすこぶるよかった。

露天商は、口先だけの世辞は言わない。そんな無駄なことをするよりは、すぐに売れるモノを探すことに気を配った。

「こいつあ、うめえ」

てきやが美味いといえば、それは本当に美味いのだ。

「この梅干しの塩梅（あんばい）のよさてえのは、おそれいったぜ」

「味噌汁だって、半端な味じゃあねえ」

「梅干しも味噌汁も、このまんまで今日っからでも売りに出せるだろうよ」

若い衆の口から、つばきの腕を褒める言葉がとめどなく出てくる。

てきやは本音しか口にしない。そのことは、武蔵には分かり切っていた。

「連中は、よっぽどおめえの腕のよさにたまげたらしいぜ」

わがことのように武蔵は喜んだ。

「ありがとうございます」

心底からの礼を伝えたつばきは、武蔵の茶碗に炊き立てメシを給仕した。

「おめえの炊いたメシを食ってて、いつも驚かされることがひとつある」

それほど数多く食ったわけじゃねえがようと、武蔵は正直な言葉を添えた。

なにごとだと、てきやの若い衆たちが耳を澄ませた。

「おめえが炊いたメシはこんだけうめえのに、釜の底には焦げメシもちゃんとくっついてるてえことさ」

武蔵は箱膳のわきに隠してあった、焦げメシを盛った皿を取り出した。

「いつの間に、そんなことを……」

つばきが気づいていない間に、武蔵は釜の底から焦げメシをはがして持ってきていた。

＊

釜の底にできた焦げメシは、おおむねこどもの大好物だった。

よく洗った手のひらに、塩を軽く振りかける。その手に、焦げて堅くなったメシを盛る。

母親が拵える握り飯を、こどもは生唾を呑み込みながら見守った。

「はい、できたわよ」

米俵の形に握られた握り飯は、せんべいのような香ばしさを漂わせていた。

ひと噛みすると、焦げた米の香りが口のなかいっぱいに広がった。

「ちゃんと噛んで食べなさい」

言われたこどもは、うなずきつつ、次のひと口を頬張った。

「三十を数えるまで、しっかりと噛むんだからね」

母親にじっと見詰められているがために、すぐには呑み込めない。仕方なく噛み続けていると、ごはんを甘く感ずるようになった。

焦げたメシの、香ばしさ。

パリパリの焦げメシの味を引き立てる、塩。

噛み続けることで生ずる、ごはんの甘味。

母親が拵えた握り飯は、食べているうちに何度も味覚が変化した。この味の変わり方を、こどもは楽しんだ。

しかし釜の底に焦げメシを拵えると、炊き上がったごはんにも焦げ臭さがうつってしまうのだ。

「なんでえ、このメシは」

「ごめんなさいね、うっかり火加減を間違えて焦がしちまったのよ」

焦げメシのにおいは、せっかくのごはんをまずくした。ゆえにこどもがどれほど食べたいとせがんでも、母親はわざと焦げメシを拵えることはしなかった。

＊

「おめえはこんなに美味い焦げを拵えてるのに、においはまるで炊いたメシにうつっちゃあいねえ」

「そんなことを褒めないでくださいな」

つばきは焦げメシを拵えたことを、本気で恥ずかしがっていた。

やり取りをわきで聞いていた若い衆のひとりが、弐蔵のそばに寄ってきた。

「その皿の焦げメシが、釜の底にくっついてやしたんで？」

うなずいた弐蔵は、皿を若い者の目の前に差し出した。

「いただきやす」

男は焦げメシを口に入れた。そしてあたかもメシの吟味をするかのように、むずかしい顔で何度も噛んだ。

二十回まで噛んでから、男はようやく呑み込んだ。

「あっしらが食わせてもらったメシは、この焦げメシのうえに載っかってたてえんでやしょうか？」

「その通りだ。驚いたか」

「へえ……」

弐蔵から焦げメシの皿を受け取ると、他の面々にもそれを食べさせた。食べ終わった全員が、目を見開いていた。

「ほんとうに姐さんてえひとは、メシ炊きの達人でやすね」

「おみそれしやした」

「いつか折りがあったら、この焦げメシをあっしらが売れるように、知恵と力を貸してくだせえ」

若い衆は、居住まいを正してからつばきにあたまを下げた。

「お焦げを拵えたのは、決して褒められることではありませんから……」

きまりわるげな顔のつばきは、いつになく語尾が消え入りそうだった。

二十六

「大事な朝だから、しっかり目を覚ましてちょうだいね」

つばきがこどもたちを起こしたのは、五ツ（午前八時）前だった。

長屋のこどもたちは、いつもなら六ツ半（午前七時）には、母親に叩き起こされた。ところがつばきは、あえて半刻（一時間）遅くまでこどもを寝かせていた。

夜中にてきやの若い衆たちに、不意の食事の支度をした。段取りが違ったことで、こどもたちの朝餉（あさげ）の支度が遅れた。それゆえの、五ツどきの目覚ましだった。

しかし半刻もゆっくり寝られたこどもたちは、大喜びだった。

「おいら、なにをすればいいの」

「あたいにも手伝わせて……」

目覚めたあとのこどもは、すこぶる元気がよかった。

「ごはんを食べたら、いろいろと手伝ってもらうわよ」

やさしい口調で言い聞かせたつばきは、こどもたちに口すすぎをさせてから、朝餉の膳につかせた。

さつまいもの味噌汁と生卵、それに炊き立てのごはんである。

「おいらひとりで、この卵をぜんぶ食べてもいいの？」

こどもは見開いた目を輝かせて、つばきに問いかけた。

「もちろんよ。その代わり、ごはんのあとはしっかりと働いてもらうわよ」

「わっかりましたあ」

声を弾ませて、こどもたちは卵を割った。

生卵は古くなった品を投売りする店でも、一個で六文はした。子だくさんの長屋暮らしでは、こどもがひとりで卵一個を食べられることなど、ないことである。

一個の卵を兄弟ふたりで分け合うのは、裏店暮らしの決まりごとだった。

割った卵を先にごはんにかけるのは、兄の特権である。下地（醤油）を垂らした卵を強くかき混ぜて、えいやっとばかりにごはんにかけた。

白身のほとんどが、ドロドロッと茶碗に流れ落ちた。

「あんちゃん、いっぱいかけてずるい」

弟に手渡された小鉢には、強い粘り気の黄身が残っているだけだった。

こどもにとっては少ない黄身よりも、量の多い白身が大事である。半べそ顔の弟を横目に、兄は白身がけの炊き立てメシを頬張った。

つばきはこどもたちに、一個ずつ生卵を用意した。昨日の夕方に仕入れた、真新しい卵である。

小鉢に割りいれると、黄身がぷくっと元気よく膨らんでいた。

「いただきまあす」

こどもたちは小鉢の卵を、いっぺんにはメシにかけなかった。二度、三度と分けて、炊き立てメシをお代わりした。

ひとりで使える生卵が、こどもにはなによりのご馳走だった。

さつまいもの味噌汁も、つばきの得意献立のひとつである。皮のついたままの芋を厚く切ったのが、味噌汁の具だ。

味噌の強い味が、さつまいもの甘味を引き立てた。

「ごちそうさまでした」

食べ終わったときは、女児までもが腹を大きく膨らませていた。

「相馬屋さんから、車を一台借りてきてちょうだい」

つばきに用を言いつけられると、全員が素早く立ち上がった。手伝いのできるのが、こどもなりに嬉しいのだろう。

「行ってきまあす」

路地には強い朝日が届いている。こどもたちは、その光を浴びて駆け出した。

二十七

弁当の仕上げに、つばきは二段重ねの杉折箱を用意していた。

「木島屋さんにお納めするお弁当だもの。うちだって、だいこんの身分相応の見栄を張らないとね」

杉の二段重ねは、一組の折箱代が二十文もする。それだけの費えを払って、つばきはだいこんの見栄を張っていた。

＊

弁当百個の誂え主は、大川端佐賀町河岸の木島屋である。

御府内の大店ならば、丁稚小僧にまで『佐賀町の木島屋』の屋号は知れ渡っていた。

長さ二町（約二百十八メートル）の、自前の船着場。その長い船着場の背後に並んだ、十七の蔵。

廻漕問屋の町、佐賀町にあっても、木島屋の身代の大きさは図抜けていた。しかも木島屋は、ただ所帯が大きいだけではなかった。

江戸の大店は、おしなべて『しまり屋』で通っていた。

「無駄な金遣いを省いてこそ、身代の大きさを保っていられる」

「ぜいたくの先に待ち受けているのは、没落の落とし穴だ」

「一に始末、二に始末。三、四も始末で、五が大始末」

老舗の家訓には『始末』の二文字が大書きされていた。

倹約・始末を代々の申し送りにする老舗の多くは、近江・伊勢・三河などから江戸に出てきた商家だった。

それらの国許では、商人のぜいたくは悪行とされていた。

木島屋は元和三（一六一七）年に創業した初代から、大川端の生まれである。

深川に暮らす職人の多くは、いわゆる江戸っ子だった。先祖から受け継ぐものは、金品財宝ではなしに、深川生まれという『血筋』である。

「商人の仲間株だの、武家の株だのは、ゼニさえありゃあ買えるだろうがよう。おれっちの身体を流れる三代続いた江戸っ子の血筋は、どんだけゼニを積まれても売り買いはできねえぜ」

芯には『深川商家の矜持』が濃く流れていた。

これが江戸っ子の自慢だった。

木島屋は大店でありながらも、芯には『深川商家の矜持』が濃く流れていた。

『身代相応の見栄を張るべし』

木島屋の家訓は、こう書かれた一行から始まっていた。

深川富岡八幡宮には、三年に一度の本祭がある。

遠い元禄の昔には、当時の豪商紀伊國屋文左衛門（紀文）が、総金張りの神輿三基を奉納した。深川の若い衆二百人が、交互に三基の神輿に肩を入れた。

紀文が寄進したのは、神輿だけではない。四百人の担ぎ手全員に、八幡宮の鳩を染め抜いた半纏と、緋縮緬のふんどしを誂えた。

奉納から八十年余が過ぎたいまでも、深川の住人は本祭のたびに紀文を称えている。いまだに三基の宮神輿を担いでいるからだ。

木島屋の初代は、その紀文よりも古くから祭の寄進を惜しまなかった。いまでも木島屋は、本祭に百両のカネを寄進していた。

しかもカネだけではない。

木島屋は灘酒を江戸に廻漕している。持ち船で運んだ『福千寿』の四斗樽十樽も、本祭には奉納した。

祭が終わったあとの鉢洗い（納会）では、この福千寿の鏡が開かれた。

「木島屋は、深川の自慢だぜ」

灘酒を酌み交わしながら、だれもが木島屋の豪気を称えた。

身代相応の見栄を張る。

深川の大店はいずこも木島屋に倣い、遣うべきときの費えは惜しまなかった。

そんな心意気の元を生み出した木島屋からの、弁当誂えなのだ。しかも仕出しが使われるのは、大旦那の隠居所の上棟式である。

なににもまして、縁起のよさが求められる場だと言えた。

どうすれば木島屋に、だいこんの縁起のよさと、気風のよさを分かってもらえるか。

つばきは思案を重ねた。

身分相応に見栄を張る……この木島屋の家訓に、答えがあることにつばきは思い至った。

誂えの額は、一人前が二百文である。だいこんがいかに見栄を張ろうとも、誂え額に見合った費えの内でなければならない。

過ぎたるは及ばざるがごとし、である。

妙案は、魚河岸の折箱屋店主から授かった。

「いささか値は張るが、折箱と割り箸とを奢ってみたらどうだい」

二段重ねの折箱と割り箸の組み合わせで、一組二十文。言われたつばきは、返事を戸惑った。

折箱も割り箸も、いわば使い捨ての道具だ。その費えに、弁当誂え額の一割も投ずることには、ためらいを覚えたからだ。

「おまいさんがためらうのも無理はないが、張り込んだだけのことはあるよ」

つばきの気性を高く買ったうえの、折箱屋の申し出だった。

「折箱も割り箸も、使ってるのは熊野の杉でね。神様の息吹をたっぷり吸い込んで育った杉だから、詰めたモノが傷んでわるさをする心配は無用だ」

縁起を大事にする木島屋の上棟式なら、きっと先方に喜ばれるよと、店主はつばきに売り込んだ。

「わかりました。百組、いただきます」

話を聞き終えたとき、つばきは即答した。

初の弁当商いである。

縁起のよさもさることながら、モノが傷まないという店主の売り言葉に、つばきは気持を動かされた。

調理には充分に気を使って拵えるが、それでも八月の温気は気がかりだった。

神様の息吹を吸って育った熊野杉なら、モノが傷まない……その安心感が買えるなら、一組二十文でも安かった。

二段重ねの折箱と割り箸百組で、しめて二貫文である。つばきは銀二十五匁を店主に差し出した。

一匁八十三文が銀とゼニの両替相場だ。銀二十五匁は、ゼニで二貫七十五文相当である。

「ありがたい知恵をちょうだいしましたから、そのまま受け取ってください」

つばきはつり銭はいらないと伝えた。

「あんたのような縁起のいいひとからの祝儀なら、遠慮なしにいただきます」

喜んだ店主は、魚河岸から深川までの横持ち代（配送料）はいらないと応じた。

折箱はかさばるが、大した重さではない。

魚河岸にはお使い小僧が控えていた。大きな買い物をした客が、荷物を運ばせるための横持ち小僧である。

二段重ねの折箱と割り箸百組は、大きな風呂敷包みふたつ分となった。使いの小僧もふたりが入用だ。

「深川までなら、ひとり三十文です」

折箱屋の店主は顔色も変えずに、横持ち代を支払った。つばきは余計なことはいわず、深くあたまを下げて礼を伝えた。

「朝からいい商いをさせてもらいました」

店主は魚河岸の出口までつばきを見送りに出た。

熊野の神様の息吹と、折箱屋店主の好意がたっぷり注がれた杉の折箱である。念入りに調理されたおかずの見栄えを、一段目の折が引き立てていた。

二段目の折には、炊き立てごはんで拵えた握り飯を詰めた。俵の形に握られたメシには、黒ゴマを用いたごま塩がまぶされた。

杉のふたに割り箸をのせてから、紅白の水引でぎゅっと縛った。

杉の木肌色と水引の紅白が、色比べをしている。見た目の縁起のよさも、すこぶる上々の仕上がりだった。

*

「借りてきましたあ」

男の子の声が、土間に響いた。

だいこんから佐賀町河岸の木島屋まで、大八車(だいはちぐるま)に載せて運ぶ段取りである。つばきは昨日のうちに、一台借りる掛け合いを済ませていた。

車屋はつばきの注文通りに、紅白ののぼりを拵えていた。

『佐賀町河岸　木島屋さまご隠居所』

『上棟式お祝い仕出し弁当　だいこん』

のぼりには手書きの太文字が、墨のあともくっきりと記されていた。

「おばちゃん、これでいいでしょう？」

女児ふたりは反故紙(ほごがみ)を張り合わせて、車力役(しゃりき)の男児がかぶるカブトを折っていた。

おはなは息を呑んだような表情になった。こどもがつばきを、おばちゃん呼ばわりしたからだ。

つばきは気にもとめず笑みを浮かべた。

「とってもいい仕上がりよ」

つばきが褒めると、ふたりは頬を赤らめた。

「それじゃあ出来上がったお弁当を、みんなで手分けして積んでちょうだいな」

「はあい」

こどもたちの弾んだ声が揃った。

カブトをかぶった男児たちは、あたまから抜け落ちないかが気がかりらしい。弁当を運ぶ足取りがあやうかった。

「お弁当を積み終わってから、カブトをかぶりなさい」

「ほええい」

つばきに叱られた男児たちは、語尾を下げた。

百個の弁当の積み込みを、泊り込んでいたみのぶも弐蔵も手伝った。

「刻限までには、まだ四半刻（三十分）はある。慌てることはねえ」

弐蔵にうなずいてから、つばきは荷車の先頭に立った。

こどもたちの顔を順に見回してから、つばきは大きな息を吸い込んだ。荷車の柄を掴んだこどもも、同じ仕草を見せた。

ふうっと大きな音を立てて、つばきは息を吐き出した。こどもの日がつばきに集まった。

「いざ、出陣じゃあ」

「おうっ」

つばきのおどけ声に、こどもたちは真顔で応じた。

百個の弁当が、だいこんの店先を離れた。

二十八

富岡八幡宮から大川端までは、道幅十間（約十八メートル）の表参道の一本道だ。だいこんを出た大八車は、カブトをかぶった男児に引かれて表参道へと向かった。

「よいしょっ、よいしょっ」

梶棒を掴んだ男児ふたりが、甲高い声を発した。こどもなりに掛け声を工夫して、車を引いているのだ。

「声を出すんなら、わっしょいのほうがいいのに」

「そうだよね」

仲間の言い分にうなずいた女児が、大八車の前に回り込んだ。

「長ぼう」

呼びかけられた長吉は、女児に目を向けた。「よいしょだなんて言ってないで、わっしょいって言ってごらん」

ちょこんとうなずいた長吉は、掛け声をわっしょいに変えた。一緒に引いている金太も、長吉に倣った。

「わっしょい」

「わっしょい」

梶棒を握ったふたりが、交互に声を出した。が、車を引く歩みと掛け声の調子とが、うまくかみ合わない。

甲高い声は大きいが、車は左右によれた。

「どうしたい、小僧。そんな調子じゃあ、深川の神輿は担げねえぜ」

通りに立っていた半纏姿の男が、梶棒を引くこどもふたりをからかった。

「わっしょい、わっしょい」

長吉と金太の声が一段と高くなり、梶棒がまっすぐの向きに直った。

「やるじゃねえか」

長吉に近寄った男は、一緒に歩みながらこどものあたまを撫でた。

「その負けん気があってこそ、深川っ子てえもんだ」

男はどんぶりに手を突っ込むと、小銭をまさぐった。一文銭を四枚摘み出してから、こどものわきを歩いているつばきに手渡した。

「車力ふたりに、飴玉でも買ってやってくんねえ」

こどもの負けん気が気に入ったと、男は言葉を添えた。

「ありがたく頂戴します」

弾んだ声で礼を言ったつばきは、長吉たちの前に回り込んだ。

「いただきましたよう」

祝儀をもらったことを、こどもに伝えた。

梶棒を握ったまま、長吉と金太は男に礼を言おうとした。が、大声でわっしょいを言い続けており、息が上がっている。

ふたりとも、かすれ声の礼となった。

「しっかりと聞いたぜ」

男は顔つきを引き締めた。

「出る杭は打たれるてえが、出ねえ杭は踏みつけられるからよう。どうせならボコンと打たれるぐれえに、おめえたちは負けん気を失くしちゃあいけねえぜ」

実のある物言いをして、男は荷車から離れた。

「わっしょい」

「わっしょい」

長吉と金太の掛け声が、一段と威勢よくなっている。

「わっしょい、わっしょい」

つばきも我知らずに、こどもと一緒に掛け声を発していた。

仲町の辻に差しかかった荷車は、西に折れた。正面には富岡八幡宮の一ノ鳥居が立っている。鳥居の先には、大きく盛り上がった永代橋が見えていた。

ここから佐賀町河岸までは、およそ四町（約四百三十六メートル）。永代橋東詰に向かって、ゆるい上り坂になっている。

梶棒を引く掛け声は、相変わらず威勢がいい。しかし引くのがきつくなったらしく、歩みが鈍くなっていた。

「ここからが、後押しさんの力の見せどころだわよ」

「はあい」

後ろについた女の子たちが、一斉に荷台を押し始めた。

「わっしょい、わっしょい」

女児三人に押されて、車はいきなり進み方が速くなった。梶棒を握った長吉と金太が、あたふたと足取りを速めた。

荷車の両側に差したのぼりが、風を受けてはためいている。

『佐賀町河岸　木島屋さまご隠居所』

『上棟式お祝い仕出し弁当　だいこん』

のぼりと、荷車引きのこどもを目にした商家の手代ふたりが、永代橋に向かっていた足をとめた。

「こどもだけで引く荷車というのも、いいもんだねえ」

「さすがは木島屋さんだ」

交わす声が、つばきの耳にも届いた。礼を言おうとして、つばきは手代に目を向けた。

ふたりの背後に立っていた着流し姿の男が、慌てて駆け出した。

つばきは気にもとめず、手代ふたりに笑顔を向けてあたまを下げた。

二十九

大八車は、木島屋裏口の手前でとまった。

「九ツ（正午）の捨て鐘が鳴り始めたら、すぐに動くわよ」

「はあい」

こどもたちの声が揃った。

離れの普請場までは、半町（約五十五メートル）だ。急げば三打の捨て鐘が鳴り終わるまでに行き着けると、つばきは判じていた。

さまざまに支度を進めてきた、仕出し弁当百個である。いよいよ納めとなって、つばきはいつになく気を昂ぶらせていた。

落ち着こうとして大きな息を吸い込んでから、半町先の普請場に目を向けた。

だれもが、ひたむきに仕事を続けていた。しかし陽の高さから、職人たちは正午の鐘が近いと見当をつけているはずだ。

それでもひたすら仕事に打ち込んでいるのは、職人の矜持ゆえである。

おれは昼の鐘が鳴り始めるまでは、仕事の手を休めなかったぜ……見栄っぱりの職人は、鐘が近いと分かっていながら、ますます仕事に精を出した。

父親の安治も大工である。昼が目前なのに手をとめない職人を、つばきは見慣れていた。

ところがいまのつばきは、いぶかしげな色を両目に強く浮かべていた。

職人が働いているからではない。

上棟式だというのに、招かれた客の姿がひとりも見えなかったからだ。いやなざらつきが、胸の内から湧き上がってきた。

「行くわよ」

つばきの声の調子がいつもよりきつかった。

「だってまだ、鐘は鳴ってないよ」

梶棒の外に出ていた長吉が、口を尖らせた。

「それはいいの。どうせ、もうすぐ鳴るんだから」

長吉と金太を梶棒のなかに追い込んでから、つばきは荷車の後ろに回った。

「出してちょうだい」

つばきの物言いが、差し迫っていた。

だいこんを出たときには、いざ出陣じゃあとおどけた。こどもも「おうっ」と応えて、調子を合わせた。

いまはまるで違っていた。

長屋の路地で、母親がこどもを手伝いに追い立てるような物言いである。

長吉と金太は、無言で大八車の梶棒を上げた。後押しの女児も、口を閉じたまま荷台を押した。

普請場までわずか半町しかない道を、重苦しい気配を載せて荷車は進んだ。

「ここで待っててちょうだい」

普請場の戸口に車をとめさせたつばきは、弁当一折を手にしてなかに入った。正午の鐘は、つばきが普請場に足を踏み入れたときに鳴り始めた。

「棟梁はいらっしゃいますか」

問いかけるつばきの声に、二打目の捨て鐘の音が重なった。

「なにか用かい、姐さん？」

つばきの問いかけが、よく聞こえなかったらしい。若い大工が、カンナを手にしたまま近寄ってきた。

「だいこんのつばきですが、ご注文いただいた仕出し弁当百個をお届けにあがりました」

「なんのことでえ、それはよう」

大工の物言いが、いきなりぞんざいに、しかも大声になった。

「木島屋さまの上棟式にお使いいただく、仕出し弁当百個ですが」

「しらねえな、そんな話は」

大工がさらに声の調子を張り上げた。周りにいた左官と屋根葺き職人が、大工に近寄ってきた。

「なんでえ、元太郎。昼休みだてえのに、とんがった声を張り上げてよう」

「どうかしたのかい、姐さん」

大柄な左官職人に問われたつばきは、もう一度用向きを伝えた。

「そいつは、なにかの間違いだぜ」

左官が話している途中で、小柄な屋根葺き職人がつばきの前に出てきた。

「ここはもう、とっくに棟上は終わってらあね。だからおれっちが、こうして屋根を葺いてるんだからよう」

屋根葺きの声は、こどものように甲高い。戸口の外にいる長吉たちは、不安げな目でやり取りを見守っていた。

長い韻をひいて、永代寺が撞いた九ツ目の本鐘が鳴り終わった。

三十

口を開く前に、つばきは大きく息を吸い込み、そして存分に吐き出した。

いきなり口を開いたら、話の行き先がどこに向かうか分からなくなる。それほどに、胸のうちに怒りを募らせていた。

弁当の誂え注文は騙り(かた)だったと、つばきは瞬時に呑み込んだ。脱兎のごとく駆けだした着流し男が脳裏に浮かんだ。まんまと騙り話に乗せられた、おのれの甘さに怒りが込み上げたのだ。

「どうしたい、姐さんよう」

一向に口を開こうとしないつばきに、屋根葺き職人が焦(じ)れたらしい。

「でっかい息ばっかりしてねえで、なんとか言いねえな」

職人にせっつかれても、つばきは深呼吸を続けた。

「肚が立ったときには、すぐに口を開かないことだ。肚立ちまぎれに吐き出した言葉は、めぐりめぐって、結局はおのれにやけどを負わせることになる」

かつて飴売りの元締、深川元町の八兵衛から教わったことである。

肚が立ったときは深呼吸をして気を落ち着かせろと、八兵衛はつばきを諭した。

ひとたび怒りを破裂させたあとは、遠慮のない物言いをするつばきをみて、その一本気な気性を八兵衛は案じたのだ。

年長者の諭しは、正しかった。三度の深呼吸を続けたら、胸の内に湧き上がっていた怒りが失せた。

小柄な屋根葺き職人に向かって、つばきは笑顔を拵えた。

「お願いがあるんですが、聞いていただけますか」

目一杯に愛想を込めて問いかけた。

訴えかけるような目で、職人を見ている。

「なんでえ、いきなり……」

見詰められて、きまりがわるくなったらしい。職人はわずかに後ずさりをした。

一歩詰め寄ったつばきは、職人に向かってぺこりとあたまを下げた。顔を上げたあとも、職人から目を逸らさなかった。

「こちらの棟梁に引き合わせてください、お願いします」

つばきはもう一度、あたまを下げた。が、卑屈な下げ方ではなく、愛嬌に満ちていた。

「いきなり、そんなことを頼まれてもよう。そうだよな？」

屋根葺き職人は、わきに立っている左官に助けを求めた。左官はあいまいなつぶやきで、答えを逃げた。

「棟梁がどうかしたてえのか」

三十半ば見当の男が、つばきのほうに向かってきながら問いかけた。

「棟梁に引き合わせていただきたいって、お願いしていたところです」

「おめえさんは、どちらさんで？」

つばきは男を見た途端に、このひとが棟梁だと察した。

父親に連れられて、こども時分には何度も普請場に出かけていた。普請場を束ねる棟梁は、他の職人からは感じられない度量の大きさを、身体の芯から漂わせていた。

どちらさんでと問いかけてきた男には、まさに『度量の大きさ』が感じられた。

「仲町でだいこんという一膳飯屋を商っている、つばきと申します」

つばきはていねいな物言いで、あたまを下げた。屋根葺き職人に対してよりは、あたまの下げ方が深かった。

「あっしはここの普請場を預かっている、大工の与五郎でやすが、なにか御用で？」

まさしく男は棟梁だった。

「いまも申し上げましたが、一膳飯屋を商っておりますつばきと申します」

あらためて名乗った。

「じつは先日、こちらの大工さんだと名乗った男が、うちをたずねてきました」

つばきは折詰を手にしたまま、このたびの顚末を細部まで話した。

与五郎はひとことも口をはさまず、つばきが話し終えるまで聞き続けた。

「そんなわけで、このお弁当を百個も拵えてしまいました」

両手で大事に抱え持ったつばきは、またもや深呼吸をした。

今度は一度だけで終わった。

音をさせぬように気遣いつつ、つばきは吸い込んだ息を存分に吐き出した。気分をすっきりさせてから、棟梁に目を戻した。

「こどもたちが引いてきた車には、お弁当が百個積まれています。なにとぞ棟梁のほうで、これをお受け取りいただけませんか」

頼みながらも、つばきはあたまは下げなかった。夜通し拵えた、大事な弁当である。

あたまを下げてまで、ただで引き取ってもらう気はなかった。

「せっかくの申し出だが、そいつは受け取れねえ」

与五郎は、きっぱりと断りを口にした。

三十一

棟梁の与五郎は、見た目は三十半ばである。しかしまことの歳は、つばきと三歳しか違わない。棟梁の風格が、歳以上に見せていた。

与五郎は宝暦十一（一七六一）年七月に、海辺大工町で生まれた。

与五郎の父親与三次は『海辺橋の棟梁』と呼ばれていた。女房のおまさとすこぶる夫婦仲のよかった与三次は、所帯を構えた二年後に男児を授かった。

「おれは親父から、与三次と名づけられた」

跡取り男児の出産を果たした女房の枕元で、与三次はあごを強く引き締めた。

「おめえも知っての通り、親父は代三郎てえ名の大工だ。跡を継いだおれも大工だ。こいつにも、跡を継がせてえからよう」

与三次は授かった長男を与五郎と名づけた。

与五郎が生まれたときは、祖父の代三郎もまだまだ元気だった。普請場では『仁王立ちの代三郎』と呼ばれてきたが、孫に向かうときは目尻が下がりっぱなしだった。

与三次の邪魔になるとのわきまえから、棟梁を譲ったあとの代三郎は、普請場には一度も立ち入ることをしなかった。

「三代目を授かったてえんで、近頃の代三郎さんはすっかりじいじだぜ」

『仁王立ちの代三郎』を知っている古株の職人たちは、好々爺ぶりに呆れ顔を見せた。

「いつまでも仁王立ちでもねえ。孫が可愛いからこそ、今日も明日も元気でいられるてえもんだ」

からかわれても代三郎は気にもとめず、与五郎が健やかに育つさまに目を細めた。

与五郎が三歳になったのは、つばき誕生の明和元（一七六四）年である。本来ならば宝暦十四年だが、この年の六月二日に明和元年と改元された。

将軍は宝暦年間同様、徳川第十代家治である。宝暦から明和への改元は、将軍交代ではなく、縁起直しのためだった。

元号が変わるたびに江戸の各町では、肝煎や町役人が音頭をとって、改元祝いの行事を執り行った。

海辺大工町は、代三郎が肝煎のひとりを務めていた。町名は大工町だが、町内の棟梁は代三郎ただひとりだった。

「わしはもう、棟梁をせがれに譲った身だ。肝煎に名を連ねるのはいいが、音頭取りは与三次にやらせてくれ」

代三郎の申し出を受け入れた町会は、代三郎と与三次のふたりに、祝賀行事の段取りすべてを任せた。

「半端をやったんじゃあ、海辺大工町の名折れになる」

張り切った与三次は、柳橋の船宿と掛け合い、大型の屋形船を借り受けることにした。

「七月十五日なら、川船もさほどに出てねえが、月は真ん丸だ。ひと月早い十五夜の月見てえ趣向はどうでえ、親父」

「そいつあ、なによりだ」

代三郎は息子の前で膝を叩いた。

「ひと月早いてえのがいい」

大工は、だれもが気が短い。七月の十五夜月見という思案は、町内で大うけした。

ところが間のわるいことに、十三日、十四日の二日にわたり、ひどい雨降りとなった。

「でえじょうぶだ、明日は晴れるさ」

三歳の与五郎を膝にのせて、与三次は白木綿で背丈が三尺（約九十センチ）もある『てるてる坊主』を拵えた。

効き目は見事にあらわれた。

「見ねえ、おまさ」

七月十五日の夜明けには、洲崎（すざき）沖の海から天道が昇った。

「町のうるさ方も、今夜の屋形船を楽しみにしてるからよう」

与三次は母親とおまさのふたりに、接待役を頼んだ。

「二刻（四時間）ばかり、与五郎の世話をお願いします」

おまさは二番手大工篤之助の女房に、与五郎の世話を頼んだ。

町役人だの肝煎だのと、町のうるさ方が乗り合わせる屋形船だ。いかに与三次とはいえ、まだ三歳のこどもを連れて乗ることはできなかった。

夜空はきれいに晴れており、大きな夏の星を押しのけて満月が空に浮かんでいた。

「棟梁は、てるてる坊主の普請にも、技を使ったという評判だぜ」

大川を照らす満月に、船客は大喜びした。

「棟梁からです。どうぞおふたりとも、一杯楽しんでくださいな」

おまさの勧めで、船頭ふたりも艫で酒肴を受け取った。

柳橋の船頭は、だれもが腕自慢である。酒を呑む前に、大型の錨を三番まで投ずることは怠らなかった。

船の守りに抜かりはなかったはずだが、この夜の大川はいつもと様子が違っていた。

手前の二日、江戸は強い雨に見舞われた。大川につながる方々の川や運河から、大量の水が大川に流れ込んだ。雨が上がったあとでも、川水は流れ込み続けたのだ。

いつもより増えた水は、大川の川底を激しく削って流れていた。屋形船が打った三番の錨は、えぐられた川底をしっかりと摑んではいなかった。

河口に向けての流れは、いつもより速い。川底から、ズルッと音を立てて錨が引き剝がされた。

「てえへんだ、流されてるぜ」

船頭が気づいたときには凄まじい勢いで流されており、もはや船をとめる手立てはなかった。

一杯の御用船が、蔵前の御米蔵に向けて大川を遡行してきた。水門を突き破ることのできる御用船は、水押が鋲打ちの堅固な造りだ。河口に向けて流される屋形船をかわしきれずぶつかった。

屋形船が舵を切っていなければ、正面衝突ですんだ。なまじ斜めに舵を切ったばかりに、やわらかな横腹を御用船の水押にぶつけた。

増水して流れの速い大川は、屋形船から投げ出された船客の大半、二十三人の男女を呑み込んだ。

泳ぎ達者の与三次は、溺れるおまさを助け上げようとして一緒に沈んだ。代二郎と連れ合いは、手を握り合ったまま、濁り水に呑み込まれた。

つばき誕生と同じ年の七月十五日。

与五郎は両親のみならず、祖父母までも失った。

与三次に仕えていた二番手大工の篤之助が、与五郎の育ての親となった。大工の師匠も、篤之助が務めた。

与五郎の身体には、代三郎、与三次の棟梁二代の血が流れている。二十三歳の若さで、与五郎は三代目棟梁の座についた。

配下の大工十五人は、心底、与五郎の棟梁を喜んだ。

与五郎が三代目についた年に、つばきは並木町で二十歳を迎えていた。

＊

「おめえさんが真っ正直に話してくれたのには、おれも心底、感心したが……」

騙りに遭った仕出し弁当を受け取ったりしては、離れ普請の縁起に障る……与五郎は、きっぱりと断った。

棟梁の度量の大きさは、ひとこと話しただけでつばきは察することができた。

縁起に障るという言い分も、得心できた。

「お手数をおかけしました」

つばきが凜（りん）とした口調で答えたとき。

施主が、つばきに向かって歩いてきた。

三十二

つばきに近寄ったのは木島屋の隠居、施主当人である。

五尺二寸（約百五十八センチ）の背丈で、目方は十五貫（約五十六キロ）。痩せ型とは言いがたいが、さりとて太っているわけでもなかった。

隠居はすでに、還暦も過ぎていた。しかし長年にわたり、廻漕問屋木島屋の当主を務めてきた男である。

背筋はピシッと伸びていた。

目つきは、まことに柔和（にゅうわ）そうである。しかし隠居したいまでも、ひとたび両目に力を込めたときは、厚み五寸（約十五センチ）の杉板でも射抜くほどに鋭い光を宿した。

その隠居が、いまは柔和そのものの目をつばきに向けていた。

「仕出し弁当がどうとかと聞こえた気がしたが、わしの聞き違いですかなあ」

口調には、いささかの尖りもない。

ぐいっと相手のこころを手繰（たぐ）り寄せる、慈愛に満ちた物言いだった。

「呼ばれてもおりませんのに、いきなり押しかけてしまいました」

つばきは気持ちを込めて詫びた。

普請場の職人たちや、わざわざ顔を出してきた隠居に、つばきは心底、申しわけないことをしたと思っている。その心持ちが、詫びの口調に強く滲み出ていた。

「あんたの詫びは、もうしっかりと頂戴しておる」

隠居の物言いは、相変わらず優しかった。

「それは脇にどけておいて、いったいなにが起きたのか、よかったらわしにも聞かせてもらいたいが」

こどもが親に駄菓子をねだるような、甘えた物言いに変わっていた。

「喜んで話をさせていただきますが、ここに立ったままでよろしいんでしょうか」

「これはうっかりしておった」

振り返った隠居は、後ろに従っていた木島屋の手代を呼び寄せた。

「泉水(せんすい)べりの縁台に、茶を用意させなさい」

「かしこまりました」

すぐさま動こうとした手代を呼び戻した隠居は、小声で追加の指図を与えた。

「うけたまわりました」

辞儀のあと、手代は足を急がせて母屋(おもや)の流し場に向かった。縁台に供する茶菓の支度を、女中に言いつけるためである。

「それでは、わしと一緒に来てくだされ」

「はい……」

つばきにしてはめずらしく、返事の歯切れがわるい。隠居はわけを察していた。

「おまえさんたちも、わしと一緒になかに入ってもらうが、それでよろしいか？」

「はあい」

こどもの元気な声が揃った。

つばきの顔つきが明るくなった。

「よろしくお願い申し上げます」

「よろしくとお願いしなければならんのは、わしのほうだ」

隠居は荷車のわきについた。梶棒を引いてきた金太と長吉が、胸を張った。

「ここまでおいらと金太で、引っ張ってきたんだよ」

「それは大したもんだ」

隠居は真顔でこどもを褒めた。

「泉水の近くはゆるい上り道になっておるが、あんたらふたりなら大丈夫じゃろう」

「おいらは平気だよ」

「おいらも」

金太と長吉は、さらに胸を張った。

「ならば、おのおのがた。ゆるゆると、まいろうかのう」

隠居がおどけ口調で、号令を発した。

「はあい」

こどもの声は、さきほどの返事よりも威勢がよくなっている。つばきは荷車の前に立ち、先導役を買って出た。

初めて入った木島屋の敷地である。泉水がどこに構えられているか、つばきは分かってなかった。

「あっしについて来なせえ」

棟梁の与五郎が、つばきに並んだ。

歩きながらつばきは、棟梁に礼代わりに軽い辞儀をした。

与五郎は笑みを返した。

こぼれた歯は、真っ白だった。

三十三

木島屋の泉水は、湖かと思えるほどに大きかった。池には幾つも小島が設けられており、赤い太鼓橋まで架かっていた。

「おいら、あの橋を見たことがある」

金太が太鼓橋を指差して、声を張り上げた。

「なんだよ金太。おまえ、ここに入ったことがあるのかよ」

負けず嫌いで、なんでも金太と張り合う長吉が、口を尖らせた。

いきなり言い争いが始まり、女の子たちは身体をこわばらせていた。

「きたことなんか、ないよ」

「だったら、見たこともねえだろうが」

長吉はさらに声の調子を荒くした。

「あるもん」

金太も強い口調で言い返した。

こどもの言い争いをやめさせたくて、つばきは金太たちのほうに動こうとした。

「放っておけばよろしい」

こどもたちと同じ、いたずら好きの光が隠居の目に宿されている。つばきは余計な動きをやめた。

「どこで見たのか、はっきり言えよ」

長吉は金太に詰め寄ろうとした。右手を突き出して、金太は長吉を押し止めた。

「ちゃんが連れてってくれた亀戸(かめいど)天神様の池に、あれとおんなじ橋が架かってた」

金太が言い切ったとき、隠居が手を叩いた。言い争っていた金太と長吉は、隠居を見た。

「こっちにきなさい」

隠居の手招きに応じて、こどもたち全員が駆けよってきた。

「あの橋のことは、おまえさんの言った通りだ。庭を拵えた職人は、亀戸天神の太鼓橋に似せて造ったそうだ」

隠居は金太のあたまを撫でてから、こどもたちにおもちゃを与えた。

木島屋には、諸国からさまざまな玩具も廻漕されてくる。そのなかから、男児・女児別のおもちゃを、隠居は手代に用意させていた。

「しばらくの間、それで遊んでいなさい」

コマだの羽子板だのを手にして、こどもたちは泉水べりの小道を駆け出した。その足を隠居はすぐさま止めた。

「弁当は陽の当たらないよしずの陰に移しておきなさい。いまのままでは傷んでしまう」

「はあい」

こどもたちは敏捷に動き、弁当の置き場所を日陰の涼しい場所へと移した。

「これでゆっくり話が聞けるじゃろう」

隠居は縁台に腰をおろし、つばきにも座るようにと勧めた。

池の鯉が水音を立てて跳ねた。

三十四

木島屋の離れ普請場で働いている大工。

これを名乗った男が、だいこんにあらわれたのは八月十七日の昼ごろ……。

つばきは、ことの始まりから隠居と与五郎に話そうと決めた。

「長い話になりますが、それでもよろしいのでしょうか？」

始める前に、つばきは隠居に問うた。手短な話にはなりそうもなかったからだ。

「もちろんだ。遠慮など、一切無用」

隠居の物言いには、淀みがなかった。

髪には白いものも交じっているが、顔はすこぶる色艶がいい。ひたいに刻まれたしわも、隠居には年相応のあしらいぐらいにしか見えなかった。

話してみてつばきがなにより驚いたのは、隠居の物言いがまことにはっきりとしていることだった。

すでに還暦を過ぎているはずなのに、隠居の物言いは歯切れがいい。

なぜだろうと、つばきは思案をめぐらせた。

「どうかされたのか？」

話を始めようとしないつばきを、いぶかしく思ったのだろう。隠居はつばきの顔を見詰めていた。

「ごめんなさい……」

詫びたあとで、つばきは思い切って隠居にたずねた。

「おかしなことをうかがいますが……」

「なんでしょう」

答えた隠居は、笑みを浮かべた。

「あっ……」

隠居の顔を見て、つばきは不意に答えに突き当たった。つばきの顔にも、得心した笑みが浮かんだ。

ひとり相撲を取っているも同然のつばきを、隠居は黙って見詰めた。

「重ね重ね、申しわけありません」

じつは……と、不意に笑みを浮かべたわけを、つばきが話そうとしたら、隠居は右手を突き出して、つばきの口を制した。

「あんたがなにを思案していたか、わしに当てさせてくだされ」

隠居は上体を乗り出した。泉水べりで声をあげて遊んでいる、金太や長吉のような顔つきになっていた。

思いもよらなかった成り行きに、つばきはごくんっと固唾を呑み込んだ。

隠居の背後に立っている与五郎は、大きく息を吸い込んだ。

木島屋の女中三人と下男ひとりが、茶と茶請けを泉水べりまで運んできた。が、縁台に腰をおろした隠居とつばき、ふたりのやり取りを立ったまま見ている与五郎を間近に見て、女中と下男は歩みをとめた。

「あんたが思案をめぐらせていたのは……」

つばきから目を外した隠居は、乗り出していた上体を元に戻した。

池の錦鯉が水音を立てたのを聞いて、隠居はつばきに目を戻した。

「還暦を過ぎたわしが、どうして歯が丈夫なんだと、それを思っておったじゃろう?」

「えっ……」

図星だった。

心底おどろいたつばきは、両目を見開いて強くうなずいた。

隠居の後ろで成り行きを見ていた与五郎は、ふうっと息を吐き出した。

「こいつあ、たまげやした」

与五郎は隠居とつばきの間に割り込んだ。

「ご隠居は、まるで千里眼みてえでさ」

「そんなに大げさなことを言わなくてもよろしい」

与五郎の口を抑えた隠居は、女中たちを手招きした。

大きめの急須を盆に載せた女中。

茶請けの鉢を盆に載せた女中。

取り皿や箸、湯呑みを納めた、岡持ちのような箱を提げた女中。

木島屋は、ひとの使い方もぜいたくである。三人の女中についてきた下男は、折りたたみ脚の卓と、棟梁が腰をおろす腰掛けを運んできていた。

「あんたの話は、茶を呑んでからゆっくりと聞かせてもらおう」

隠居がまた、笑みを浮かべた。白い歯は、与五郎よりも丈夫そうだった。

三十五

茶は焙じ茶で、茶請けは梅干しだった。

「日に三度、メシのあとに口にする梅干しが、いまのわしには、なによりのぜいたくだ」

隠居は黒漆塗りの箸で、梅干しの果肉をほぐした。塩味を控えめにした、隠居用に別誂えした梅干しである。

「こんなおいしい梅干しがあったなんて……」

つばきは世辞ではなしに、正味で驚いた。

「お届けしたお弁当にも、小田原特産のカリカリ梅干しを添えたのですが」

とても太刀打ちできる味ではありませんと、つばきは思ったままを口に出した。

「そうだ、それがあった」

隠居が手を打つと、下男が駆け寄ってきた。

「このひとが届けてくれた弁当を三折り、ここに持ってきなさい」

指図を受けた下男は、驚くほど素早く弁当三折りを持ち帰ってきた。

「あんたにはお持たせになるが、せっかくの弁当をいただこうじゃないか」

ことの顚末は、弁当を食べながら聞かせてもらおう……隠居の言い分を、もちろんつばきは受け入れた。

与五郎も弁当ひとつを受け取った。

弁当は杉の折箱に収まっている。隠居はふたを鼻に近づけて、杉の香りを確かめた。

「大した折箱だ。まだ、たっぷりと杉の香りが残っている」

隠居は何度も折箱を褒めた。

木島屋ほどの身代である。ほしいとひと声発すれば、どんな豪華な折箱でも手に入るだろう。

ところが隠居は、杉の折箱に本気で感心していた。かつて一度も、このような折箱は使ったことはないと言い切った。

「滅多なことでは、ひとはこんな折箱を使ったりはしない」

折箱屋の店主は、相手が大尽であればあるほど、杉箱のよさを分かってくれると断言した。

「昔から、モノは器で食べるというだろう。器の良し悪しをほんとうに吟味できるのは、上物を使いなれている金持ちだ。だまされたと思って、杉の折箱を奢ってみなさい」

店主の勧めを受けいれてよかった……隠居のさまを見たつばきは、胸の内で折箱屋に感謝をした。

「あんたに騙りを吹き込んだ男は、この弁当に幾らを払うと言ったのかね」

「ひとつ二百文で、百個が入用だと言われました」

「二百文だと？　……これが？」

隠居の両目が、強い光を帯びた。

「お高いとお感じですか？」

つばきは真正面から問いかけた。

二百文の弁当というのは、確かに尋常な値段ではない。しかしつばきは儲けを求めることはせず、中身勝負をしようと決めた。

杉の折箱を奢ったのも、小鯛の塩焼きを真ん中に据えたのも、中身勝負のあらわれである。

隠居はしかし、これが？　と言って目に光を宿した。二百文の弁当に勝負をかけたつばきは、それを見過ごすことはできなかった。

「あんたは、商いがなにかを勘違いしてるようだな」

隠居の口調が変わっている。

池の鯉が驚いて飛び跳ねた。

棟上げ祝いの祝儀弁当である。

魚金がのれんにかけて納めてきた小鯛は、弁当の真ん中で縁起のよさを誇っていた。

隠居は箸で身をほぐした。ウロコもワタも、魚金の職人が下拵えを終えていた小鯛である。

美味さだけが凝縮された身は、隠居が口にしても小骨などを案ずることはなかった。

塩と身がもつれ合っている旨味を、隠居は存分に味わった。

「小鯛がよければこその美味さだ」

心底の褒め言葉を口にした。しかしつばきに向けた目には、怒りもかくやの光を宿していた。

三十六

隠居の顔は、さながら七変化の早変わりを演ずる役者のようだった。

つばきの話を得心しながら聞いているときは、大店の隠居の表情ではなかった。

陽の降り注ぐ露地に出された、杉の縁台。そこに腰をおろして日向ぼっこを楽しむ、町内の好々爺と呼ぶのがお似合いに見えた。

ところが。

「あんたは、商いがなにかを勘違いしてるようだな」

こう言いきったときの隠居は、まさに大店木島屋の大旦那そのものの顔つきだった。

隠居の表情の異なり具合が激しくて、つばきは戸惑った。

「もう一度、茶を呑むかね？」

つばきの様子から戸惑いを察した隠居は、素早く表情と物言いを変えた。初対面のときのような、人懐っこさが戻っていた。

「いただきます」

つばきは素直に茶を所望した。

「年上の者からモノを勧められたときは、迷わず明るい大声で、いただきますと返事をしろ」

それがひとに好かれるコツだと、つばきはこども時分から何度も教えられてきた。父親の教えに従ってきたことで、つばきは何人ものおとなに可愛がられた。

「いい返事だ」

隠居は大きく相好を崩し、手を打った。

どこかで隠居の様子を見守っているのだろう、すぐさま女中が寄ってきた。

茶菓の代わりを言いつけてから、隠居はつばきを見た。目の光が強くなっていた。

「素直さと明るさが、あんたの気性じゃろう。弁当には、見事にあんたの美質があらわれておる」

「ビ、シ、ツって、なんのことですか？」

初めて耳にする言葉である。意味が分からないつばきは、隠居に問うた。

隠居の顔つきが、さらに砕けた。

「いまのあんたの問いかけが、まさにあんたの美質そのものじゃろう。美質とは、よい気性のことを言うでの」

隠居が言葉を区切ったところで、茶菓が運ばれてきた。しつけの行き届いている女中は、隠居が話している途中に割り込むような振舞いには及ばなかった。

茶菓を言いつけてから運ばれてくるまで、ほとんど間があいていない。いま座っている場の近くに、茶菓の支度場所を設けているのだろう。

隠居も女中も、支度についてはひとことも触れない。あえて言わないというところに、つばきは大店の底知れなさと、言葉にしがたいゆとりを感じた。

女中が下がると、隠居は話に戻った。

「聞くはいっときの恥、聞かぬは末代の恥という言い伝えを、あんたはご存知か？」

「いいえ……いま、初めて聞きました」

ならば……隠居は、寺子屋の師匠のような顔に変わっていた。

「こども時分ならともかく、おとなになると知らぬことを、素直に知らぬとは言えなくなるもんでの」

知らぬと言えないばかりに、大恥をかく。そのことを、隠居は落とし噺を例にひいてつばきに聞かせた。

*

転失気という言葉が唐土にある。

古い医学書に出てくる用語で、屁のことだ。ある寺の住持を診察した医者は、帰り際に問いかけた。

「転失気はおありか？」

転失気を知らないと言えぬ住持は、うろたえながらも、ありませんと答えた。

ならばそのように薬を調合しましょうと言い残して、医者は帰った。

自分が服用する薬にかかわることだ。慌てた住持は小僧を呼びつけた。

「おまえは転失気があるのか」

「なんです、てんしきって？」

「あれだけ教えたのに、もう忘れたのか」

散々に小言を言ったあと、医者から薬をもらう前に聞いてこいと命じた。

小僧はこだわりなく転失気とはなにかと、医者にたずねたら……。

「転失気とは、屁のことだ」

意味を知った小僧は、住持は知らないのだと見抜き、いたずらを思いつく。

「転失気がなにであるか分かったか」

「はい。盃のことだそうです」

「なんと……」

呑むという字は、天に口と書く。

転失気とは天の酒器……。

なるほど、天酒器かと住持は得心した。

「二度と忘れてはならんぞ」

小僧に小言を言った翌日、ふたたび医者が往診にきた。

「じつは昨日は考えごとをしておったもので、ついつい違う答えをしてしもうて……」

ひと息おいてから、

「粗末なモノですが、転失気はあります」

「それはまた……」

医者は返事に詰まった。

住持はかまわずに、したり顔で、

「よろしければこの場でお目にかけたいが、いかがですかなあ」

＊

つばきは噴き出した。

わきで聞いていた与五郎も、身体をふたつに折って笑い転げた。

ふたりの笑いが静まったところで、隠居は顔つきを引き締めた。

「知ったかぶりは、これほどに怖い。まさに聞かぬは末代の恥での。一生知らないままになり、その恥は後の世までの大きいものになるということじゃ」

知らないと正直に言えば、まことの答えを知ることができる……つばきの素直さを、隠居は大いに褒めた。

「そこでもう一度あんたに訊くが」

隠居の顔つきは、再び木島屋の大旦那に戻っている。つばきは両手を膝に載せて、居住まいを正した。

「商いの本分を、あんたはなんだと思っておるのか」

それを聞かせてもらいたいと、隠居は迫った。静かな物言いだが、ごまかしやその場の思いつきは許さない強さをはらんでいた。

「だいこんの商いについてなら、答えることができますが」

「それで結構だ」

隠居は答えを促した。

「だいこんの商いの本分は、おいしいものを安い値段で食べてもらうことです」

届けた弁当も、その本分に照らして懸命に拵えましたと、つばきは答えた。

「とんだ了見違いだ」

隠居は言葉を吐き捨てた。

「食べ物屋が、美味いものを拵えるのは当たり前のことだ」

こめかみには、青い血筋が浮かんでいる。奉公人でもないつばきを相手に、隠居は本気で了見違いを叱っていた。

「ほどよく儲けることが、商いの本分だ。儲けのない商いなど、道楽にもならんぞ」

縁台から立ち上がった隠居は、つばきの前に立った。小柄な隠居なのに、つばきには雲をつくほどの大男に見えた。

三十七

つばきが隠居に連れて行かれたのは、母屋の外れの小屋だった。隠居は小屋の戸の錠前を、自分の鍵で外した。

「履物はそのままでいい」

背後に立った隠居に、小屋に入れと言われた。しかしつばきも与五郎も、小屋の戸口で戸惑いを覚えたらしい。ふたりとも足を踏み入れずに立ち止まった。

小屋の広さは五坪ほどだ。土間から天井のてっぺんまでは、一間半（約二・七メートル）ほどの高さだった。

つばきは土間には足を踏み入れず、戸口から天井を見上げた。天井といっても、板は張られていない。剝き出しになった、八の字形の屋根が見えていた。

屋根の二箇所に、一尺（約三十センチ）角の明かり取り窓が設けられている。窓には油紙が張られており、油紙越しの陽光が土間を照らしていた。

土間は三和土ではなく、ただの土を敷いてあるだけだ。表面は平らにならされてはいるが、見るからに土は柔らかそうである。

つばきの軽い目方が乗っても、土はへこむだろう。それゆえつばきも与五郎も、なかに入るのをためらっていた。

「いいから入りなさい」

背後にいた隠居が、先に小屋に入った。ふたりが案じた通り、土は柔らかかった。

小柄で軽い隠居が歩いても、土間にはくっきりと履物の跡がついている。

屋根の明かり取りから降り注ぐ光が、履物の底の柄まで分かるほどに足跡を浮かび上がらせていた。

「気にしなくてもいい。ここの土は、わざと足跡がつくように工夫してある」

へこんで当たり前の土だから、遠慮せずに入りなさい……隠居に強く言われたふたりは、おずおずとした足取りで土間に入った。

つばきと与五郎の足跡が、鮮やかに土の上に描かれている。ふたりの目方の差が、足跡の深さの違いとなって描き出されていた。

小屋の隅には脚の長い小型の机と、腰掛けが三脚置かれていた。腰掛けに座って仕事ができるように、机の脚が長いのだ。

隠居は先に腰掛けに座り、つばきと与五郎にも座るように勧めた。

「座らせていただきます」

つばきが先に腰をおろした。

「ここは木島屋の初代が拵えた帳場だ」

初代はみずから筆を執り、帳場の仕組みを絵図と文字で描き残していた。

「うちの頭取番頭といえども、この小屋には立ち入ることはできないが、あんたは別だ」

隠居はつばきの目を見詰めたまま、話を始めた。

木島屋の頭取番頭ですら、立ち入ることのできない小屋。そこにつばきは腰をおろしているのだ。

商いの掛け合いでは、滅多なことでは驚かないつばきだ。が、いまは大きな瞳が、さらに大きくなっていた。

「ついさきほどは、わしも顔つきを険しくしたが、それもわけあってのことだ」

隠居は歯の具合がすこぶるいいのだろう。歳を重ねていても、話す言葉はまことに聞きやすかった。

「あんたはうちの離れの上棟式のために、杉の折箱に仕出し料理を詰めてくれた」

食べたあとは、捨てることになる仕出し弁当の折箱である。なにゆえ値の張る杉箱を使ったのかと、つばきに問うた。

「見栄がありましたから」

つばきは即座に答えた。商いの話になったことでさきほど覚えた驚きもひき、落ち着きが戻っていた。

「見栄とは……あんたの見栄か？」

「うちと木島屋さんと、両方です」

「もう少し、詳しく聞かせてもらいたい」

「かしこまりました」

つばきは膝に載せた両方の手をひとつに重ねて、背筋を伸ばした。

「木島屋さんのお名前は、江戸の商人（あきんど）ならだれでも知っています」

つばきの言葉に、隠居は強くうなずいた。自分の店の高名なことに、謙遜は無用と隠居は考えているのだろう。

強いうなずき方に、木島屋の隠居としての矜持があらわれていた。

「仕出し弁当を気に入ってもらえれば、この先も木島屋さんとの商いが続けられるかもしれない……そう思いましたから、思い切って折箱に見栄を張りました」

「それは分からなくもないが」

つばきを見る隠居の目に、強い光が宿されていた。

「木島屋の見栄とは、なにを指すのかね」

つばきは答える前に、手の上下を組み替えた。

「食べ終わったあとは捨てるしかない折箱にも、木島屋さんは気を遣（つか）っていると言いたかったんです」

ひと息おいてから、つばきはさらに詳しく話し始めた。

モノは器次第で、美味そうにもまずそうにも見える……これは、折箱屋のあるじがつばきに聞かせたことである。

杉箱を持ち帰る道々、つばきは使うことにしてよかったと得心しながら歩いた。

江戸の粋人といえば、蔵前の札差（ふださし）である。

ひとに感心してもらいたいがために、札差は大金を投じた。

ならば、なににひとは感心するのか。

札差は、隠されたシャレの表現に大きなカネを遣った。

着物を誂えるときは、長襦袢に凝った。着物を脱がなければ、どんな長襦袢なのかは分からないのに。

羽織なら、裏地に凝った。風に吹かれた拍子に、裏地がめくれてしまう。その一瞬だけ見える裏地のために、何両も遣った。

雪駄は鼻緒ではなく、生地にカネを投じた。

名の通った絵師に描かせた風景画や錦絵。それを下絵として、色違いのイグサや糸を使って再現させた。

履いている限りは、ただの雪駄である。鼻緒はわざと地味なものにした。ところがひとたび脱いだときには……。

見えないところだからこそ、惜しげもなくカネを遣う。それを知ったときには、だれもが目を大きく見開いた。

「さすがはお大尽、やることが粋だ」

ひとは感心し、大いに称えた。

並の弁当に使う竹皮なら、食べ終わったら捨てるしかないだろう。

杉箱なら、壊れるまで何度も洗って使うに違いない。大工や左官はカミさんに言い付けて、自分の弁当をこの杉箱に詰めさせるかもしれない。

他の普請場で目に触れさせて、仲間に自慢するのは目に見えていた。

「みねえ、これを。さすがは木島屋さんだ、棟上げ祝いの弁当が杉箱入りだったぜ」

いつまでも語り継がれるほどに評判を呼ぶことを、つばきは願っていた。

杉の折箱が木島屋の見栄のあかしだと、つばきは隠居に話した。

「よく分かった」

つばきの話を聞き終えた隠居は、またもや顔つきを険しくした。

「あんたの了見違いを、ここで叩き直すか？」

問いかけているようだが、隠居はすでに肚を決めていた。険しく変わっている顔つきが、そのあかしである。

つばきの手が、ぎゅっとこぶしに握られていた。

三十八

「あんたが木島屋を思って、これだけの仕出し弁当を拵えてくれたのは、よく分かった」

ひと息おいてから話に戻った隠居は、相変わらず厳しい口調である。つばきはこぶしをさらに強く握った。

「えらそうに言いながら、わしも歳だとしみじみ思うが……いま、ひとつ思い出した」

隠居はつばきの顔を見詰めた。つばきが思わず身じろぎしたほど、強い見詰め方だった。

「あんたは日本橋の義兼屋(よしかねや)を知っていなさるじゃろう?」

思いもかけなかったなつかしい屋号が、隠居の口から出た。つばきは返事をするまでに、一瞬の間があいた。が、そのあとは強くうなずき、はっきり「はい」と答えた。

「やはり、あれはあんたのことだったか」

ひとりで得心した隠居は、目の光をやわらげた。

「義兼屋の菊之助(きくのすけ)とは、古い馴染みでの」

「えっ……」

あまりに意外な成り行きに、つばきは息を呑んだような顔つきになった。与五郎はつばき以上に目を見開いて驚いていた。

「いつだかここに菊之助が遊びにきたとき、若くて見どころのある娘と知り合いになったと自慢げに言っておったが、あれがあんたのことだったと、いまようやく合点がいった」

菊之助との長い付き合いのあらましを聞かせてから、隠居は話を元に戻した。

「菊之助とのやり取りを思い返せば、わしがなにを言いたいか、あんたもおよその見当がついただろうが……」

商いの本分は儲けを得られないことに手を出してはいけないということだ……隠居はいま一度、このことを繰り返した。

「どれほどあんたが木島屋のことを思ってくれたとしても、だいこんに損をかけてばかりでは店は立ちゆかなくなる。店が潰れたら、畢竟、それは木島屋との付き合いも途絶えることになる」

木島屋は、相手に損をさせるような付き合いは断じて望んではいない……隠居は強い口調で言い切った。

「ここにふたりのあるじがいるとしよう」

隠居の口調は自在に変わる。いまは物事を説き聞かせる、寺子屋の師匠のような口ぶりになっていた。

つばきと与五郎は、ともに両方の耳をそばだてて隠居を見詰めた。

「ひとりは奉公人には口やかましい男だ。商いにおいてもこわもてを押し通して、しっかりと儲けを店にもたらしている」

もうひとりは人柄がやさしく、奉公人にも声を荒らげることはない。取引先にもきついことはいわず、相手に泣きつかれたら値引きにも応ずる。評判はすこぶるいいが、店の儲けはほとんどない。

「周りの評判もよく、奉公人にも慕われているが、算盤勘定が苦手で結局は店を潰してしまった」

どちらのあるじが奉公人のためになるかと、隠居はつばきに問いかけた。

「こわもてを続けて、儲けを店にもたらすあるじです」

つばきは間髪を容れずに答えた。隠居はうなずきで、つばきの答えを受け入れた。

「世間の評判は、もちろん大事だ。因業だとひとに陰口をきかれるよりは、あのひとはいいひとだと褒められたいのが、ひとの常だ」

しかしどれほどひとから褒められても、店の儲けにつながらないことを続けていては、かならず潰れる。

潰れたら、奉公人は路頭に迷うことになる。

潰れたら、その店の品物は、もう世の中に行き渡らなくなる。

ひとに褒められたことが仇となり、結局は奉公人にも世の中にも、迷惑をかけることになってしまう。

「ほんとうにひとに役立つことを続けたいなら、ほどよい儲けを手にすることがなによりも肝心だ。儲けのない仕事を続けては、結局はひとに迷惑をかけることになる」

木島屋のためを思うなら、きちんとした儲けの出る仕事をしてもらいたい……隠居の物言いには、ぬくもりが戻っていた。

「木島屋の初代は、他の者が無断で忍び込んだり、近づいてくるのを防ぐ工夫を帳場小屋にほどこした。なんのためだと思うかね？」

ふたたび隠居はつばきに問うた。

「初代が、ひとりになりたかったからです」

つばきもまた、一瞬の間もあけずに答えた。

「なぜ、そう思うんだ」

「ひとりになって、木島屋さんの切り盛りを思案したのだと思います」

自分の商いぶりを思い返しつつ、つばきはあたまに浮かんだことを話した。

つばきの答えは正鵠を射ていた。

「今日初めて出会ったあんたに言うことではないかもしれんが、木島屋初代のことを話させてもらおう」

つばきと与五郎を前にして、隠居は木島屋に伝わる家訓の由来を話し始めた。

*

木島屋初代は、おのれを厳しく律した。

商いにおいては妥協をせず、きつい男だと眉をひそめられることも多々あった。しかしひとに褒められることを求めず、木島屋の身代を確かなものにすることに全力を傾けた。

奉公人にも、もちろん厳しく接した。あえて奉公人との間合いを詰めようとはせず、ひとり孤高を守った。

　商いの舵取りを考える折りには、帳場小屋にこもり、ひとりで熟慮を重ねた。ひとりよがりとそしられることをも辞さず、大事なことは初代がひとりで決めた。

　すべての責めを、自分ひとりに帰するためである。

　大店のあるじは、頭取番頭に店の差配をすべてまかせるのが器量だとされている。あれこれ商いの舵取りに口出しをするあるじは、器が小さい……これが世間の見方だった。

　しかし木島屋初代は他人まかせにはせず、すべてを自分ひとりで決めた。

　思案に詰まったときは、ひとが寄ってこられない工夫を凝らした帳場小屋にこもった。

「木島屋さんと商いを続けるのは、まったく骨が折れる」

「ご当主があの通りの頑固者だからねえ。あれじゃあ、奉公人も長くは居着かない」

　世間はあれこれ勝手なことを取り沙汰したが、初代は一切耳を貸さなかった。

　奉公人が居着かないだろう……世間はこう言ったが、まったくの的外れだった。

「うちは世間様のお役に立つ稼業だ。商いの場では堂々と胸を張りなさい」

　初代は折りにふれて、これを言った。番頭役だった男は、初代のこころざしをしっかりと受け止めていた。

*

「安い値で良質の品々を売ってくれるならば、その店が大評判となるのは必定だ」

しかし確かな利益が得られていなければ、商いはかならず行き詰まる。

挙げ句、店は潰れると隠居は断言した。

「潰れたら、店をひいきにしてくれていたお客様に迷惑をかける」

うなずいて聞いているつばきに、隠居はさらに厳しい目を向けた。

「店のために汗を流してくれていた奉行人たちから、仕事の場と暮らしの手立てまで奪うのが潰れだ」

隠居の厳しい光を宿した両目の意味を、つばきは身体の芯で呑み込んだ。

「奉行人を使うということは、雇い入れた者の暮らしと行く末に、店主が責めを負うということなのだ」

つばきは息を詰めて聞き入っていた。

得心ぶりを、隠居は了としたらしい。

「木島屋初代が書き残したほどよい儲けを得るためには、一切の甘さは禁物だ」

出銭は一文まで切り詰めること。

「このふたつの実践あって初めて、ほどよい儲けを残すことができるし、奉行人にも安心して働いてもらえる」

店のために汗を流す者を大事にしなさいと諭して、隠居は伝授を閉じた。

つばきから、深い息が漏れた。

三十九

思いの外、木島屋に長居をすることになった。仕出し弁当は不首尾に終わったが、木島屋の隠居とは望外のかかわりを持つことがかなった。

「近いうちに菊之助と連れ立って、だいこんをたずねさせていただこう」

「うわあ、嬉しいっ」

普請場の戸口で、つばきはこどものように手を打ち、飛び跳ねて喜んだ。

荷車を引いてきた男児は、呆れ顔を拵えてつばきを見た。

「なんなのよ、その顔は」

そばに立っていた長吉と金太のあたまを、つばきはぐりぐりっと撫でた。

「ここのおじいちゃんが、お店にきてくれるんでしょう?」

「おねえちゃん、よかったね」

女児は、つばきと同じように隠居の言葉を喜んだ。隠居の顔がほころぶと、女の子たちは前に進み出た。

「おじいちゃんがきてくれるときは、あたいがお店の前を竹ぼうきでお掃除するから」

「よろしくお願いしまあす」

揃ってぺこりとあたまを下げた。

「この子たちは、あんたの身内なのか？」

「ゆうべから手伝いに来てくれた、近所のこどもたちです」

「手伝いとは？」

隠居の顔つきが、いぶかしげなものに変わった。女児のひとりが、隠居に身体がくっつくほどに進み出た。

「おじいちゃんたちに、おいしいお弁当を食べてもらいたかったから、あたいたちもお弁当作りを手伝ったの」

まだうまく回らない口で、昨夜の次第を話そうとした。女児の口を押さえて、つばきが代わりに話を始めた。

「仕出しのおかずが傷まないように、この子たちは夜通しうちわで扇いでくれました」

小鯛の尾かしらつきを拵えた顛末を、つばきは立ち話で聞かせた。

「おいらも、いっぱいうちわで扇いだよ」

「おまえより、おいらのほうが扇いだ数は多かっただろう」

わきから口を挟んだ長吉と金太が、隠居の前で言い争いを始めた。つばきが強い目で睨むと、ふたりはただちに口を閉じた。

「そんなことまでしてくだすったのか……」

あらためてつばきに礼を言ったあと、隠居はこどもたちを呼び集めた。

「わしがだいこんに顔を出すときは、かならず前もって知らせる」

だいこんで、また元気な顔を見せておくれ。なにかおみやげを持っていくから……隠居はこどもたちに約束をした。

「だったら、指切り」

金太は小指を曲げて、隠居に指切りをせがんだ。

「いいとも」

隠居は真顔で指切りに応じた。

「かれこれ五十年……いや、五十五年ぶりの指切りだ」

木島屋の孫は、隠居に指切りを求めたりはしないのだろう。

「指切りをして、互いに約束を守るという大事さを、思い出させてくれた」

かならず行くからと、隠居は言葉を重ねてこどもたちに約束した。

「おねえちゃん、お店にお客さんが増えてよかっただろう？」

隠居と指切りをした金太が、胸を張った。

「このおじいちゃんは、しっかり指切りしたから、嘘ついたりしないよ」

「するもんか」

隠居がわきから口を挟んだ。

「この歳になって、針千本も呑まされてはたまらないからの」

隠居の答えを、普請場の職人たちが手を叩いて囃した。

「ありがとうございます」

深い辞儀を残して、つばきたちは普請場を離れた。

木島屋を出た先の辻を東に折れれば、道幅十間（約十八メートル）の大路が東に向けて通っている。

荷車を引いているいまは、小道よりも大路のほうが通りやすい。いささか遠回りにはなるが、つばきは大路に入った。

道の両側は桜並木である。晩夏の日を浴びた桜の葉は、鮮やかな緑色に輝いていた。

大川を渡ってきた風が、桜の葉を揺らしている。葉が揺れると、木漏れ日も動いた。

大路を東に二町（約二百十八メートル）ほど進むと、御船橋が架かっている。下を流れるのは、幅二間（約三・六メートル）の名もない小川だ。

行き交う小舟もなく、川に架けられた橋は真っ平らな石橋である。こどもたちは荷車を引いて、一気に御船橋を渡った。

「車を引いて走ると、ひとにぶつかるぜ」

こどもをたしなめたのは、弐蔵だった。荷車のあとについていたつばきは、下駄を鳴らして弐蔵に近寄った。

「たまたま、ここを通りかかったら小僧たちに出くわしちまったぜ」

弐蔵の顔に、照れ笑いが浮かんだ。

つばきは深い辞儀をした。

弐蔵は、たまたま通りかかったわけではないと、すぐに察しがついたからだ。

仕出しの大きな誂(あつら)え注文が舞い込んだ日、店には弐蔵がいた。そのあと弐蔵は、仕出しのことに余計な口出しはしなかった。

が、納めの今日まで、首尾を案じてくれていたに違いない。

こどもたちが荷車を引いて向かったのも。

普請場で、もめ事になったのも。

隠居がわざわざ見送ってくれたのも。

弐蔵はきっと、すべてを見ていたのだろう。なんとか形よく収まったのを見届けてから、弐蔵は姿をあらわしたのだ。

「ありがとうございます」

「おめえから礼を言われるようなことは、しちゃあいねえぜ」

弐蔵は雪駄を鳴らして、足早に並木の彼方へと歩み去った。

木漏れ日が大きく揺れた。

*

弐蔵の親身な気遣いに触れられたことで、つばきは元気を取り戻せた気がした。

が、こどもたちと一緒にだいこんに帰る道々、さまざまな思いがあたまのなかを走り回っていた。

弁当の一件では、魚河岸の面々や折箱屋、それに徹夜仕事を手伝ってくれたてきやの若い衆など、多くのひとから善意を貸してもらうことができた。

だれもが「いいお弁当ができますように」の思いを込めて、手助けしてくれたのだ。

大きなカネを失ったことは仕方がないと、つばきはすでに気持ちのケリをつけていた。

善意の力を借りた人々には、返しようのない負い目を背負うことになった。

それを思うにつけ、自分のうかつさ・甘さを思い知った。

せめて一割でも手付け金を受け取ると告げていたら、事情は大きく違ったはずだ。

出る杭は打たれる。

深川ならではの言い習わしが、深く胸に突き刺さってきた。

まさにこれは、出る杭を打とうとした騙(かた)りだとつばきは思った。

しかし、ここでしょげたりしたら「出ない杭は踏みつけられる」のだ。

つばきの足が止まった。

通りの端で動かなくなったつばきを案じて、こどもたちが駆け寄ってきた。

「平気だから、心配しないで」

三度の深呼吸を繰り返したことで、気力が戻ってきた。

受けた恩義は、大事に胸に刻んでおこう。

こんなことで、負けてなんかいられない。

自分に強く言い聞かせたあとは、こどもの先に立ってだいこんに戻った。

店先を見たつばきは息を呑んだ。

みのぶ・さくら・かえでの三人が、だいこんの前で待ち構えていたからだ。

「おねえちゃん、大丈夫？」

さくらとかえでが駆け寄ってきた。

「どうしたの、三人が揃って」

大丈夫なのと問われたことよりも、母と妹が店先にいたことに、つばきは驚いていた。

「久しぶりにおねえちゃんのお店を見たあと、深川の八幡さまにお参りしようって、おっかさんと話していたの」

つばきを驚かせようと考えて、報せ（しら）もせずに、いきなり出向いてきたのだとさくらが姉に事情を話した。

「たったいま、伸助さんがここに来たの」

さくらに代わり、かえでが話し始めた。

「おねえちゃん、お弁当百折りもの騙りにあったんでしょう？」

かえでが案じ顔で問いかけた。三人の顔を見た武蔵は、あらましを聞かせたようだ。

静かにうなずいたつばきは、こどもが引いてきた荷車を指差した。

「傷まないうちに、みんなで手分けして配らないとね、つばき」

みのぶは強い口調でつばきに指図した。

「火の見やぐらと、火消し屋敷の臥煙（がえん）（消防夫）さんたちなら、わけをきちんと言えば喜んで受け取ってくれるでしょう」

つばきが戻ってくるまでの間に、みのぶは弁当を無駄にしない思案をめぐらせていた。

「手伝ってくれた子たちの家にも、人数分のお裾分けすればいいし、あたしたちもうちにもらって帰るからさ」

さすが年の功ということだろう。みのぶは落ち着いた物言いで、思案を聞かせた。

「ありがとう、おっかさん……」

つばきがめずらしく涙声である。

「騙りに遭ったからって、めげるような子を、産んだ覚えはないからね」

みのぶは威勢よく言い切った。

娘三人が母親に敬いの眼差（まなざ）しを注いでいた。

四十

寛政元（一七八九）年九月一日。

新しい月の始まりを喜ぶかのように、高い空はどこまでも青く晴れ渡っていた。

ゴオオ――ン……。

永代寺が四ツ（午前十時）を撞き始めたときが、だいこんの昼の支度の始まりである。

「一段と、ごぼうがおいしそうになってきたわねえ」

つばきは店先で、ごぼうの泥を洗い流していた。

その日に仕入れた野菜を、晴れている限りは店先で洗い流したり、下ごしらえするのが、つばきの流儀である。

そうするわけは、ふたつあった。

四ツ過ぎの店先には、季節を問わずに陽がさした。明るい陽差しを浴びた野菜は、ことさら真新しく、そして美味そうに見える。

陽を身体と野菜に浴びながら、泥を洗い流したり、皮を剝いたりするのは、まことに心地よかった。

店先からわずか十間（約十八メートル）しか離れていない路地の入口には、ゴミ箱が置かれていた。町会が各所に設置したゴミ箱のひとつである。

店先には小さな溝が掘られており、水はけもすこぶるよかった。

陽差しの心地よさと、水はけのいい溝と、店のすぐ先に置かれたゴミ箱。

これらのことが重なりあっただいこんの店先は、野菜の下ごしらえには打って付けの場所だった。これがわけのひとつである。

もうひとつのわけは、通りかかったひとに、真新しい野菜を見てもらえることだ。

店の前の道は、仲町の辻につながっていた。表通りではないが、人通りは少なくない。

「おいしそうな、だいこんだこと」

「その菜っぱの色味(いろみ)なら、ひたしものがさぞかしうめえだろうよ」

だいこんの前を通りかかった者は、つばきが仕入れた野菜の新鮮さを褒めた。それほどに、陽を浴びた野菜の彩りは鮮やかに見えた。

「お昼には、食べてもらえますから」

両目を三日月にしたつばきが笑いかけると、かならず食べに行くからと、だれもが応じた。

つばきは野菜の下ごしらえをしながら、昼の客の呼び込みまで成し遂げていた。

九月一日に仕入れたのは、房州大浦産のごぼうだった。根が短くて太いのが、大浦ごぼうの美味さの源である。

「今朝は、ことのほか太いのを取っておいてくれたのよ」

つばきが泥を落としているのは、目方が一貫以上はありそうな大物だった。

これほどの太さがあれば、中は空洞になっていて、肉がやわらかである。

ごぼうの空洞に詰め物をした一品は、つばきの得意料理のひとつだ。

「おいしいでしょうね」

手伝いのおはなが声を弾ませたとき、濃紺の半纏を羽織った男が近寄ってきた。

木島屋の普請場を差配していた、棟梁の与五郎である。おはなよりも先に、つばきが与五郎に気づいた。

思いがけない時分の、おとずれである。つばきは太いごぼうと束子（たわし）を手にしたまま、急ぎ立ち上がった。

「やはり、店はここでやしたか」

与五郎がだいこんをおとずれたのは、この日が初めてだった。

「早くにうかがいてえもんだと、ずっと思ってやしたが……」

今朝は普請場の都合で、半端な刻限に一刻（二時間）ほど、手が空いた。その空きついでのおとずれで申しわけないが、ようやく顔が出せやした……与五郎は、前触れもなしの四ツどき訪問のわけを話した。

「お忙しいなかを、わざわざありがとうございます」

つばきがあたまを下げると、手にしたごぼうも一緒になって辞儀をした。

「礼を言われることじゃあ、ありやせん」

与五郎は顔の前で、右手をひらひらさせた。棟梁の右手は、つばきに風を送るほどに大きかった。

「普請場の空きを使って、ちょいと顔を出しただけでやすから」

与五郎は、空きついでに来ただけだと、何度も告げた。が、その割には着ている半纏は洗い立てだったし、月代もひげも、きれいに剃刀があたっていた。

髷もきれいに結われており、びんつけ油の甘い香りが強く漂った。

「木島屋のご隠居も、ぜひともこちらにうかがいてえと、何度も言っておられやしたが、あいにく風邪をこじらせちまいやして」

八月二十七日から養生に努めていると、与五郎は結んだ。

「ちっとも存じませんで……」

答えたつばきは、与五郎を店に招き入れようとした。

「ありがてえことでやすが、いまは昼の仕込みで忙しいさなかじゃありやせんかい？」

「ごぼうを洗えば、すっかり仕上がりです」

つばきの声が、いつになく弾んでいる。

手伝いのおはなは、わきを向いてクスッと鼻を鳴らした。

おはなに応えるかのように、店先で日向ぼっこをしていた隣家の猫が、口を開いてミャアと鳴いた。

四十一

与五郎の前触れなしの訪れで、つばきは気持ちがいつになく弾んでいた。さりとて、仕込みの手はいささかも休めないのが、つばきの流儀だ。

「おはなちゃん……」

おはなに向かって、つばきは明るい声で呼びかけた。

「はあい」

流し場でおはなが答えた。

「薪をくべ終えたら、すぐに行きまああす」

おはなも、つばきに負けない明るい声で応じた。

同時にふたつでも三つでも、用をこなすことのできるつばきだ。ごぼう洗いの手をとめぬまま、与五郎を店に招き入れるぐらいは雑作なくできただろう。

しかしつばきは、あえてそれをしなかった。

ごぼう洗いは、大事な下ごしらえの始まりだ。この洗い方の手を抜いたら、あとの仕上がりも気の抜けたものになる。

そのことを身体で分かっているつばきは、ごぼう洗いの手を休めようとはしなかった。

そのかたわら、与五郎がいかに大事な客であるかもまた、つばきは胸の奥底で分かっていた。

ごぼう洗いを続けながら、与五郎を店に招き入れようとはしなかった。その代わりに、流し場で下拵えの支度を始めているおはなをわざわざ呼び寄せた。

もちろん、与五郎を店に招き入れて、茶の支度を言いつけるためである。

おはなが忙しく立ち働いていることを、つばきは充分に承知していた。そんなおはなの手をとめさせることなど、いつものつばきなら断じてしなかっただろう。

幾つもの用を一度にこなせるつばきなのに。

そして、おはなの手をとめることなど、滅多にしないつばきなのに。

与五郎の世話を頼むために、おはなを呼び寄せていた。

流し場から出てきたおはなも、察しのいい娘だ。つばきに指図されるまでもなく、与五郎を店に招き入れた。

ごぼうを洗うつばきの手が弾んでいる。

大きなあくびのあと、隣家の飼い猫はつばきの真正面に座った。弾んだ手つきでごぼうを洗う束子の動きに、猫は首をかしげ気味にして見入っていた。

*

「てめえで言うのも、なんだかおかしなもんでやすが……」

茶請けの梅干しを黒文字でほぐしながら、与五郎は目元をゆるめた。

「まだ三十路のひとりモンだてえのに、ことのほか茶請けには、年寄りじみた梅干しが好きなんでさ」

好きだと言うだけあって、黒文字を使った梅の実のほぐし方も手慣れていた。

「こいつあうめえ」

大粒の梅干しを平らげた与五郎は、正味の顔つきで美味さを褒めた。

「塩加減と梅の実の酸っぱさとが、これほどうまく釣り合った梅干しは、ざらにあるもんじゃねえ」

美味さに驚きやしたと、与五郎は目を見開いて答えた。

「ぶしつけなことを訊くようですが……」

切り出したものの、与五郎はあとの言葉に詰まった。

「なんでしょう？」

促すつばきの物言いが弾んでいた。

与五郎は、まだひとり者。それが分かったことで、気持ちの弾みが大きくなっていたからだ。

つばきの両目の端が、大きく下がっている。

嬉しさを隠さないつばきを見て、与五郎も問いを続けようと肚を固めたらしい。

「この梅干しは、つばきさんが自分で漬けやしたんで？」

「違います」

つばきは即座に応じた。

「おっかさんは梅干し作りが達者で、梅の実の見分け方もとっても上手なんです」

つばきは湯呑みの茶をすすった。おはなは、ほどよい熱さに焙じ茶をいれていた。

「こどもの時分から、おっかさんが梅干しを漬けるのは毎年のように見ていましたが、とっても真似はできなくて」

この梅干しは、日本橋室町の原乃屋から買い求めていると明かした。

「やっぱり原乃屋さんでやすかい？」

与五郎の声がいきなり甲高くなった。

「棟梁は、原乃屋さんをご存知ですか？」

与五郎はつばきを見詰めたまま、大きくうなずいた。

「さっきも言いやしたが、あっしは大の梅干し好きなんでさ」

日本橋界隈に仕事に出張ったときは、段取りをやり繰りしてでも、原乃屋をおとずれることにしている……明かしたあと、与五郎はきまりわるそうな笑みを浮かべた。

「うちの若い者は、どうせ室町の店にへえるんなら、もうちっと気の利いた店にしてくれてえやすが……そいつあ、大きなお世話でしてね」

梅干しの原乃屋には、いつも胸を張って入っていると与五郎は自慢した。

まるでガキ大将のような口ぶりである。

つばきはその物言いを好ましく思った。

「でしたら棟梁、今度は原乃屋さんにご一緒させてくださいな」

自分が口にした言葉に、つばき当人が驚いていた。

与五郎が手にした湯呑みの焙じ茶が、ゆらゆらと揺れていた。

四十二

「昼には早いし、朝ごはんというには遅すぎますが、お茶漬けを召し上がりませんか？」

つばきの申し出に、与五郎は口のなかの唾を呑み込んだ。大きな喉仏が動いた。

が、すぐさま表情を引き締めた。

「願ってもねえことでやすが、昼の支度に障(さわ)りはありやせんかい？」

口先ではなく、与五郎は正味で仕込みの邪魔になりはしないかと案じていた。

「平気、平気」

軽い口調で応じたつばきは、胸のあたりをポンポンと叩いた。

「だったら、ぜひとも食わせてもらいやす」

「はいっ」

ぺこりとあたまを下げて、つばきは調理場へと向かった。あたまのなかで、平気、平気の言葉が渦巻いていた。

十何年ぶりかで、口にした言葉だ。

最後に言ったのは、いつだったかしら……。

調理場に入ったあとも、つばきは過ぎた昔を思い出そうとしていた。

*

こども時分のつばきは、さくらとかえでの世話をしていた。さくらは二歳、かえでは六歳年下の妹である。

気持ちよく空が晴れた、九月のある朝。安治は明け六ツ（午前六時）の鐘で、長屋を飛び出した。普請場の仕事に追われていたからだ。

母親のみのぶも亭主に朝飯を食わせるなり、裏店（うらだな）を出た。手伝い奉公先の蕎麦（そば）屋が、この日は二百杯という途方もない数のかけそばの注文を受けていた。

その仕込み手伝いで、この日は早朝から蕎麦屋に出かけたのだ。

みのぶは安治が食べる朝飯と、亭主の弁当分の飯しか炊いてなかった。さりとて、こどもの分を炊き忘れたわけではない。

炊きたくても、米びつには一粒の米も残ってはいなかった。

みのぶは早く出かけなければと、気が急いていたのだろう。米びつがカラであるのを、つばきに言わずに宿を飛び出していた。

「おねえちゃん、おなかすいたよう」

六ツ半（午前七時）になったとき、かえでが空腹を訴えた。しかし米びつはカラだ。

さくらには事情が分かっていたが、かえではまだ四つだ。

「いま炊くから、ちょっと待ってて」

かえでに笑いかけてから、つばきはザルを手にして差配の宿を訪ねた。米を借りるためである。

隣の宿には貸してくれとは頼めなかった。

博打で負けたときの安治は、だれかれの見境なしに毒づいた。とりわけ隣家の女房には、ひどい言葉をぶつけた。

吝嗇な一家で、味噌や醤油を貸してとつばきが頼んでも、きつい目で断られた。

そんないきさつを知っている安治は、博打に負けた腹いせに、女房に毒づいた。

薄い壁一枚を隔てた隣なのに、長屋のなかではもっとも遠い相手だった。それゆえつばきは、差配の女房に米を借りに出向いたのだ。

「こどもだけなら一合でいいね」

差配の女房は、一合の米をザルにいれてつばきに手渡した。朝飯一食のことだと思ったからだろう。

母親は夕餉どきまで戻ってはこない。ということは、朝と昼の二食を一合の米でまかなわなければならないということだ。

いかにこどもとはいえ、三人の子の二食を一合の米でまかなうのは難儀に思えた。が、差配の女房にあと一合ほしいとは言い出せなかった。

「ありがとうございましたあ」

明るい声で礼を言ったつばきは、ザルから一粒の米もこぼさぬようにして宿に戻った。

「これからごはんを炊くからね」

ザルの米を見せると、かえでは顔をほころばせた。が、さくらの目は、米が少ないことをいぶかしんでいた。

「おまえは七輪に火熾しをして」

姉から言いつけられたさくらは、小声ではいと答えてから立ち上がった。

つばきは、さくらの顔があたまの奥に焼きついた。米を研ぎ終わり、鍋に水を張ってからさくらに近寄った。

さくらは妹の肩をポンッと叩いた。

「お米、あれだけなの?」

さくらは案の定、一合しかない米を案じていた。つばきは妹の肩をポンッと叩いた。

「平気、平気」

声を弾ませたら、かえでが寄ってきた。

「なにが平気なのおお」

語尾を長く引っ張り、つばきにまとわりついた。自分だけ、話ののけ者にされたと思ったらしい。

「すぐにごはんが炊けるから、平気だって言ったのよ」

「ほんとかなあ」

かえでがまだ口を尖らせていたら、めずらしくさくらがきつい声で妹を叱った。

「おねえちゃんはごはん炊きで忙しいんだから、あっちに行ってて」

いつもは優しいさくらに叱られたかえでは、半泣き顔で離れて行った。

鍋で炊いた一合のごはんを、口にしたのはさくらとかえでだけである。

「おねえちゃん、食べないのお?」

「平気、平気」

つばきが胸を叩いたら、さくらは茶碗を持ったままうつむいた。

哀しい昔を思い出したにもかかわらず、つばきの顔はほころんでいる。与五郎のために茶漬けを拵えているからだ。

平気、平気。

つばきの弾んだ声のつぶやきが、流しにこぼれ落ちた。

*

四十三

つばきが供したのは、玄米茶の茶漬けだった。たっぷり注がれた玄米茶が、香ばしさを漂わせている。

ぐい呑みほどの大きさの小鉢に入った、小粒のあられが添えられていた。

あられのわきには、赤穂(あこう)特産の塩が小皿に載っている。つばきが焙烙(ほうろく)で焙(あぶ)った焼き塩だ。

「棟梁のお好みで、塩とあられを加えてください」

茶請けに梅干しを食べたあとである。つばきは茶漬けの塩を控えめにしていた。

「ありがてえ」

茶碗から漂う玄米茶の香りに触れて、与五郎は鼻をひくひくさせた。

たのだ。

「香りをかいだだけで、腹の虫が大騒ぎを始めてやす」

与五郎が茶碗を手にしたところで、つばきは台所に急ぎ戻った。玉子焼きを焼き上げてい

盆が小さくて、一度で運ぶことができなかった。

「急いで拵えたものですから、気にいってもらえればいいのですが」

ほどよい厚みの玉子焼きには、刻みネギが散らされている。玉子焼きの地肌に、緑色のネギがあしらいになっていた。

明かり取りから降り注ぐ光が、玉子焼きの黄色と緑色とを鮮やかに浮き上がらせている。

手に持っていた茶碗を、与五郎は卓に戻した。目は、玉子焼きに釘付けだった。

＊

与五郎の父親与三次も、腕のよさで知られた棟梁だった。

「職人に、達者な口はいらねえ」

これが口ぐせの与三次は、施主に対しては普請の段取り打ち合わせのみ、配下の職人には段取り指図以外に口をきくことはなかった。

与三次の足りない口を補ったのが、連れ合いのおまさである。

「いつもごひいきをちょうだいしまして、ありがとう存じます」

商家の三女だったおまさは、与三次に成り代わって得意先に愛想を言った。

「おまささんに言われると、ついついこちらもその気になってしまう」

「棟梁の腕と、おまささんの愛想のよさとの釣り合い加減は見事なものだ」

おまさの人柄のよさが、与三次に新しい普請注文をもたらした。

職人の世話にも、おまさはいささかも手を抜くことをしなかった。

雨降りで普請場に出られない日、職人たちは与三次の宿で欄間（らんま）や柱などの細工仕事を進めた。

そんな日のおまさは、まず四ツ（午前十時）に茶の支度をした。朝の茶請けは、古漬けの刻みにおろし生姜（しょうが）を混ぜたこうこである。

昼は汁物と、炊き立てごはんにおかず二品を拵えた。汁は日によってはうどん・そば・そうめんなどが具になっていた。

八ツ（午後二時）休みの茶請けは、かならず甘い物を添えた。

細工仕事に精を出すと、肩や目に疲れが出る。八ツ休みに添えられた甘味は、その疲れをほぐしてくれた。

「姐さんの賄（まかな）いメシが食えるなら、毎日でも雨降りでいいやね」

「メシだけじゃねえ。お八ツの甘味がなんともたまらねえ」

おまさが拵える昼飯と、四ツと八ツの茶請けを、職人たちは正味で称えた。

雨降りは与五郎にも嬉しい日だった。

父親の与三次が、雨の日は一日家にいた。無口で無愛想だが、与五郎は父親が大好きだった。わきに座ると、与三次の身体から煙草のにおいがした。

鼻を強くひくひくさせると、木の香りも感じられた。

煙草と木の香りが混ざり合ったのが、父親のにおいだ。そのにおいの近くに一日いられるのが、与五郎にはたまらなく嬉しかった。

もうひとつ、母親が玉子焼きを拵えてくれるのも雨降りの楽しみだった。

昼が近くなると、与五郎は母親のそばをうろちょろと動いた。

「分かってるわよ、ちゃんとおまえの玉子焼きも拵えるから」

職人のメシの支度を終えてから、おまさは玉子焼きの支度を始めた。

あかがねの玉子焼き器にごま油をひいて、七輪に載せた。

あかがねが熱せられると、煙が立ち上る。その煙の加減で、おまさは頃合いを計った。

溶き卵に刻みネギを散らし、高価な砂糖をひと匙加えるのがおまさ流である。

溶き卵を流し入れると、ジュウッという強い音が立った。そのあと、ごま油と卵が混ざり合った香りが台所一杯に広がった。

＊

与三次もおまさもすでに没した。

いまだに煙草と木の香りが混ざり合うと、与三次を思い出す。

刻みネギの散らされた玉子焼きは、おまさを思い出させた。

つばきが拵えたのは、遠い昔におまさが焼いたものと、そっくりの玉子焼きに見えた。

玉子焼きを前にしながら、与五郎は一向に箸を出そうとはしなかった。箸が伸びないだけではなく、皿を見詰めて考え込んでいるかに見えた。

「棟梁は玉子焼きって、お好きではないんですか?」

つばきの物言いが戸惑い気味だった。

与五郎の好みも訊かずに急ぎ拵えた一品を、しくじったのかと案じているかのようだ。

「とんでもねえこって」

言うなり与五郎は、つばきに目を向けた。

「あっしの好物を、なんだってつばきさんが知ってるのかと思ったら、なんだか箸が出なくなっちまったんでさ」

それだけ言うのが、与五郎には精一杯だったようだ。あとは玉子焼きの皿に目を戻した。

「それなら、よかった……」

つばきも短い言葉を残してのれんの奥に引っ込んだ。下駄が軽やかにカタカタ鳴った。

ごま油の香りが土間に漂っていた。

四十四

だいこんのすぐ近くの路地に、武蔵は身を隠していた。店の入口が見通せる場所だ。与五郎とつばきが楽しげに語り合っているのを、武蔵は奥歯に力を込めて見ていた。

物陰に身を隠すのは、武蔵には得手中の得手である。

まだ他の親分に仕えていたころの武蔵は、常に見張り役を買って出た。おのれの身を潜めて気づかれないでいることに、股間が熱くなるほどの快感を覚えた。

武蔵が身を隠す秘訣を教わったのは、浅草寺本堂の床の下で寝起きを続けていた、老いた物乞いからだった。

そのときの武蔵は、ひどく落ち込んでいた。仲間内の博打に負けた挙げ句、都合よく身体を求めることができた酌婦にも、強い肘鉄(ひじてつ)を食わされていたからだ。

手ひどく博打に負けたときでも、その女のところに行けば、小粒銀何粒かの小遣いがもらえた。

その代わりに、閨(ねや)に励んだ。女は醜女(しこめ)だったが、肉置(ししお)きはよかった。

武蔵は目を閉じて、あたまのなかで気を寄せている女を思い描きながら、閨の相手を務めてきた。

ところがその日の夜明け前は、女の宿に入ることを断られた。閉じた戸を開けようともせず、冷めた声で帰れと言われたのだ。

まさか、あの女に。

断られるなどとは、思ったこともない相手である。小粒銀を何粒もらおうが、閨の相手をする物好きなどいるわけがないと、タカをくくり、見下していた女だった。

帰って。もう、ここにはこないで。

閉じた戸の内側から、冷めた声で突き放された武蔵は、一気に血が昇った。

「てめえ、あけろ」

逆上した武蔵は、力任せに雨戸を叩いた。

いきなり、潜り戸が開かれた。

「姐さんは、おめえに会うのは二度とごめんだと言ってなさる」

男は見るからに渡世人だった。上背もあるし、武蔵を睨みつける目には、その眼光だけで相手を黙らせる強さがあった。

それでいて、口調は物静かである。

「この先は、あっしが姐さんの世話をさせてもらいやすんで……二度と戸を叩くのは、無用にしなせえ」

男は唐桟の胸元をわざとはだけて見せた。真っ新なさらしには、鞘に納まった匕首が挟まれていた。

打ちのめされた弐蔵は、行くあてもなしに吾妻橋を西に渡った。

夜と朝とが、持ち場を入れ替わろうとしていた。

東の空の根元は、藍色が薄くなっていた。

真上の空には、まだたっぷりと夜が居残りを続けている。散らばった星も、はっきりと見えた。

喉に渇きを覚えた弐蔵は、仲見世を通り抜けて浅草寺に向かった。参詣客が使う手水が、境内の手前にある。その水をひとくちすすろうと考えたのだ。

手水で渇きがいやされたら、立っているのが億劫になった。夜通しの博打で、まったく寝てなかった。

腹も減っていたが、空腹を満たすよりもいまはひと眠りしたかった。

仲見世を通り抜けていた間にも、夜明けは休みなく続いていた。いつの間にやら、真上の空の色味が薄くなっていた。

弐蔵はどこか横になれる場所はないかと、本堂の周辺を見回した。

石段を登った先の、本堂の床下なら広々としていて、大の字にもなれそうだった。

手水のひしゃくでもう一杯水を口に含んでから、弐蔵は本堂の床下に潜り込んだ。

蜘蛛の巣が顔にくっついた。気味がわるかったが、それにも増して一刻も早く横になりたかった。

土に湿り気のない場所を手で確かめてから、弐蔵は横向きに身体を伸ばした。

五つを数える前に眠り込んだ。

＊

「いつまで寝ているんだ」

棒っきれの先で身体を小突かれた弐蔵は、痛みを覚えて目を覚ました。長い白髪のあごひげを伸ばした老人が、弐蔵を睨みつけていた。

湯につかったことなど、何カ月もないのだろう。老人はひどいにおいを、身体から発していた。

ひげが伸び放題の顔と、ひどいにおいに驚いた弐蔵は、場所を忘れて飛び起きた。

幸いにも浅草寺本堂の床下には高さがある。弐蔵はあたまをぶつけずに済んだ。

「いってえここは、どこなんでえ」

弐蔵の素(す)っ頓狂(とんきょう)な声が、床下に響いた。

すっかり日が昇っているらしく、床下にも光が届いている。

辺り一面に張った蜘蛛の巣が、弐蔵の出した声で揺れた。

「ひとのねぐらに勝手に忍び込みながら、ここはどこでえとはごあいさつだな」

老人は口臭もひどかった。

しゃべると息が出る。その息は、鼻が曲がりそうなほどに臭かった。

武蔵は思わず顔をしかめた。

「なんだ、その顔は。わしの息が臭いとでも言いたいのか」

老人は武蔵に顔を寄せると、相手が身体をかわす間もないうちに、はあっと強く息を吐き出した。

武蔵に身を隠す技を伝授した老人との、初めての出会いだった。

四十五

武蔵が潜んでいる路地のとば口に、一匹の野良犬が寄ってきた。耳を立てて、路地の壁に身体を寄せた武蔵を見ている。

ウウウッ。

武蔵を威嚇（いかく）するかのように、うなり声を漏らした。耳がピクッと動いた。

武蔵は深い息を吸い込み、ゆっくりと吐き出した。

おめえに仇（あだ）をなす気はねえ。おれには構わねえで、よそに行きねえ。

深呼吸を続けながら、胸の内で犬に話しかけた。浅草寺の床の下で老人から教わった、野良犬への接し方である。

「犬が一匹なら、自分の気配を消してやさしく話しかければいい。おまえの敵ではないぞと話しかければ、犬は察する」

ただし目を見てはダメだと、老人は武蔵に念押しをした。

「うなり声を漏らしている犬は、あんたの姿に怯えている。そんなときに目を合わせたら、犬にはあんたに食らいつくことしか手立てがなくなる」

息遣いを鎮めて、目を合わさず敵ではないぞと胸の内で語りかけること。あんたより弱そうな犬なら、そうすることで揉めずに追い払うことができる。

弱い相手には逃げ道を用意してやれと、老人は犬を追い払う極意を武蔵に授けた。

いま路地のとば口でうなり声を漏らしている犬は一匹だけで、しかも小型だった。

遠い昔に教わったやり方で、武蔵はこれまで何十回となく犬を追い払ってきた。

おれに構うことはねえよ。

目を合わさず、胸の内で何度も同じことをつぶやいた。

クウン……。

子犬のように鼻声で鳴いてから、犬はとば口を離れた。

すっかり姿を消したと察したところで、武蔵は吐息を漏らした。

老人から教わった極意の有り難味を、また今回も噛みしめた。

*

「犬を追い払いたければ、おのれの気配を消せばいい」

臭い息を吐きながら、老人はこともなげな口調で話した。

「あんたもこども時分には、仲間とかくれんぼをやったじゃろうが」

「へい」

臭いに閉口しながらも、武蔵は素直な返事をした。この年寄りは大事なことを教えてくれそうだ……渡世人の本能が、強く武蔵にささやいていた。

話の先を聞きたいと、武蔵は身体から発する気配で思いを告げた。老人はそれを受け止めて、歯が何本も欠けた口元をゆるめた。

「かくれんぼで、もっとも見つけられない子はどんな子か分かるか？」

あれこれ考えたが、うまい答えが見つからない。武蔵は「分かりやせん」と、ていねいな口調で答えた。

「隠れているうちに、眠り込んだ子だ」

「そうかっ」

武蔵は床下にいるのも忘れて、両手を打ち合わせた。音が響いたことに、老人は顔をしかめた。

しばらく口を閉じて、寺男が床下をのぞきにこないかと身構えた。話に戻ったのは、だれも寄ってはこないと見極めがついてからだった。

「隠れていても見つかる子は、ここにいるぞと身体中から気配を発している。おれがおれがと前に出たがる者は、決まって最初の餌食となる」

おのれの気配を消すことを覚えれば、周りの気配に溶け込めるようになる。そうなれば、ひとにも犬にも見つかりにくくなる。

そして、いままで見えていなかった自分が見えるようになる……歯の隙間から息を漏らしながら老人は断じた。

この極意は、弐蔵の生き方を根本から変えることになった。

渡世人と博打は、切っても切れない間柄だ。しかし弐蔵は、博打はからっきしダメだった。床の下で老人と出会うまでは、自分に博才がないことを認められなかった。それゆえに深みにはまり、さらに深手を負った。

おれには博才はねえ。

それを認めたら、見えていなかった大きなものが見えてきた。

博才のない者を見分けることができるようになったのだ。

博打に弱い者に限って、勝ちたい勝ちたいという気配が、身体から漂い出ていた。

弱い客を見極めると、弐蔵はその客にすり寄った。そして言葉巧みに煽り立てて、賭場を儲けさせた。

「あいつにはカモを見抜く眼力がある」

評判は賭場を仕切る代貸(だいがし)にも聞こえた。

代貸は弐蔵を重用(ちょうよう)し、惜しまず小遣いを与えた。金回りがよくなった弐蔵は、床下の老人に御礼参りをした。

「おのれの気配を消せば、周りに溶け込んで見えにくくなる。そうなったら、めえなかったものがめえるようになる……まさに教わった通りでさ」

御礼代わりにと、渋る老人を向島(むこうじま)の浮世風呂に連れて行った。そして新しい長着(ながぎ)を老人に着せかけた。

身体の垢が、老人を守っていたらしい。

浮世風呂で垢を落とした老人は、風邪をひいてそのまま逝(い)った。

*

路地の壁に寄りかかり、弐蔵があれこれ昔を思い返していた途中に、与五郎がだいこんの外に出てきた。

一度も弐蔵は見せたことのない顔を、つばきは与五郎には見せていた。

胸の内に、一気に怒りが湧き上がった。

気配の変わりを察したらしく、先刻の犬がまた寄ってきた。

両耳をピンッと立てていた。

四十六

九月二日の六ツ半（午前七時）前。いつもの朝より半刻（一時間）も早く、つばきは魚河岸に顔を出した。

「どうしたてえんだ、つばきさん」

思いがけなく早い時分につばきを見かけて、魚金の信次は目を見開いた。

「五ツにはまだ半刻はあるぜ」

なにかわけでもあるのかと、信次は真顔で問いかけた。いつも一緒の辰治も小吉も、今朝はいないのを案じたようだ。

「じつは、わけがあるの」

女を感じさせる物言いに、信次の頬が赤くなった。

「おれで用が足りるなら、なんでもそう言ってくんねえな」

「ありがとう」

買い物籠を魚金の台に載せたつばきは、さらに信次に近寄った。

昨夜は深酒をやったらしい。荒く吐き出した信次の息は、前夜の名残りを強く漂わせていた。

「大きなご恩をいただいたご隠居が、風邪をひいて床についているらしいの」

「そいつあ難儀だなあ」

信次は顔を曇らせた。

「魚金の大得意先の旦那も、八月の二十日過ぎに風邪をひいたらしいんだが、まだ床上げができてねえそうだ」

うっかりするといまの時季の風邪は、年寄りには命取りになりかねない……信次は眉間にしわを寄せて、つばきの顔をのぞき込んだ。

「あたしもそのことを案じているの」

つばきは顔つきを引き締めて信次の目を見た。真正面から見詰められた信次は、どぎまぎ顔を拵えた。

「折りいってのお願いが、信次さんにあるんだけど」

「さっきも言った通り、おれで役に立つならなんだってやるぜ」

「ご隠居さんに滋養をつけるにはなにがいいのか、教えてもらいたいの」

「う……」

信次はおのれの思いちがいに落胆しながらも、真顔を保った。

「魚金の魚のなかからかい？」

つばきはわずかに首を左右に振った。

「言いにくいんだけど、魚金さんの品には限らずに、一番滋養のつくものを教えてくださいな」

隠居の歳を考えると、脂っこいものは避けたいと付け加えた。

「若いひとなら蒲焼きだとか、焼き鳥だとかが一番だと思ったんだけど、ご隠居にはもっと穏やかなものがいい気がするの」

「確かにそうだろうさ」

つばきの言い分に、信次は深く得心した。

「あんまりおなかに溜まらず、脂っこくもなくて、それでいて滋養がつくものってなんだろうって、ひと晩思案をしてみたんだけど」

妙案を思いつけなかったと、つばきは正直に明かした。

「むずかしい注文だぜ」

あごに手をあてて考え込んでいた信次が、不意に両手を叩き合わせた。杉のトロ箱に詰まった鮮魚を、何段も重ね持ちする大きな手である。

パシッ。

乾いた音が魚金の店先に響き渡った。

「飛び切りの妙案を思いついたぜ」

信次は両目を大きく見開いてつばきを見た。

つばきは息を詰めた顔で、信次を見詰め返した。

「いまさっき言った、うちの大得意先のことだけどさあ。じつは両国橋西詰の、常磐松(ときわまつ)てえ料亭のことなんだ」

「風邪をこじらせている旦那様のこと？」

「そのことさ」

信次は声を潜めた。

「つばきさんは、スッポンを食ったことがあるかい？」

「スッポンって……指に食いついたら、カミナリが轟いても離さないっていう、あのスッポンのこと？」

「そのスッポンさ」

信次はさらに声を低くした。聞き漏らさないように、つばきは顔を寄せた。

「京のお公家(くげ)さんは、身体に滋養をつけるためにスッポンを食うてえんだ」

スッポンは肉だけではなく、生き血にもたっぷり滋養が含まれている。

さばくときは、まず首を刎(は)ねて生き血をぐい呑みに受ける。その血を梅酒で割って呑めば、たちまち精がつくという。

「大きな声じゃあ言えねえが」

信次は周りを見回した。聞き耳を立てている者がいないのを確かめてから、話に戻った。

「お公家さんが跡継ぎ作りの閨に向かう夜は、前もって梅酒割りのスッポンの血を呑むてえ話だ」

それほどにスッポンには滋養があり、精がつくらしい……信次はわきで仕入れた話の受け売りを、つばきに聞かせた。

「常磐松の旦那様も、スッポンを食べているということなのね？」

「いつもなら、商売物には手を出さないらしいが」

常磐松のあるじは、まだ床上げはできていない。それでもスッポンを食べ始めてからは、めきめきと快復に向かっている……常磐松の板前から仕入れた話を、信次は余さずつばきに聞かせた。

「源太郎てえ名の板場が、スッポンをさばいているそうだ」

「源太郎さん、ですね？」

つばきが念押しすると、信次はこっくりとうなずいた。

「おれから聞いたと言っても構わねえからさ。一度、常磐松をたずねてみねえな」

「ありがとうございます」

つばきは深い辞儀で礼を伝えた。

顔をあげたとき、つばきはいつ常磐松をおとずれようかと思案を始めていた。

四十七

昼飯客の大波が引いたあとの、九月三日九ツ半（午後一時）過ぎ。つばきは魚金の信次から耳打ちをされた常磐松をたずねることにした。

木島屋の隠居に滋養がつくという、スッポン料理のイロハを教わるためである。

「七ツ（午後四時）ごろまでには帰ってこられると思うから」

おてるに言い置いたつばきは、佐賀町河岸の船着場へと向かった。

今日も気持ちよく晴れてはいるが、すでに二十四節気の寒露も過ぎていた。

日向を歩けば天道のぬくもりが心地よい。しかしひとたび日陰に入ると、風がすでに冷たさをはらんでいるのが感じられた。

季節は確かな歩みで移ろっている。

もしもご隠居が風邪をこじらせたりしたら、おおごとになる……。

佐賀町に向かう途中の日陰で、つばきは胸の内でつぶやいた。

風邪は万病のもと。このわきまえが、つばきにはあった。

並木町の裏店に暮らしていた、こども時分の八月中旬。六十過ぎでも担ぎ売りを続けていた膳助が風邪をひいた。

身体達者が自慢だった膳助は、風邪ぐらいはなんでもないと言い放ち、咳をしながら担ぎ売りに出た。

夕方、いつもより早仕舞いで裏店に戻ってきた膳助は、咳がひどくなっていた。

長屋の壁は薄い。ひっきりなしに咳をする膳助を、両隣の住人は案じていた。

咳は真夜中にやんだ。

「よかったねえ、なんとか咳がおさまって」

どちらの隣人も、咳がやんだのを収まってよかったと取り違えた。

咳がやんだときが、膳助の臨終だった。

この出来事につばきは、強烈な怖さを覚えた。

膳助の身体達者自慢は、こどもでも知っていた。そんな膳助が風邪で、しかもたった一日で呆気なく逝ったからだ。

「風邪は万病のもとと言うからさあ。とりわけ夏から秋へと季節が変わるころの風邪には気が抜けないよ」

夏風邪は怖い……膳助の急逝を目の当たりにしたつばきは、その怖さを身体の芯に刻みつけた。

木島屋の隠居と裏店暮らしの膳助とでは、周りの者の気遣いがまるで違う。

膳助は夜通し咳をしていても、容態を案じて様子見をしてくれる者はいなかった。

木島屋の隠居のそばには、女中が張り付いているだろう。少しでも様子が変われば、医者が往診に駆けつけるに違いない。

それは分かっていたが、つばきは自分の手でなにか手伝いがしたかった。

他の者にはできない手伝いとは？

考えに考えた末に行き着いたのが、滋養のつくモノを自分の手で調理して届けるということだった。

スッポンの生き血が効く。

信次から聞かされたとき、つばきは気味悪さを覚えた。が、話を聞いているうちに気持ちが落ち着いた。

つばきは蛇が大嫌いである。

手足がないのに、自在に地べたを這い回る。獲物を仕留めるときは、口を目一杯に開いて相手を丸呑みにする。

しかもマムシは毒を持っているのだ。

鋭い牙で噛みつかれたら、身体の大きなおとなでも命を落とすという。

怖くて気味のわるいマムシも、スッポンと同じように、食べれば滋養に富んでいるらしい。

わけても生き血を焼酎で割って呑めば、臨終間近な病人でも生き返るというのだ。

マムシもスッポンも気味がわるい。が、生き血にも肉にも滋養があることでは同じだと、魚金の信次は言い切った。

スッポンの首を庖丁で切り落とし、逆さに持って生き血をぐい呑みに集めろと、信次から教えられた。

どれほど気味がわるくても、隠居のためならやるしかないと、佐賀町に向かうつばきは肚をくっていた。

怖い思いをしながら、自分でスッポンをさばくのだ。

取りかかる前に、せめて確かな調理方法だけでも常磐松の源太郎さんに教わっておきたい……。

そう思い定めるのに、ひと晩かかった。

いかに隠居のためとはいえ、スッポンの首を落としたり、甲羅から身を剝がし取ることを思うと、気味悪さに身体が震えた。

やるしかないと肚がくくれたのは、夜明けを過ぎたころだった。

思い立ったら、すぐに動く。

これがつばきの流儀である。

急いてはことをし損じると、ひとは言う。しかしつばきは、それは言い逃れだと思っていた。

善は急げ。

これこそが、つばき流だった。

ことを起こさず、あれこれ思案を続けているだけでは、なにも始まらない。

動かずに考えてばかりいるうちに、もしも隠居の身に大事が起きたら……。

たとえし損じたとしても、動いているほうがいいとつばきは考えて生きてきた。

スッポンを逆さに持ち、生き血を滴(したた)らせる……考えただけで、気分がわるくなりそうだ。

が、それをしてのけてこそ、隠居の快復につながるかもしれないのだ。

日陰を渡る風は冷たい。

ぶるるっと身体を震わせたつばきは、船着場へと歩みを急がせた。

歩いた先には日だまりがあった。

動いてさえいれば、日だまりにも出会える。立ち止まっていては、なにも起きない。

つばきの歩みが、さらに早まっていた。

四十八

乗合船が出るのを、つばきは八ツ（午後二時）まで待つことになった。

間のわるいことにつばきが船着場に着いたときには、両国橋西詰行きの船が出たばかりだった。

船を待ちながら、焦れる思いを鎮めるのにつばきは懸命だった。あたまで段取りしていた刻限より、半刻（一時間）も遅れることになるからだ。

八ツに出る乗合船が向かうのは両国橋西詰ではなく、柳橋である。行きたい場所を通り過ぎた挙げ句に、歩いて両国橋まで戻ることになるのだ。

柳橋と両国橋との隔たりは、さほどのものではなかった。とはいえ気が急いているときに、行きすぎた先から戻るということに気が滅入った。

しかも常磐松には、なんどきに伺いますとの約束ができているわけではなかった。断りなしの不意打ちのようなおとないなのだ。

板場は昼の仕込みを終えたあとは、一刻（二時間）の休みをとるのが常だ。その休みは、おおむね八ツから七ツの一刻である。

八ツの乗合船で柳橋に向かったら、常磐松に顔が出せるのは八ツ半（午後三時）にかかってしまうだろう。

板場職人が、一番のんびりできる刻限に、前触れもなしに顔を出す羽目になるのだ。

日を変えようかしら……。

船待ちの小屋で、つばきはそれを思案した。が、すぐに打ち消した。

船着場に来る道々、前に進んでいればこそ日向にも行き会えると考えたばかりだった。

佳(よ)きことは前倒しになる。

わるいことは後へ後へと下がる。

つばきはこれを何度も自分の肌で味わってきた。

この歳になるまで独り身を続けているのも、結局は良縁にめぐり会えなかったからだ。

良縁に拙速なし。

いまはこれを、常に自分に言い聞かせている。もしもこの先で佳き縁に出会うことができたら、四の五の言わず、その縁に身を委ねようと毎日思っていた。

常磐松に行くのを日延べするのは、みずからそれがわるいことだと認めるに等しい。

行けばいいことになる。

わるいことを、あれこれ先取りして思い描くのはよそう。

大川の真上を飛ぶカモメを見ながら、つばきはそう決めた。

なにがあっても常磐松をおとずれようと思い定めたら、気持ちが落ち着いた。

落ち着いたら、周りの声が聞こえるようになった。

気づかぬ間に、つばきのわきには男ふたりが座していた。つばきは耳を澄ました。

声の調子と話の中身から、ふたりは木島屋の隠居と同年配だと察しがついた。

自分たちの隣に座っているのが年若い娘だということで、気兼ねがないのだろう。

加えて、互いに耳が遠くなっているらしい。

遠慮のない声で、養生談議を始めた。

「一日に五合の白湯を呑むと、すこぶる身体の調子がよくなったんだ」

小豆色の袖無し綿入れを羽織った男は、白湯呑みが自慢らしい。

「あんたは夜中に、なんべん小便に起きるんだい？」

「そうだなあ……いまの時季ならまださほどに寒くはないから、二回だ」

「そうだろう、そうだろう」

袖無し綿入れの男は二度うなずいたあと、ここぞとばかりに強い目で相手を見た。

「日に五合の白湯を呑み始めたら、なんと朝まで一度も小便に起きなくなったんだ」

白湯の効き目は凄い。わるいことを言わないから、今日から白湯を呑めと強く迫った。

「だったらあんたも、わしが前からいいと言っているドクダミ茶を呑んでみなさい」

樫の杖を握っている男は、負けじと自分の流儀を勧めにかかった。

「ドクダミを煎じて呑めば、身体のなかのわるいものを全部押し出してくれる」

身体から毒を出したあとは、毎日の通じがよくなる。

「あんたは白湯で小便が止まるというが、わしのドクダミは、すっきりと通じをつけてくれるんだ」

カネでも知恵でも、溜めるときはつらい。それを一気に吐き出すときは、すこぶる心地がいいと杖の男は続けた。

「あんたみたいにカネを蓄えるだけでは、使うというおもしろさを知らないだろう」

カネは使って初めてカネだ。蓄えている限りは、ただの金貨に過ぎない。

金貨を握っているだけでは、美味（うま）いものは味わえない。金貨を使ってこそ、たらふく美味いものも食えるし、いい着物も買える。

「わしの杖だって、二分も出せば買えるんだ。出さないことを考えるより、出してすっきりすることを考えたらどうだ」

養生談議が、思いがけない方向に走り出した。つばきは知らぬ顔で聞き耳を立てていたが、ふたりは日本橋への船を待っていた。

「間もなく出やすぜ」

船頭が呼びにきたことで、話は終わった。

溜めるのは苦痛で、出すのは快楽。

いいことを聞いたと、つばきはしっかり胸に刻みつけた。

やはり日延べしなくてよかった。

行こうと思い定めたからこそ、味わい深い言葉が聞けた……日本橋行きの桟橋に向かう年配者ふたりに、つばきは立ち上がって深い辞儀をした。

「柳橋行きのお客さんは、三番の船に乗ってくだせえ」

「いま行きまあす」

つばきの弾んだ声が、待合小屋に響いた。

四十九

永代寺が八ツ（午後二時）を撞き始めるなり、柳橋行きの乗合船は船着場を離れた。

永代寺の鐘は肉厚で、響きがいい。川面を走る乗合船で聞く鐘の音は、先を急ぐつばきの気持ちを大いに落ち着かせた。

九月三日の八ツどきは、いい案配に上げ潮だった。潮目を摑んだ船頭は、巧みな櫓さばきで大川を上った。

永代橋の次に架かっているのは、新大橋だ。柳橋に向かう船は、新大橋の真ん中の橋桁を潜り抜けた。

「ほおおう……」

船客の多くが声を漏らした。乗合船から新大橋を初めて見上げたのだ。声につられて、つばきも橋板を見上げた。

「あっ……」

他の客に混じって、つばきも声を漏らした。

深川に暮らし始めて以来、つばきは何度も新大橋を渡っていた。分厚い杉の橋板は、下駄で踏んでも鈍い音しか立てない。

これだけ板が分厚いから、橋はいつまでも達者でいられるのよね……新大橋を渡るたびに、つばきは橋板が分厚いがゆえに安心して渡った。

いま、つばきは新大橋を真下から見上げた。

＊

八ツの陽は大川の川面をキラキラと光らせている。その照り返しを浴びて、真下から見上げた橋板の子細が見えた。

大きな思い違いをしていた……。

自分の思い違いに気づいたことで、つばきは声を漏らしたのだ。

「世の中には、あんなに太いカスガイがあったんだ」

「カスガイだけじゃない。釘も鋲も、大した頑丈さじゃないか」

「橋杭の丸太は、差し渡しが一尺（直径約三十センチ）はありそうだった」

新大橋を潜り抜けた先で、船客はいま見たばかりの橋の様子を語り合った。それを聞きながら、つばきも得心を深めた。

いまのいままで、つばきは橋板が分厚いがゆえに、新大橋が頑丈だと思い込んでいた。

確かに板の分厚さも、頑丈さを作り出すわけのひとつだ。が、それは数あるわけのひとつに過ぎなかった。

橋が丈夫なのは、なによりも橋を支える橋杭がしっかりと立っているからだ。

新大橋架橋に用いた丸太は、土佐と熊野の杉だ。いずれも幹が太く、目がしっかりと詰まった杉である。

長さ二十五尺（約七・五メートル）の太い杉は、大川の川底にしっかりと突き刺さっていた。

橋板と橋板とを繋ぎ合わせるカスガイは、橋普請のカスガイ鋳造（ちゅうぞう）に長（た）けた鍛冶屋が拵えた特製品である。

橋杭と橋板とを繋ぎ合わせる鋲と釘もまた、選りすぐりの職人の手になる特製品だ。

しかし橋杭やカスガイ、鋲・釘などは、新大橋を渡っていてはつぶさに見ることはできない。

橋杭は見えるが、カスガイなどは真下から見上げないことには、姿かたちを見ることはできないのだ。

おもてに見えているものって、ほんの一部に過ぎないのね……。

乗合船で新大橋を潜ったことで、つばきはいまさらながら思い知った。

ふうっ。

つばきから吐息が漏れた。

商い上手だの、品物の目利きに長けているのと、つばきは周りから何度も褒められた。ついつい、自分でもいい気になっていた。

新大橋を真下から見上げたことで、おのれの未熟さを思い知った。

見えていないことにも、しっかりと目配りができるように……胸の内で戒めていたら、待合小屋で年寄りふたりが交わしていた言葉のひとつを思い出した。

日本橋に向かう船に乗り込んだふたりは、散々に健やか談議を重ねた。その締めくくりで、ひとりがぼそりとつぶやいた。

「ものの美味いまずいを言う前に、柔らかいかどうかが、いまのわしにはなによりも大事なことだ」

話を聞いていた相手も、大きにそうだと言わぬばかりにうなずいた。

食べ物が美味いとかまずいとか言えたのは、歯が丈夫なればこそだった。

多くの歯が抜けてしまったいまは、どれほど美味いものでも固ければ口にできない。

「たくわんをもう一度噛み切ることができるなら、わしは身代をそっくり差し出してもいいと思っている」

「まこと、その通りだ」

互いにうなずき合ってから、ふたりは待合小屋から出て行った。

それを聞いていても、つばきはさしたる思いも抱かなかった。

思い出したいまは、まるで違っていた。

歯が丈夫な者は、固いモノでもバリバリと音を立てて食らう。歯が丈夫であることには、なんら有り難味を感じぬままに、である。

しかしあの老人の物言いは切実だった。

たくわんをもう一度噛み切ることができるなら、身代そっくり差し出してもいい、と。

かつて飴売り八兵衛に、さくらがたくわん漬けを刻んで供したことがあった。歯のよくない八兵衛は大喜びしたが、あのとき刻んだのはさくらである。

やり取りを聞いたつばきは、脳天を叩かれた気がした。

歳を重ねるなかで歯は傷み、ついには欠ける。歯がなければ、たくわんですら噛めない。上下ともに丈夫な歯が揃っているつばきは、歯を失ったつらさを思い察したことがなかった。

かつてさくらがたくわんを刻んでいたのを見ても、食べやすくなっていいわね程度のところで思いは留まっていた。

見た目からだけでは分からない、ひとが抱えている痛みや悩みの、いかに深いことか。

老人客が漏らした言葉の重たさを、つばきはあたまに刻みつけた。

つばきはいま、木島屋の隠居を気遣っていた。

スッポンの身はどうなのかしら?

あらためてスッポンをあれこれ吟味しているうちに、船は柳橋に到着した。

つばきは身体に大きな伸びをくれた。

「よしねえ、船が揺れちまう」

船に乗ったままなのを、つばきはすっかり忘れていた。

橋を真下から見上げたことと、年寄りふたりの話は、つばきの身体の芯まで届いていた。

五十

急いているときこそ、落ち着きが肝心。

常磐松に向かうつばきは、足元を確かめるようにして歩いた。

並木町に暮らしていたころは、蔵前や柳橋周辺は三日とあげずに行き来していた。日本橋の魚河岸まで買い出しに出かけるには、この町を通り過ぎるのが通い道だったからだ。

ところが深川に越したことで、まったく寄りつかなくなっていた。

橋がきれいになっている。

柳橋の欄干が真新しくなっていることに、つばきは驚いた。先を急いでいるにもかかわらず、橋の真ん中でつばきは欄干に寄り、流れをのぞき込んだ。

下を流れる神田川は、すぐ先で大川と交わっている。橋は真新しく架け替えられていたが、神田川も大川も流れの豊かさに変わりはなかった。

こども時分、つばきは何度もひとりで柳橋の真ん中に立ったことがあった。

父親がらみのもめ事がひっきりなしに生じていたころ、つばきは柳橋まで駆けてきた。思いっきり駆けることで、つらさを忘れた。

そして柳橋の真ん中に立ち、さまざまなものを浮かべて流れる神田川に見入った。

あのなすは、どこにもぶつからずに大川に出ることができる。

なすが大川に出られたら、うちだってうまくいくんだから。

浮かんだモノに願いを託して、つばきは川の流れを見続けた。

うまく流れたときは、手を叩いて喜んだ。

うまくいかなかったときは、うまく流れるまで別のものに願いを託し続けた。

神田川と大川が交わる場所には、つばきの願いが溜まっていた。

遠い昔を思い出しながら神田川を見ていると、長さ一尺（約三十センチ）ほどの板が流れてきた。

舫（もや）われている船にぶつかりながらも、止まらずに大川に向かって流れている。

つばきは胸元で手を合わせて、常磐松の掛け合いが上首尾に運ぶように願った。

願いが板に聞こえたらしい。

大型の屋形船の舳先（へさき）にぶつかりながらも、板は大川に流れ出た。

った。

よかった。

久々に託した願いが通じたのだ。安堵の吐息を漏らしたつばきは、確かな歩みで柳橋を渡った。

板切れが大川に流れ出てくれたことで、すっかり元気を取り戻していた。

どんなきっかけでもそれを活かして、自分に元気を与えるのはつばきの得意技である。

常磐松の店前に着いたときは、いつもの威勢が戻っていた。

「いいお日和ですね」

店前に打ち水をしていた下足番に、つばきは明るい声であいさつをした。が、下足番は値踏みするような目でつばきを見ただけで、あいさつは返さなかった。

「わたしは深川門前仲町の、つばきと申します」

名乗ったつばきは、軽く会釈をした。それでも下足番は無愛想な顔つきを変えず、返事もしない。打ち水に使う桶とひしゃくは、手に持ったままだった。

「板場の源太郎さんをたずねてきたのですが、どちらにうかがえばよろしいんでしょうか？」

つばきはていねいな物言いで問いかけた。

「あんた、源太郎の知り合いかい」

口を開くのも億劫だと言わんばかりの無愛想な口調で、下足番は問い返した。

「違います」

つばきは不機嫌な物言いにならぬよう、気を遣った。が、短い返事は尖り気味だった。

「違うとは、どういうことだ」

つばきを見る下足番の両目が、険しい光を帯びた。

ひと息、大きく吸い込んだつばきは、努めて穏やかな口調で来訪の目的を告げた。

この男を得心させないことには、先に進めないと判じてのことである。

「するとあんたは、スッポン料理を教えてもらいたくて、源太郎に会おうという気かい」

相手を小馬鹿にしたような物言いである。それでもつばきは愛想のよさを保って下足番に応えた。

「そういう次第なら、行くがいいさ」

拍子抜けするほどあっさりと、下足番はつばきに勝手口を教えた。

「ありがとうございます」

軽くあたまを下げて礼を言ったつばきに、下足番は憐れむような顔を見せた。

教えられた勝手口に向かって、つばきは一歩を踏み出した。

「気の毒になあ」

下足番はつばきの後ろ姿に、聞こえよがしにつぶやいた。つばきは立ち止まりも振り返りもせず、勝手口に向かう足取りを速めた。

さすがは両国で一、二と言われる老舗料亭である。勝手口につながる小道にまで、掃除のほうき目が立っていた。

勝手口の外では、板前姿の若い板場三人が、ひとかたまりになってキセルを吸っていた。

「ごめんください」

つばきが声をかけても、三人は返事をせずにキセルを吹かし続けた。

「ごめんください」

つばきは声の調子を強めた。

聞こえているはずなのに、三人は返事をしない。ひとりはキセルをくわえたままだった。

ウウウ。

つばきを見て唸っていた犬が、身体を大きく揺さぶった。ゆるい首輪が外れた。

ウウウッ。

唸り声とともに、犬がつばき目がけて突進してきた。

五十一

しかし突進してくる犬を、取り押さえようとする者はいなかった。

三人とも煙草を吸っていたが、動かなかったのはそれだけではなかった。

これからさばいて下ごしらえをするスッポンが、大きな瓶に入っている。三人はスッポンの水洗いを言いつけられていた。

とはいえ、せっかくの休みどきだ。スッポン洗いよりも、まずは煙草である。三人とも、キセルに火をつけたばかりだった。

煙草は吸いたい。スッポンを瓶のなかにうっちゃったまま、持ち場を離れるわけにもいかない。

「まずいぜ」

「そうだな」

「あれじゃあ、あぶねえ」

三人それぞれが、しまりのない声を漏らした。が、幾つものわけが重なって、板場たちは動こうにも動けなかった。

犬はつばきしか見ていない。近づくにつれて、駆け足を速めた。

つばきは両手をだらりと垂らし、地べたに足を踏ん張った。両目には強い力を込めて、駆けてくる犬を睨んだ。

＊

こども時分の並木町には、路地の方々に野良犬がいた。こどもになついている犬もいたが、他の町から迷い込んできたタチのわるいのも少なからずいた。

その手の犬は相手がこどもだと見極めると、わざと吠えたり、唸り声とともに駆け寄ったり、牙を剝いて飛びかかったりした。

さりとて襲うつもりはなかった。

怯えて逃げ惑うこどもを見て、野良犬はいっときの憂さ晴らしがしたかったのだ。

ウウッ。

低い声で唸ったあと、犬はこども目がけて突進した。こどもたちは狭い路地を命がけで逃げた。足がもつれて転ぶ子もいた。

野良犬のなかには、転んだ子目がけて小便をひっかける性悪もいた。

「おめえたちが逃げるから、犬はおもしろがるんだ。追いかけられたら、足を踏ん張って犬を睨みつけろ」

長屋に暮らしていた担ぎ売りの新六とっつぁんは、こどもたちに犬退治の極意を伝授した。

「犬はおめえたちを相手に、おどけたいんだ。怖くても、逃げちゃあなんねえ」

新六は何度もこどもたちに言い聞かせた。

「分かった」

「今度からそうする」

言われたときは、こどもは得心してうなずいた。しかし、いざ犬が牙を剝いて向かってくると、新六の教えはあたまから吹っ飛んだ。

つばきは違った。

路地に駆け込んだあとは、妹を背後にかばって犬を睨みつけた。

突進してきた犬は、つばきの手前一間（約一・八メートル）のところで駆け足を止めた。

その後は鼻面を路地にくっつけて唸り声をあげた。

背後にかばったかえでは、怖さのあまりつばきの帯を強く摑んだ。力まかせに引っ張られた帯は、つばきの身体に食い込んだ。

それでもつばきは、犬を睨むのをやめなかった。もしも犬が飛びかかってきたら、下駄で殴りかかろうと決めた。

妹を守ろうとするつばきの気迫と、犬はまともに向き合う羽目になった。

ウウウッ。

鼻を地べたにくっつけて唸ったあとは、あとずさりを始めた。

つばきはさらに両目に力を込めた。

つばきとの間合いを充分にとってから、犬は身体の向きを変えた。路地を出て行く犬の尾は垂れ下がっていた。

「おねえちゃん、怖かった」

「もう平気だから」

かえでのあたまを撫でたとき、つばきは足に震えを覚えていた。

＊

この日のつばきは、何度も遠い昔を思い出していた。

犬と向き合ったいまも、並木町のこども時分に戻っていた。そして新六から教わったことを思い出し、燃え立つ目で犬を睨みつけた。

つばきの気迫に、犬はあっさりと降参したらしい。唸り声ではなく、クウンと鳴いて尻尾を丸めた。

「やるじゃねえか」

「どこの姐さんかは知らねえが、ぶちの足を止めるとはてえしたもんだぜ」

「まったく、てえしたひとだ」

三人の板場は、心底、つばきに感心したようだ。感心のあまりつばきに見とれて、手への気配りが留守になった。

右手には、火のついたキセルを持っている。空いている左手を、スッポン五匹が動いている瓶のなかにいれた。

池から瓶に移されたことで、間もなくさばかれるとスッポンは感じ取っていた。たやすくさばかれてたまるかと、目一杯に気が立っていたに違いない。

不用意に差し入れられた左手の人差し指に、スッポンは仇とばかりに思いっきり嚙みついた。

ギャアッ。

板場が悲鳴をあげた。

尾を丸めていた犬は、板場を見て耳と尾をビンッと立てた。

五十二

若い板場三人の背後には、杉の物置台が出されている。棚板は三段で、二段目と上段には逆さにされた手桶が載っていた。

洗い終わった桶を乾かしているのだ。

つばきは上段に載っていた大きな手桶を手に取るなり、泉水へと駆け出した。

ぶちが耳を立ててつばきを追った。

ドボンッ。

大きな音が立ったほどに、つばきは勢いよく手桶を池に突っ込んだ。そして存分に水をすくい上げた。

三升（約五・四リットル）入りの大きな手桶だ。口までたっぷり水の入った桶は、相当に重たい。

うんっ。

気合いの声を発し、両手で手桶の柄を摑んだ。そして板場三人のほうに小走りになった。

カラの手桶のときは、存分に駆けられた。いまは一貫三百匁（約五キロ）の、重たい水が詰まっている。

うんっ、うんっ。

つばきは気合い声を発しながら、板場のほうに足を速めた。

なんとかしてくれえええ。

つばきの気合い声に、板場があげ続けている悲鳴がのしかかった。

歯を食いしばって、つばきは駆けようとした。しかし駆けると手桶が揺れて、水がこぼれてしまう。

両手で柄を持ち、揺らさぬように気遣いながら、つばきは目一杯に足を速めた。

「この桶に手をいれて」

つばきが声を張り上げた。

「そうだったぜ」

仲間のひとりが答えて、嚙みつかれている板場の肩を摑んだ。

いてて。

顔を歪めてはいるが、嚙まれている板場も悲鳴は引っ込めていた。

「ありがてえ」

痛さを忘れたような安心顔で、板場はスッポンが食いついたままの手を勢いよく桶に突っ込んだ。

*

「スッポンてえのは、カミナリ様がゴロゴロ鳴っても、食いついたモノを放さねえ。つばきさんは知ってたかい？」

スッポンを勧めたあとで、魚金の信次はつばきに問いかけた。

「食いつかれたら大変だって聞いたことはあるけど……そんなに怖いの？」

「あたぼうさ」

店先に客がいなかったこともあり、信次はスッポン講釈を垂れ始めた。

「スッポンてえのは気性が荒っぽいからよう。目の前をちょろちょろ動くモノには、構わず嚙みつくんだ」

これからさばかれると気配を察したスッポンは、ことさら素早い動きで板場に嚙みつくんだ……板場から仕入れた話を、信次はしたり顔でつばきに受け売りした。

「もしも嚙みつかれたらどうするの？」

つばきに問われたのが、よほどに嬉しかったのだろう。信次は前垂れで濡れた手を拭いてつばきに近寄った。

「スッポンは魚と違って、エラがねえからさ。おれたちと同じで、水のなかじゃあ息ができねえんだ」

嚙みつかれたら、痛みをこらえて水に手をつければいい。うろたえずに落ち着いて。

幾らもしない間に、スッポンは息苦しくなって指から離れる。

「飛び切りいてえだろうが、食いちぎられることはねえ。嚙まれたときは慌てねえで、近くの水に手を突っ込むことさ」

うろたえると痛みが増すぜと、信次は付け加えた。

「ありがとう、信次さん。しっかり覚えておくわ」

あの朝のつばきは、お愛想代わりに答えた。

思いがけないところで、信次から教わったことが役に立った。

＊

水を張った手桶の効き目は確かである。

深い怪我を負うこともなく、スッポンを指から放すことができた。

「ありがとう、姐さん」

若い板場三人は、深々とつばきにあたまを下げた。

「嚙みつかれたら水に手を突っ込めと、あにさんには教わっていたんですが」

「おれたちはまだ、さばいたことがねえもんだから」

「嚙みつかれた痛みで、すっかりうろたえちまって」

三人が代わる代わるに言いわけと礼とを繰り返した。

「大事にならなくてよかったけど、板場さんがスッポンに食いつかれたんじゃあ、幅が利かないわよ」

三人とも、まだ十代の若者である。つばきは我知らずに、年長者の口ぶりになっていた。

三人はあたまを掻いて、おぼこ息子よろしく頰を赤く染めた。

ワンッ。

板場のしくじりをからかうかのように、ぶちがひと声吠えた。

指を嚙まれた板場は、ぶちのあたまを撫でてからつばきを見た。

「ところで姐さんは、なんの用があってここにこられたんですか？」

「源太郎さんという板前さんに会いたいんだけど」

「まかせてください」

三人が同時に答えた。

ぶちもワンッと声を合わせた。

五十三

「おれに用があるてえのは、おめえさんかい？」

流し場の戸口に出てきた源太郎は、足駄(あしだ)を硬い地べたにぶつけていた。

ガタン、ガタンッ。

高さ三寸（約九センチ）の歯がぶつかる音は、目一杯に源太郎の不機嫌ぶりをあらわしていた。

「そいじゃあ、おれたちはこれで」

源太郎を呼びに行った若い者たちは、つばきに軽くあたまを下げてその場から離れた。うかつにとどまっていたら、いつ源太郎の不機嫌の餌食にされるやもしれぬからだろう。

「どうもありがとう」

若い衆に礼を告げてから、つばきは源太郎と向き合った。

「わたしは深川門前仲町から出てきたつばきと言います」

「名めえなんざ、どうでもいい」

つばきの言葉を、源太郎は右手を突き出して押しのけた。

「あいつらが言ってたが、おめえさんもなにか食い物を商ってるんだろうがよ」

「はい、一膳飯屋を営んでいます」

つばきは平らな口調で応えた。

源太郎の無愛想な振舞いには、強い腹立ちを覚えていた。が、スッポンのさばき方を教えてもらう身を思えば、胸の内の怒りを相手にぶつけることはできない。

精一杯我慢をしたら、物言いは真っ平らになっていた。

自分では不機嫌の限りを押しつけていながら、つばきの物言いは源太郎の癇に障ったらしい。

五尺六寸（約百七十センチ）の上背に加えて、源太郎は三寸の足駄を履いている。ガタガタと地べたを鳴らしてつばきに詰め寄ると、腕組みをして見下ろした。

「おめえさんも食い物商売に手を染めてるんなら、板場の連中には八ツの休みがどんだけでえじか分かってるだろうがよ」

源太郎はつばきの真上であごを突き出した。

「それともおめえさんは、八ツの休みも知らねえような駆け出しの姐さんか」

源太郎に指摘されて、つばきは言葉に詰まった。まさにその通りで、いまは大事な息抜き休みだったのだ。

「自分の都合しか考えずに、とんだ時分に押しかけてしまいました」

不明を詫びたつばきに、源太郎はわずかながら目つきを和らげた。

「詫びはわかったが、そもそも何用があってうちに顔を出したんでえ」

ぞんざいな物言いのまま、用向きを質した。

「魚金の信次さんから教わったんですが、源太郎さんはスッポンのさばきに長けていらっしゃるそうですね」

「信次がなにを言ったかは知らねえが、おれはあんたを見たこともねえし、素性も知らねえんだ」

気安く源太郎と呼び掛けるなと、口を尖らせた。

つばきは大きく息を吸い込んで、気を取り直した。

「初めて会ったひとに、名前で呼びかけたりして失礼しました」

つばきはあたまを下げて詫びた。顔を上げたときも、源太郎はまだあごを突き出し気味にしていた。

「あたしの大事なお得意先の大旦那さんが、風邪をこじらせて寝込んでいるんです」

歳も歳だけに、滋養のつくものを口にいれてあげたい。胃ノ腑に負担がなくて、身体に滋養のつくものはスッポンが一番だと、魚金で教わった。

「スッポン料理のことなら、こちらさまが江戸でも抜きんでた腕をお持ちだとも、魚金さんで教わりました」

人助けだと思って、スッポンのさばき方を教えてください……つばきは両手を膝にあてて深い辞儀をした。

「そんな寝ぼけたことが言いたくて、深川くんだりから出張ってきたのか」

つばきの頼みを源太郎は鼻で嗤い、吐き捨てるような口調で弾き返した。

「なにか了見違いなことを言いましたか？」

懸命に怒りを抑え込んでいるつばきは、顔色が白くなっていた。

「なにか言いましたかとは、そんなことを正味でおれに訊いてんのか？」

「いけませんか」

つばきも負けずに言い返した。

「風邪をこじらせたのが、どこの大旦那かは知らねえがよう。おめえんところをひいきにするぐれえなら、どのみちてえしたお店じゃあねえだろうよ」

さばき方を教えるとも言わず、源太郎は散々に毒づいた。

つばきはもう一度深く息を吸い込み、源太郎を真正面から見詰めた。

「物言いが癇に障ったのなら幾重にもお詫びを申し上げますから、人助けだと思ってスッポンのさばき方を教えてください」

つばきは一段と深く、あたまを下げた。

「おれは地蔵じゃあねえんだ、むやみにあたまなんぞは下げねえでくれ」

教える気はさらさらない。目障りだから、とっとと帰ってくれと、源太郎は手で追い払う素振りを見せた。

「どうしても教えてもらえませんか?」

「あんた、くどいぜ」

源太郎は腕組みをして、胸を反り返らせた。

その振舞いを見て、つばきの我慢が切れた。

「なんなのよ、あんた」

つばきは両目を吊り上げて源太郎に詰め寄った。白かった顔に朱がさしている。眉と瞳の黒さが際立って見えた。

「ぐだぐだと、こやしにもならない嫌味ばかりぶつけてきて、あんた、それでもキンタマぶら下げた男なの?」

つばきは顔に似合わぬ、思い切ったことを言い切った。

ぶち犬が調子を合わせてワンッと吠えた。

五十四

「聞いたか、いまのを?」

「聞いたとも」

料理場の戸口から離れていた若い者たちは、つばきの啖呵を聞いて目を見開いた。

「あの姐さん、いったい何者なんだ」

「初めて会ったんだ、おれに分かるわけがねえだろう」

「そうだよなあ……」

互いに答えが見つからないまま、若い者たちは耳をそばだてた。

＊

「八ツどきの休みが板場のにいさんたちにどれだけ大事かは、もちろん承知です」

口調はていねいになっていた。しかし源太郎を見上げるつばきの目は、変わらぬ強い光を宿していた。

「佐賀町からの船に、もう半刻早く乗っていて、そして相手があんたじゃなかったら、こんなやり取りをしなくてすんだでしょうよ」

つばきは息継ぎをした。

源太郎が口を開こうとしたら、つばきはさらに目の光を強くして相手の口を封じた。

「大事な八ツ休みに押しかけてきたわけは、きちんと話したはずです」

つばきは源太郎との間合いを一歩詰めた。

戸口に突っ立っていた源太郎は、思わず下がった。五尺六寸の大男が、つばきの気迫に気(け)圧(お)されていた。

「あたしは何人もの職人さんを知っています。どのひとも気むずかしくて、とっつきだってすこぶるわるい。気に染まないことを訊いたりしたら、まともに応えてはくれないわ」

でもねえ。

つばきはさらに一歩を踏み出した。

今度は源太郎も下がらなかった。

相手を見上げるつばきの顔が、源太郎の胸元にくっつきそうになった。

「人助けのためだと分かったあとなら、男だったら気持ちを変えて、相手の言い分をきちんと聞いてくれるものよ」

いままで出会ってきた男は、だれもがそうだったとつばきは言い切った。

「あんたってひとは、図体(ずうたい)はでっかいけど男じゃないわ。ただのすね者ね」

言葉のつぶてを源太郎の胸元にぶつけると、つばきはクルッと身体の向きを変えた。このうえは、一瞬たりとも源太郎の近くに立っていたくないと、その振舞いが告げていた。

「待ちねえ」

向きを変えたつばきが一歩を踏み出したとき、源太郎が怒声を発した。歩こうとしていたつばきのうなじに、待ちねえが絡みついた。

足を止めたつばきは、その場で振り返った。

「なにかご用？」

つばきの瞳が、いまは冷え冷えとした光を宿していた。

「言いてえ放題、言いっ放しててずらかろうてえのか」

「おあいにくさま」

つばきは、声もすでに凍えをはらんでいた。

「ずらかるだなんて、そんな上等なものじゃないわ」

「なんだとう」

源太郎は、語尾と目の端の両方を思いっきり吊り上げた。

「ずらかるというのは、相手に恐れをなして退散することでしょう。あたし、あんたに恐れなんか、これっぽっちも感じてないもの」

つばきは親指と人差し指でマルを拵えたあと、パチンッと音を立てさせて弾いた。

「この場から離れるのはずらかるんじゃやなくて、すね者のあんたに愛想尽かしをして帰るからです」

おあいにくさまでした。

棒立ちになっている源太郎に、つばきはあかんべえをした。

帰ろうとしてもう一度身体の向きを変えたとき、つばきの前には胸板の分厚い男が立っていた。

四十半ばに見える男は、五尺三寸（約百六十一センチ）の背丈だ。つばきはその男と、真正面から向き合うことになった。

　男は静かな目でつばきを見ている。

　我知らず、つばきは男に会釈をした。そうさせる気配を、男は身体から発していた。

「随分と威勢のいい物言いをなすっておいでだが」

　男は両手をだらりと垂らしている。出入りに慣れた渡世人を思わせるような形だった。

　つばきの顔つきがひどくこわばった。

「おめえさんには似合わねえなあ」

　言い終えた男は、垂らしていた右手をあごにあてた。目元がわずかにゆるんでいる。

　つばきの顔から、一気にこわばりが失せた。

「おれはここの板場を預かってる稔蔵（ねんぞう）だが、おめえさんの名を聞かせてもらえるかい？」

「仲町の端っこで一膳飯屋を営んでいる、つばきと申します」

　つばきは素直に名乗った。

「仲町てえのは、深川永代寺の門前仲町のことかい？」

　つばきはうなずいたあと、息を呑んだような顔になった。

　並木町で育ったつばきである。こども時分に仲町といえば、浅草寺の仲見世をさした。ところがいまは、門前仲町を略して言うことに慣れきっていた。

「スッポンに食いつかれた若い者のドジを、おめえさんの機転が助けてくれたと聞いた」

稔蔵は立ったままだが、物言いでつばきにあたまを下げていた。

「わざわざ深川から出向いてくれたのに、源太郎とのやり取りで腹を立てることになっちまって、さぞかしおめえさんも業腹だろうが」

八ツ休みを邪魔された源太郎にも言い分はあるだろうと、稔蔵は続けた。

仲裁は五分に分ける。それを板長は短い言葉で成し遂げていた。

つばきの気持ちが大きく静まっているのは、足元に寄ってきた犬の様子で分かった。

五十五

「立ったまま話を続けたんじゃあ、どうしても乱暴な言葉の売り買いになる」

若い者を呼び寄せた稔蔵は、納戸から床几を三台運ばせた。帆布と樫で拵えた、丈夫な床几だ。

調理場わきの庭で、稔蔵・源太郎・つばきは車座の形で向き合った。

若い者は稔蔵の煙草好きを分かっているのだろう。格別に指図もされなかったが、稔蔵の足元には愛用の煙草盆が置かれていた。

「あんたの言い分も分からないでもないが」

大きな銀の火皿にたっぷり煙草を詰めた稔蔵は、親指の腹で押した。

「ここは常磐松の敷地内だ」

語気をわずかに強めたが、稔蔵は煙草を詰める手の動きは止めなかった。

つばきは稔蔵の手元に見入った。

手のひらの大きな稔蔵は、親指も無骨と呼びたくなるほどに太い。ところが煙草を押し詰める腹の動きは、見とれてしまうほどに優しいのだ。

魚をさばいて作りにするときの稔蔵は、さぞかし慈しむかのように指で魚を撫でるに違いない。

稔蔵に指の腹で撫でてもらえれば、魚もさばかれて満足だろう。

煙草を詰める指の動きを見て、つばきは稔蔵の技量のほどを察した。

その顔つきから、稔蔵もつばきがなにを感じているかを察したようだ。

「ひとの店にいきなり押しかけてきて、挙げ句に言いたい放題てえのは、感心できる振舞いじゃねえやね」

きついことを言いながらも、つばきに向けた目の光は柔らかだった。

「申しわけありません」

床几に腰をおろしたまま、つばきは膝に両手をおいてあたまを下げた。

「分かってくれたようだな」

くどい念押しはせず、稔蔵はつばきの詫びを受け入れた。

煙草を詰め終えたキセルを、稔蔵は種火にくっつけた。

年季の入った煙草呑みである。小さな種火に軽く押しつけただけで、見事に火がついた。

ふうぅっ。

吸い込んだ一服を吐き出すと、甘い香りが漂い出た。極上の薩摩煙草の香りだった。

「つばきさんが詫びてくれたんだ」

源太郎に向き直った稔蔵は、またも語気を強めた。

「おめえもなにか言うことがあるだろう」

強く光る目で見据えられた源太郎は、背筋を伸ばしてつばきを見た。

「あっしも口が過ぎやした」

詫びの言葉の代わりに、源太郎はあたまを下げた。座ったままだが、思い切りのいい下げ方だった。

「こちらこそ、ごめんなさい」

はっきりとした口調で、つばきは詫びた。

男を立てて、場は収まった。

「深川の門前仲町を仲町と呼ぶつばきさんは、生まれついての深川かい？」

「違います」

つばきは即座に応じ、生まれは浅草の並木町だと答えた。

「やはりそうだったのか」

稔蔵の顔に得心の色が浮かんだ。

「あんたの物言いから、この界隈で生まれたひとじゃねえかと思ってたが、やっぱりそうだったのか」

両国広小路生まれの稔蔵は、つばきが並木町で生まれ育ったと知って大いに親しみを覚えたらしい。

「もう随分前のことだが、大川が暴れてひどい大水が出たことがあったが……」

「覚えています」

稔蔵の言葉を途中で引き取ったつばきは、遠い昔の洪水の話を始めた。

稔蔵が覚えていたことと、幾つも重なり合うことをつばきは口にした。これですっかりふたりは打ち解けた。

源太郎は羨ましそうな顔を拵えて、ふたりの話に聞き入っていた。

「あたし、並木町でだいこんという屋号の一膳飯屋を商っていたんです」

日本橋の魚河岸で仕入れた品々を、桃太郎の荷車で運んだ……つばきがこのことに言い及んだとき、稔蔵は上体を乗り出した。

「桃太郎の荷車を設えたのは、小伝馬町の常盤屋佐五郎だろうがよ」

「そうですが……親方は佐五郎さんをご存知なんですか？」

「ご存知どころじゃねえさ」

黙って聞いているだけだった源太郎が、わきから口を挟んできた。

「うちの親方と佐五郎さんとは、だれも間に割ってへえることができねえ碁敵さ」

「まあっ」

つばきはあとの言葉が出なくなった。

「佐五郎とおれは、まさに碁敵でね」

稔蔵の目と眉のはしが下がった。

「盤を挟んで向き合っているときは、こんなやな野郎はいねえと思うんだが、三日も会わねえとケツが落ち着かなくなるんだ」

新たな一服をていねいに詰めた稔蔵は、存分に吸い込み、惜しむように煙を吐き出した。

「佐五郎から桃太郎荷車の趣向を聞かされたときは、どんな女がそんな知恵を持ってたのかと驚いたもんだが」

吸い殻を灰吹きに叩き落とした稔蔵は、まじまじとつばきを見詰めた。

「こんな様子のいい女だったとは、もういっぺん驚いたぜ」

稔蔵は正味でつばきの様子のよさを褒めた。

つばきの頬が、寒椿のような紅色に染まった。

足元の犬がクンッと笑った。

五十六

「なにか、よっぽどのわけがあるだろうとは思っていたが……」

プッ。

小気味よい音をさせて、稔蔵は吸い殻を手のひらに吹き出した。

まだ燃え切っていない煙草が、種火を残している。つばきは目を見開いて稔蔵の仕草に見入った。

稔蔵の目元がゆるんだ。

つばきの驚きぶりが心地よいのだろう。手のひらに燃え残りを載せたまま、熱がりもせず、涼しい顔で新しい一服を詰めた。

「続けて吸うには、こうやるのが一番だ」

手のひらを丸めた稔蔵は、燃え残りの吸い殻を火皿にかぶせた。

種火が新しい一服に燃え移った。

ふうっ……。

さも美味そうに吸った一服を吐きだしてから、稔蔵は吸い殻を足下に吹き落とした。

「まだ得意先にもなってねえご隠居の容態を案じて」

キセルを手にしたまま、稔蔵は話に戻った。

「スッポン汁を届けたいてえ思いやりには、あたまが下がる」

足元の煙草盆にキセルを戻した稔蔵は、つばきを真正面から見詰めた。

「ぜひとも届けてやんなせえ」

稔蔵は力強い口調で言い切った。

「ありがとう存じます」

膝に載せた両手に力を集めて、つばきはあたまを下げた。

「親方にご承知いただけましたので」

ひと息を継ぎ、つばきは言葉を続けた。

「まことに厚かましいお願いですが、あたしにスッポン汁の拵え方を伝授していただけますか？」

上体を稔蔵のほうに乗り出した。

稔蔵は逆に、身を引いた。

「それはできねえ」

稔蔵は言葉の調子を変えて拒んだ。

黙って聞いていた源太郎の顔つきがこわばった。それほどに、稔蔵の口調は厳しさをはらんでいた。

「スッポンが飛び切り滋養に富んでいるのは間違いねえが、さばくのもまた、飛び切りに厄介だ」

つばきを見る稔蔵の目が光を帯びていた。

スッポン料理なら常磐松……粋人に知れ渡っている評判である。その常磐松板長の矜持(きょうじ)が、両目の光にあらわれていた。

「庖丁の入れ方がまずいと、スッポンは痛がってもがきまくる」

暴れると肉にこわばりができてしまう。ひとたび固くなった肉は、どれほど煮込んでも元の柔らかさが戻らない。

スッパリときれいに庖丁が入れられるまでには、どれだけ早くても二年はかかる。

「ご隠居の容態を案ずるなら、おめえさんがどうこうするんじゃなしに、うちで拵えた汁を届けてやんなせえ」

おれが庖丁を使ってスッポン汁を拵えようと、稔蔵は請け合った。

「まことに、ありがたいお話です」

つばきは身体を二つに折って、こころからの礼を示した。スッポンのさばき方を甘く考えていたことへの詫びも、辞儀に込めた。

稔蔵はわずかなうなずきで、つばきの辞儀が意味することを受け入れた。

「明日の朝には、滋養たっぷりの汁が仕上がるだろう」

常磐松の土鍋で深川まで届けると、稔蔵は告げた。

「とんでもないことです」

つばきは右手を大きくひらひらさせた。

「あたしがこちらまで、頂戴にあがります」

つばきは強い口調で申し出た。ところが稔蔵は、これもまた拒んだ。

「いまも言った通り、スッポン汁を常磐松の土鍋で出すんだ」

稔蔵の背筋が伸びている。源太郎も親方に負けぬほどに背筋をピンと伸ばしていた。

「うちの土鍋で出すからには、客先に届けて仕上がりだ。半端なことはできねえ」

ご隠居の元まで届け、一番の食べ頃に温め直して給仕をする。そこまでのすべてを、常磐松の料理人が担う……言い終えてつばきを見た稔蔵の目は、光り方を増していた。

それがいやならこの話は流す……口には出さずとも、稔蔵の目がそれを告げていた。

「大きな了見違いをしておりました」

重ね重ねの不明を詫びたつばきは、なにとぞよろしくお願いしますと頼んだ。

辞儀が一段と深くなっていた。

犬も一緒にあたまを下げた。

五十七

閻魔堂の弐蔵がだいこんに顔を出したのは、九月十三日の八ツ（午後二時）過ぎだった。

「ちょいといいか？」

土間に入ってきた弐蔵は、つばきに右手を挙げた。

ヨッと、気安く声をかける仕草だ。

つばきは顔こそしかめはしなかったが、返した会釈は素っ気なかった。

今夜は十三夜の月見である。木島屋から月見船への仕出しを請け負っているつばきは、昨夜から夜通しで支度を進めていた。

「おめえの気がほかのことには回らねえのは、百も承知だがよう」

弐蔵はわけしり顔で口を開いた。

今夜の仕出しの話を、弐蔵に聞かせたことはない。が、いまの口ぶりは、すべてを承知していると言わんばかりだ。

つばきは返事をしなかった。

弐蔵は構わず腰掛けに座ると、キセルを握った右手を振ってつばきを手招きした。

「今夜の仕出しで気が急いているだろうが、手を止めて聞いたほうがいい、でえじな話があるんだ」

ここにきて座りねえ……武蔵の口調は、いつになく強引なものだった。

「分かりました」

いつもの武蔵とは様子が違うと察したつばきは、前垂れで手を拭った。翼を広げた大鷲を金糸で縫い取りした、豪勢な前垂れだ。

手を拭ったつばきは武蔵のほうには寄らず、調理場ののれんをくぐった。

「ちょうど八ツどきだから、みなさんもひと休みしてくださいな」

今朝早くから、両国橋の料亭の仲居が四人も手伝いにきていた。

「遠慮なしに、そうさせていただきます」

弾んだ声が調理場から返ってきた。

つばきは焙じ茶を大きな湯呑みに注いだ。茶請けのまんじゅうをふたつ、菓子皿に載せて武蔵が座っている卓に運んだ。

「どうぞ、おひとつ」

勧められた武蔵は、まんじゅうに手を伸ばした。

酒も甘味もいける武蔵である。組の若い者は武蔵のために、ようかんだのまんじゅうだのを切らしたことはなかった。

菓子皿に載っているのは、伊勢屋の淡雪まんじゅうだ。皮の白さと餡の漆黒が色味比べをする、深川名物の甘味だ。

武蔵はまんじゅうを二つに割った。土間に差し込む八ツの光を浴びた黒い餡が、さあ食べてとばかりに気をそそった。

武蔵はしかし、渋い顔を崩さぬままでまんじゅうを頬張った。

*

木島屋は今夜の月見に、屋形船を三杯仕立てていた。いずれも二十畳敷きの大型船だ。船一杯につき、二十人の客を招待している。屋形船に乗るのは六十人の客と、接待役の木島屋奉公人二十人。

都合八十人という大人数である。

それだけの数の仕出し折詰めの注文を、つばきは木島屋からもらっていた。

しかも並の誂え注文ではない。一人前六百文の、極上折詰めだ。

去年までの月見折詰めは、味のよさで知られた浜町（はまちょう）の濱田屋（はまだや）に誂えを頼んでいた。

今年は木島屋隠居の言いつけで、つばきが請け負うことになった。

八月に騙（かた）りに遭ったつばきは、一人前二百文の仕出し弁当を木島屋に届けた。出来栄えのよさには隠居のみならず、商いの舵取りを担う木島屋頭取番頭も感心した。

「今年の月見は、つばきさんに仕出しを頼もうと思っているのだが……」

隠居が口にしたことを、頭取番頭は強いうなずきで受け入れた。

去る九月四日の四ツ（午前十時）過ぎ。

つばきは常磐松の若い者を伴って、木島屋をたずねた。

「ご隠居様の風邪には、スッポン汁が滋養があって特効薬だそうですから」

事情を聞き取った頭取番頭は、みずから隠居のもとに足を運んでつばきの来訪を告げた。

「賞味したことは一度もないが、つばきさんがそう言うなら」

隠居の承諾を得たつばきは、隠居所の台所でスッポン汁を温めさせた。常磐松の若い者の手によって、である。

「まことに滋養に富んでいるのは、ひと口すすっただけで分かる」

隠居は輪島塗（わじまぬり）の椀に七分目まで注がれた汁を、二杯もお代わりした。風邪で食が細っていることを案じていた頭取番頭は、隠居の食べっぷりのよさに目を見開いて喜んだ。

つばきはスッポン汁にかかった費（つい）えには、ひとことも触れなかった。

隠居も頭取番頭も同様である。

隠居の快復を願っての見舞いに、費えを問うのは無礼だとのわきまえが、木島屋にはあったからだ。

しかし受けた好意を、そのままにするような隠居ではない。

十三夜の月見招待客をもてなす折詰めを、つばきに頼んではどうか……隠居の指図を、頭取番頭は受け入れた。

　折詰めは一人前六百文で、奉公人の分まで合わせて八十人前。折詰め代だけで十二両の注文である。

「月見の折詰めは、木島屋にとっては大事な品です。今年はぜひにも、つばきさんに請け負ってもらいたいのだが」

　九月七日の四ツ。木島屋の客間でつばきと向き合った頭取番頭は、両手を膝に置いて誂え注文を口にした。

　つばきはひと息をおいてから、頭取番頭の目を見詰め返した。

「明日の四ツまで、返事をお待ちくださいますように」

　引き受けるからには、抜かりのない段取りがいる。いまのだいこんには、月見仕出し造りの備えはできていないと正直に告げた。

「どうすれば、木島屋さんには存分に見栄を張っていただけるのか、今日一日かけて段取りを考えさせていただきます」

「わかりました」

　もしも手に負えなければ、例年通り濱田屋に頼む。濱田屋なら、九月十日に入り用の数を伝えるだけでことが足りる。

「明日とは言わず、あさって九月九日の四ツまで、つばきさんの返事を待たせてもらいましよう。二日の間、存分に段取りを思案してください」

物言いは柔らかだった。しかしつばきを見る頭取番頭の目の光には、いささかのゆるみもなかった。

急ぎ店に帰ったつばきは、昼の段取りを指図してから室町二丁目の義兼屋を訪れた。

「これはまた、めずらしい」

不意の来訪を喜んだ義兼屋菊之助は、つばきを上客用の客間にいざなった。

「今日は相談事があってうかがいました」

あいさつもそこそこに、つばきは不意の訪れの用向きを切り出した。

「さすがは佐賀町の木島屋さんだ。豪気なこと、このうえない」

佐賀町木島屋の名は、室町にまで聞こえていた。

「あんたから受けた好意を月見の仕出しで返すなどは、並の商人にできることではない」

八月十五夜と、九月十三夜。二度の月見に得意先をどう招待するかは、江戸の大店にはことさらの大事である。

義兼屋も八月十五夜には、自前の屋形船を両国橋に出して接待していた。船で供する仕出しには費えを惜しまず、両国橋西詰の料亭に誂えさせた。

「それであんたは、いったい幾らの下値で仕出しを下請けに出す気なのかね」

木島屋からは一人前六百文で請け負うことを、つばきはすでに菊之助に明かしていた。

「一人前一貫文でと考えています」

六百文で引き受ける仕出し造りに千文をかければ、一人前四百文の損。八十人前なら八両もの吐き出しである。

暗算を終えた菊之助はズズッと音をさせて、ほどよくぬるい上煎茶をすすった。立てなくてもいい音を立ててすすり、菊之助は気持ちを落ち着けようとしたのだろう。

「木島屋さんもあんたも、つくづく深川の商人だと思い知らされた」

深川の商人という物言いには、敬いの思いが込められていた。

菊之助は手代を呼び、備後屋新兵衛と松本屋芳之助（まつもとやよしのすけ）を呼び寄せるようにと言いつけた。

「急ぎの用向きだ。小僧ではなしに、おまえが出向いて頼んできなさい」

「かしこまりました」

言いつけられた手代は、足を急がせて両方に出向いた。

小僧の代わりに手代が用向きを伝えに出張るなど、滅多にないことだ。

「分かった。すぐにうかがおう」

備後屋も松本屋も、息を弾ませて義兼屋に駆けつけてきた。

客間に座したつばきを見るなり、ふたりともたちまち相好（そうごう）を崩した。

「あんたらふたりの知恵を借りたいんだ」

菊之助は無駄のない物言いで、つばきの用向きを明かした。

「さすがはつばきさんだ」

「そこまであんたに思ってもらえれば、木島屋さんも本望だろう」

大事な仕出しを任せてくれようとする木島屋には、目一杯の見栄を張ってもらいたい。

そのために使う八両なら、いささかも惜しくはない。

菊之助はあたかもわがことのように、胸を張ってつばきの言い分を口にした。

「そういう事情なら、及ばずながらあたしにも手伝わせてもらいたい」

「それは、うちとて同じだ」

備後屋は菓子を元値で供するという。

松本屋は春慶塗（しゅんけいぬり）の汁椀八十客を、一客八十文の損料で貸し出すと請け合った。

「そうと決まれば、仕出しはうちも使っている常磐松に引き受けさせよう」

義兼屋は十五夜の月見仕出しを、なんと常磐松に請け負わせていた。

木島屋にスッポン汁を届けた顛末（てんまつ）を話すなかで、つばきは常磐松とのかかわりに言い及んでいた。

「うちは一人前七百文で誂えさせている」

それでも充分に見栄えはいいが、あと百文足して八百文にさせてはどうだろう……菊之助の言い分に、もとよりつばきに異存はなかった。

「吸い物と香の物、小さな握り飯はうちで拵えます」

料理は常磐松に任せても、ごはんは自分が炊きますとつばきは言い切った。

義兼屋も備後屋も松本屋も、つばきの炊いたメシの美味さには舌を巻いている。

「もちろん、あんたの炊いたごはんで握り飯を作るのが一番だ」

話は滑らかにまとまった。

「善は急げだ」

日本橋で船を仕立てた菊之助は、つばきを伴って常磐松へと出向いた。

「お誂えを賜り、ありがとう存じます。つばきさんのことは、稔蔵から存分にうかがっております」

次第を聞き終えた女将は、敬いを込めて年下のつばきにあたまを下げた。

佐賀町の木島屋に仕出しができるのは願ってもないことだと、女将は正味で喜んだ。

木島屋の頭取番頭は、つばきの手配りを受け入れた。

「備後屋さんの菓子がつき、松本屋さんの汁椀まで使えるとは……」

頭取番頭はあとの口を閉じた。

つばきが出銭承知で手配りをしたことを、頭取番頭は見抜いていた。

つばきは隠居の戒めに、あえて背いていた。

店の評判を賭して催す月見弁当仕出しに、木島屋はつばきを登用してくれた。

大舞台を活かして、一回りも二回りも大きく育つようにと、大旦那と頭取番頭から背中を押してもらえたと、つばきは理解していた。

隠居の戒めに逆らう形となっても、見たことも味わったこともない弁当を用意する。

つばきはこれの実現に賭けた。

江戸中の料亭でも仕出し屋でも、木島屋からの発注には、持てる全力で臨むだろう。しかしその全力とは、あくまでも自前の力に限っての対応である。

つばきはまるで考え方が違っていた。

最上の仕上げのためには、その道一番を選び抜き、技を持ち寄ってもらおうとしたのだ。

宴の弁当は、その器からすでに江戸で一番を実現していた。

世に二つのない極上弁当の差配人が、深川だいこんのつばきだった。

招待客の記憶に屋号を刻みつけてもらうために、一切の妥協を廃して臨んできた。

大好評を博することが、畢竟、木島屋への恩返しになるとも確信していた。

*

「段取りよく運んでいるところに、水を差すようでおれも心持ちがよくねえが」

武蔵は焙じ茶でまんじゅうを喉に滑らせた。

「北町奉行所の米掛組(こめがかりぐみ)が、妙な動きをしているてえんだ」

武蔵は湯呑みの茶を飲み干した。

路地の奥で犬が吠えた。

五十八

武蔵は北町奉行所米掛組同心の動きを、細かなことまで聞かされていた。

話したのは同じ北町奉行所の定町廻（じょうまちまわり）同心、平田泰二郎（ひらたたいじろう）である。

定町廻同心は、江戸市中のどこにでも探りの手を伸ばすことができた。

敏捷さが売り物で、日中は御府内狭しと飛び回った。しかし身体はひとつだ。

同心ひとりの動きには限りがある。

「わしの目となり、耳となって、町内の動きをつぶさに見張ってくれ」

自分の手足となって下働きをする小者を、定町廻同心は独自に雇い入れることができた。

「御上の御用を手助けするには、これを持っていれば動きやすかろう」

下働きをする小者に、同心は十手を貸し与えた。

十手は長さ一尺（約三十センチ）の鉄製の棒だ。柄の部分には組紐を巻いてある。

十手の握りの先には、相手の刀剣を受け止めたあと、捻（ひね）ってからめ落とすための鉤形が細工されていた。

十手は奉行所役人のあかしである。それを貸与された小者は、十手を示すことで御用を滑らかに運ぶことができた。

弐蔵は閻魔堂裏で賭場を仕切る貸元だ。口が裂けても、定町廻同心の下働きを務めているなどとは、他人には言えない。

「閻魔堂で遊ぶのはよしたほうがいい。あそこの貸元は、御上から十手を預けられているそうだ」

こんなうわさが流れたりすれば、遊び客が賭場に寄りつかなくなる。

十手を持っていれば、なにかと都合はいい。どこにでも木戸御免で入っていけるからだ。

しかし十手持ちだと露見したときの跳ね返りを考えれば、同心の小者を務めていることは伏せておくのが得策だ。

ゆえに弐蔵は十手を預かってはいなかった。加えて、同心から月々の手当をもらうことも拒んだ。

「半端なゼニをもらう気は、さらさらねえんでね」

弐蔵は上唇を舌で舐めてから、話を続けた。

「ゼニの代わりというのもなんでやすが、飛び切りおいしい話があったときには、真っ先に聞かせてくだせえ」

「抜け目のない男だ」

冷めた口調で応じた平田は、弐蔵の言い分を呑んだ。

「あけすけに欲しいものを口にする男のほうが、下働きには役に立つ」

平田の見込みは図星だった。

深川は日に日にひとが増える土地柄である。しかも江戸の材木をほぼ一手に仕切る木場も、物流の要所佐賀も、深川が抱え持っていた。

江戸で名の通った大尽は、蔵前の札差と木場の材木商だ。弐蔵の賭場には、木場の旦那衆も多く遊びにきていた。

大尽は大尽と深く付き合う。遊びの金遣いで、互いのふところ具合に釣り合いがとれているからだ。

しかも蔵前の札差は、店や母屋の普請においては大量の材木を使う。木場には、このうえない上得意なのだ。

弐蔵の賭場には、わざわざ蔵前から足を運んでくる札差も少なからずいた。木場の旦那衆が遊びの顔つなぎをした面々だ。

蔵前と木場両方のまことの内証を、平田は弐蔵を通じて聞き込むことができた。

「蔵前の井筒屋八兵衛は、表向きは派手でやすが、内証はどうやら厳しいらしい。このところはたかだか五十両の遊びに二の足を踏んでおりやすぜ」

「伊勢屋四郎左衛門は、札差のなかでも図抜けた大尽でね。うちの賭場じゃあねえんでやすが、ひと晩で五百両を負けても眉ひとつ動かさねえでけえってったそうでさ」

弐蔵の口から、蔵前札差のふところ具合を平田は聞き取ることができた。

「そのほうから話を聞かせてもらう一方では、いささか座り心地がわるい」

今夜は飛び切りのお返しだと、平田は意気込んで話を始めた。

九月十二日の夜のことである。

「うちの六番組は蔵前を受け持つ米掛組だが、近頃の様子が尋常ではない」

奉行所のなかにあっても、他の部署に動きを悟られぬように、ひどく気を張っていると平田は明かした。

「右筆がぽろりと漏らしたのだが、どうやら近々、札差に手厳しい成敗を加えるらしい。米掛組の隠密な動きから判じても、成敗の重さは桁違いなものになる」

平田はこれを告げに出張ってきていた。

「札差に賭場の貸金があるなら、手早く取り立てておいたほうがいいぞ」

言い終えた平田の目は、わずかなゆるみもなかった。

弐蔵は平田の言い分を信じた。あやふやな話を聞かせるために、わざわざ出張ってくるとは考えられなかったからだ。

「今夜からしばらくの間、蔵前の旦那衆に駒を回す（ツケで遊ばせる）のは止めにしろ」

札差がごねたらおれが相手をすると、弐蔵は配下の者に言い渡した。

幸いなことにその夜は、札差が駒をせがむことはなかった。

一夜が明けた九月十三日。八ツの鐘を待ちかねていたかのように、弐蔵はつばきの元をおとずれたのだ。

平田から聞かされた話のあらましを告げてから、弐蔵は目に力を込めた。

「近々、蔵前が手ひどい成敗を受けることになる。おめえも気をつけな」

弐蔵は湯呑みに口をつけて、残りの茶を思い切り強くすすった。

ズズッ。

不作法な音が土間に立った。が、仕出し仕上げの忙しさが、その音を呑み込んだ。

五十九

晴れていた空の天道に、雲がかぶさったらしい。明るかった土間が、不意に暗がりに変わった。

「ひと雨くるわけじゃないわよね」

仕出し手伝いに駆り出されていた長屋の女房が、急ぎ足で店の外に出た。

「むら雲がお天道様に、ちょっかい出しただけだからさあ」

声を弾ませながら、店の内に戻ってきた。

「今夜のお月見に、雲だの雨だのがわるさを仕掛ける気遣いはまるでないわよ」

女房の言い分が、流し場の気配を大いに明るくした。

長屋暮らしの女房が、格別に空見(そらみ)の知恵を持っているわけではない。しかし亭主やこどもの洗濯物を毎日こなしているうちに、女房連中は雲の様子からおよその空見ができるようになっていた。

今夜の月見は大丈夫。

きっぱりと晴天を請け合った声に、仕出し手伝いのだれもが安堵していた。

つばきは盆を手にして弐蔵の卓についた。

「その話を聞かせてくれるために、わざわざ出向いてきてくださったんですか」

忙しいさなかの来客は、迷惑でしかなかった。しかし弐蔵は正味でつばきを案じて、平田から聞き込んだ話を伝えにきたのだ。

聞かせる相手によっては、飛び切りの高値をつけられる特ダネだろう。

それを弐蔵はタダで聞かせた。

「こんなときですから、なんのお構いもできませんが、おひとつどうぞ」

みずからいれた新しい茶に、今夜の仕出しを飾る菓子を添えていた。

弐蔵が湯呑みの茶をすでに飲み干しているのは、すすった不作法な音で察していた。

土間には支度を進める物音が入り乱れていた。そんななかにあっても、客が立てる物音には、それがたとえ弐蔵であっても、つばきは気を配ることに抜かりはなかった。

茶と菓子が供されたことで、弐蔵の目つきが和らいだ。

「忙しいさなかだと分かってたからよ」

弐蔵は新しい湯呑みを手に持った。ひと口すすったが、音は立てなかった。

「おめえの手を止めさせる気はさらさらなかったが、ことがことだけに放っちゃあおけねえ」

つばきに早く聞かせたかったと、弐蔵の目がもったいをつけていた。

「聞かせていただいたことは、きちんとここに収めました」

つばきは半襟のあたりをポンポンと叩いた。しかし弐蔵を見る目には、得心がいかないという曇った光を宿していた。

「聞かせてはいただきましたが、すぐには呑み込めません」

「呑み込めねえとは、どういうことだ」

菓子に伸ばそうとしていた手を、弐蔵は止めた。

おれが仕入れた飛び切りのネタにあやをつける気かと、弐蔵の目が凄んだ。

「あたしには、そんな目を見せないでくださいな」

弐蔵の凄みをやんわりとわきにどけてから、つばきは思ったままを話し始めた。

「蔵前の旦那方は、どちらさまもお武家様のお米を担保にして、おカネを融通しておいでだと聞いていています」

「それはおめえの言う通りだ」

「深川だけでも高利貸しは山ほどいますし、うちのお得意様のなかにも、何軒もおいでです」

つばきは背筋を伸ばして武蔵を見詰めた。

「江戸で高利貸しはめずらしくはありませんが、あたしが知っている限り、お武家様におカネを用立てているひとは、ひとりもいません」

武蔵は返事の代わりに、つばきが新しくいれた茶に口をつけた。今度も音を立てずにすった。

「立派なお屋敷を構えているお旗本でも、実入りは御上からいただく禄米だけです。そのお米は、一切合切、蔵前の旦那衆が二年先、三年先まで担保に押さえているそうです。だからお武家様にはおカネを用立てないんだと、お客様が言ってました」

つばきは高利貸しから聞かされた話を、息継ぎしながら武蔵に受け売りした。

武蔵は湯呑みを卓に戻し、目の尖りを引っ込めた。

「おめえが高利貸しから仕入れたという話は、間違っちゃあいねえ。確かに旗本と御家人にカネを融通するのは、蔵前だけだ」

札差は賭場も顔負けの高利で、武家にカネを用立てている。先の先まで担保の米を押さえられた武家は、軒並みカネに詰まっている。利払いだけで精一杯だからだ。

ところが札差は、武家を餌食にして大儲けをしている。一晩の吉原遊びで百両遣ったという、剛の者もいるほどだ。

札差の儲けの源は、旗本と御家人への貸金利息だ。

その旗本と御家人に俸給を払っているのが御公儀（徳川幕府）である。

「御公儀にしてみりゃあ、てめえのところの奉公人（武家）が、札差に高利をかすめ取られて、ひでえ目に遭ってるわけだ。いっぺん札差を成敗しようてえのは、なんにも奇妙なことじゃねえだろうがよ」

武蔵は卓に腕を載せて、上体をつばきのほうに乗り出した。

「成敗するとは、御公儀はどうする気なんですか」

つばきは素っ気ない口調で問い返した。

「中身までは、おれは聞いてねえ」

武蔵は大きな音を立てて茶をすすり、ドンッと音を立てて湯呑みを卓に置いた。

「おれが役人のてっぺんなら」

武蔵は両目に妖しい光を浮かべた。

「札差が握ってる貸付証文を、丸ごとチャラにして札差を震え上がらせるぜ。そうすりゃあ札差は青菜に塩で、武家は大喜びして、役人の評判はうなぎのぼり、こいのぼりだ」

武蔵は自分が口にした思案に満悦顔を拵えた。

つばきは呆れ果てたという目で武蔵を見詰めていた。

六十

手早く自分の焙じ茶をいれたつばきは、素手で湯呑みを持って弐蔵の卓に戻った。

つばきのこどものような素振りから、弐蔵も昔を思い出したのだろう。なつかしげな目をつばきに向けた。

「せっかく伸助さんが持ち込んできてくださったお話ですけど……」

弐蔵が嫌がるのを承知で、つばきはわざと伸助と昔の名で呼んだ。

おれは伸助じゃねえ、閻魔堂の弐蔵だ。

いままでの弐蔵なら、自分の口でこう言い直して目を尖らせただろう。

つばきはもちろん弐蔵の気性を知っている。腹立ちを覚えた弐蔵にケツをまくらせて、店を出て行くように仕向けたのだ。

ところが今日の弐蔵は様子が違った。

つばきが卓の向かい側に座るなり、弐蔵は目元をゆるめた。

「おめえは自分でいれた茶を、そうやって素手で持ったまま、よくおれの前に出てきただろうがよ」

「あっ……そうだった……」

つばきから正味の驚き声が漏れた。

武蔵に言われるまでは忘れていたが、確かに並木町の裏店に暮らしていたこども時分、つばきは武蔵の前で熱々の茶をいれた湯呑みを素手で持っていた。

＊

当時の武蔵（伸助）は賭場の取り立て役で、十日ごとに裏店に押しかけてきた。そして利息の用意ができていないときには、長屋中に聞こえる大声で怒鳴りまくった。

つばきは畳の隅で、さくらの手を握って武蔵が出て行くのを待った。

武蔵は虫の居所がわるいときは、いつまでも怒鳴り続けた。みのぶが周囲を気遣うような顔をすると、さらに居丈高になった。

「おれの稼業は、ひとに嫌われてなんぼだ」

武蔵はわざと声を大きくした。

「いやなひとを追い返すには、いいおまじないがあるんだよ」

土間の柱に、逆さにしたほうきを立てかければいい……隣家のとめ婆さんがつばきに教えたまじないである。

武蔵を早く帰したいつばきは、とめから教わった通り、土間におりると竹ぼうきを逆さにして柱に立てかけた。

しかし効き目があるどころか、弐蔵の怒りに火をつけた。

「おれをここから追い返そうてえまじないだろうが、そんなものは効き目はねえ」

弐蔵は逆に居座った。

翌日、顚末を聞かされたとめは……。

「したたかな渡世人には、並のおまじないじゃあ効き目がないんだねえ」

思案顔になったとめは、とっておきのまじないを伝授した。

「つばきちゃんには手間だろうけどさあ。熱々のお茶をいれた湯呑みを素手で持って、あの伸助という男から見えるところに立つんだよ。熱いのを我慢さえすれば、効き目はてきめんだから」

普段からあれこれと、つばきに知恵を授けてくれるとめである。つばきは言われた通り、宿の軒下で火熾しをし、土瓶で沸かした湯で焙じ茶をいれた。

そして熱さを我慢して素手で湯呑みを持ち、へっついの前に立った。

ひと間しかない狭い宿である。どこに立っても弐蔵には見えた。つばきはわざわざへっついの前に立った。

湯呑みは熱いし、火を使うへっついも薪が燃えているときは熱い。

熱さが弐蔵を追い返してくれると、つばきの知恵で考えた。

とめが言った通り、まじないの効き目はてきめんだった。

何度もこれを続けているうちに、つばきが火熾しを始めようとするなり、宿から出て行くようになった。

「このおまじないのことは、だれにも言っちゃあだめだよ。ひとに話したら、その場で効き目が失せるからね」

とめに固く口止めされたつばきは、さくらにも素手で湯呑みを持つわけは話さなかった。

武蔵が顔を見せなくなったことで、つばきはこのまじないをすっかり忘れていた。

*

「素手で熱々の湯呑みを持つのは、おれの身体が息災であるのを願うまじないだろう？」

「えっ……」

あまりの武蔵の言い分に、つばきは絶句した。が、武蔵はさらに目元をゆるめた。

「あるときからおれがおめえの宿に出向くたびに、せっせと火熾しを始めだしただろうが」

つばきは返事をせず、武蔵を見詰めた。

「いいんだ、とっくの昔にまじないのネタは割れてるんだぜ」

武蔵は目の前の湯呑みをどけて、肘を卓に載せた。

「並木町の裏店にいた、とめ婆あから遠い昔に種明かしを聞き出したんだ」

座り直してから、武蔵はことの仔細を話し始めた。

＊

つばきが湯呑みを手にして、三度目に立った翌日。武蔵はとめの宿に押しかけた。

つばきがとめになついているのを、武蔵は知っていた。つばきに知恵を授けたのは、とめだ……こう睨んでの押しかけだった。

「隣のつばきに、湯呑みを持って立つ妙な知恵をつけたのはおめえだろうが」

武蔵が息巻くと、とめはしわの寄った顔をほころばせた。

「教えた通りに、ちゃんとやってるんだねえ」

あれはまじないだと告げてから、とめは種明かしを始めた。

「あんたが押しかけてくるのは怖いんだけど、それでもつばきちゃんはおまいさんの身体のことを心配してるんだよ」

賭場の仕事はきついはずだ。取り立てに行った先では、ひとの恨みも山ほど買うに決まっている。

押しかけてこられるのはいやだけど、病気なんかにはなってもらいたくない。

「おまいさんが息災でいられて、長居をしないで帰ってくれるまじないはないかと、つばきちゃんに訊かれたんだよ」

とめはその場で思いついた知恵で、伸助を丸め込んだ。人柄の錬られ具合は、とめと伸助とでは比べようもなかった。

＊

「今日もそうやって、おれの身体を気遣ってくれてるなら」

武蔵の目の光り方が、奥深い色を宿した。

「飛び切りの話を聞かせた甲斐があったぜ」

言い終えた武蔵の目に見詰められて、つばきは胸の内で「あっ……！」と声を漏らした。

武蔵さん、あのおまじないを忘れてはいないし、いまは見抜いている……。

つばきは初めて、武蔵は親分なんだと認める気になっていた。

熱々の焙じ茶を口に運ぼうとしたら、太い茶柱が立って揺れていた。

今夜のお月見の上首尾を示す吉兆なのね。

つばきも目元をゆるめた。が、それもつかの間で、すぐに曇り顔に戻った。

立っていた茶柱は、ひと口すする前に横倒しになっていた。

「なんでえ、どうかしたのか」

武蔵が問いかけてきた。

「なんでもありませんから」

つばきは横倒しになった茶柱ごと、焙じ茶を呑んだ。

弐蔵から聞かされた話を、あとでゆっくり吟味してみようと思い始めていた。

つばきの本能が、そうしろと告げていた。

六十一

九月十三日の晴天は、夕暮れどきには一段と磨きがかかっていた。

眩い夕陽が、大川の川面をキラキラと輝かせ始めた七ツ半（午後五時）どき。

木島屋が仕立てた月見の屋形船は、両国橋の南側に錨を投じた。

「まさか、今年はこの場所で始めるというのかね？」

月見船の座敷に座している者のうちには、毎年この宴に招かれている常連客も多い。

それらの客のなかには、尖った声で手代を問い質す者もいた。

「いつもの年とは異なります趣向を、今年は用意してございますので」

接待役の手代は、客にあたまを下げた。

しかし用意されている趣向がなにかは、手代にも知らされていなかった。

＊

永代橋方向から両国橋をくぐった先には、一番から九番まで公儀御米蔵の桟橋が設けられている。

櫛(くし)の歯のように並んだ御米蔵の桟橋周辺は、十三夜の月見には絶好の場所だった。

「五ツ（午後八時）どきになれば、大きな月が御米蔵の真上に移ってくる。空から降り注ぐ蒼い月の光が、御米蔵の松を照らすんだ」

濃緑の松葉と青白い満月の光。

取り合わせの妙味を見ようとして、まだ日暮れ前から御米蔵桟橋の周りには船が群れ集まっていた。

木島屋の船も毎年、七番桟橋の前に陣取ってきた。この場所に投錨するために、木島屋は柳橋の船宿に大きなカネを遣っていた。

今年も月見の屋形船は、同じ船宿から誂(あつら)えた。が、錨を打つ場所については、事前に注文をつけた。

「今年は月見以上に、仕出しの弁当に趣向を凝らしているものでね」

七ツ半から日没までの半刻（一時間）は、船の座敷を盛大な夕陽で照らしてほしい。そのためには、どこに錨を打てばいいかを見極めてもらいたい……木島屋から注文をつけられた船宿は、九月七日と十日の二度、大川に屋形船を出した。

十一日には木島屋頭取番頭を乗せ、投錨場の念押しまでした。

「あさっては、ここにしましょう」

頭取番頭が承知をした場所は両国橋の南側で、大川のど真ん中だった。

＊

「本年もまた、いつに変わりませず木島屋にごひいきを賜りまして、ありがたく、厚く御礼申し上げます」

頭取番頭があいさつを始めるなり、もう一杯の屋形船がすぐ脇に錨を投じた。

木場の川並が素早く動いて、二杯の屋形船の舳先と艫をきつく結び上げた。

「新たな趣向とは、このことですかなあ」

招待客の多くは、頭取番頭のあいさつを聞きながらも、目は川並の動きを追っていた。

「長い口上は無粋でございますので……」

番頭が口を閉じると、いつもの年にも増して盛大な手が鳴った。

招待客の大半は大店の当主もしくは番頭である。少々のことでは、人前で表情を変えないわきまえを備えた者たちだ。

ところが、いまの船内では……。

月見の場所を移してまでの趣向とは、いったいなになのかと、だれもが真横につけられた屋形船に見入っていた。

最初に座敷に入ってきたのは、船宿の仲居頭である。

「これより、お月見膳の支度を始めさせていただきます」

仲居があいさつを終えるなり、船宿の仲居たちが隣の屋形船から膳を運び入れてきた。

例年なら、屋形船後方の調理場で温め直した料理と、燗づけをした酒を供した。

今年は膳と酒の支度のために、もう一杯別の屋形船を仕立てていた。

大川のど真ん中に錨を投じたればこその離れ業である。

料理は常磐松。

汁椀は日本橋室町松本屋の漆椀。

メシはつばきが炊きあげて握った、小さな俵の形をした握り飯。塩だけの握り飯だが、米にも炊き方にも、そして塩と握り方にも、つばきが気を配りに配って仕上げた一品だ。

「ものは器で食するというが、屋形船の膳で松本屋の汁椀が使われていたとは」

招かれた客は、ひとり残らず松本屋の椀の値打ちには通じていた。

「椀も料理も見事なものだが、この握り飯のうまさを、どう褒めればいいやら」

「手に持ったときは、まことに握り勝手のいい堅さだが、口に入るなり、ごはんがうまくばらけてくれる」

「米が抱え持つ甘さを、まことに塩梅（あんばい）のいい塩が引き立ててくれて……」

西日の差し込む屋形船の座敷では、備後屋の菓子を食べ終わるまで、弾んだ声が絶えなかった。

「ことによると木島屋さんは、西日のこの明るさがほしくて、ここの場所に錨を打たれたということですかな」

「ご慧眼（けいがん）には、恐れ入ります」

客にあたまを下げながらも、頭取番頭の両目はゆるんでいた。

月見の宴は五ツ（午後八時）でお開きとなった。

大きな月が、夜空にはまだ残っていた。

しかし早い刻限のお開きに文句をつける客は皆無だった。

寛政元年九月十三夜。

この夜に木島屋が催した月見にあっては、満月は添え物だった。

にもかかわらず、例年以上に招待客は満足の声を残して柳橋を離れた。

「来年の月見が、いまから待ち遠しいほどです」

「木島屋さんの器量の大きさを、今夜は存分に教えていただきました」

招待客たちは駕籠（かご）、屋根船、猪牙舟（ちょきぶね）と、銘々が用意した足を使って帰途についた。

乗り物は異なっていても、顔に浮かんだ満足の笑みに差はなかった。

六十二

九月十四日、四ツ（午前十時）の本鐘がまだ撞かれているさなかに……。

「おはようございます」

つばきは佐賀町木島屋の勝手口に顔を出した。

「あっ……つばきさんですね」

勝手口に出てきた女中は、つばきがここに顔を出すのが分かっていたかのような応じ方をした。

「勝手口からではなしに、お店のほうから上がっていただくようにと言付かっていますから」

女中は先に立ち、つばきを案内して店に向かい始めた。

深川ではその名を知らぬ者のほうがめずらしい木島屋である。勝手口から店までは、歩きでがあった。

女中のあとに従いつつ、つばきは昨夜の頭取番頭とのやり取りを思い返した。

＊

月見宴は、まだ夜空の月が大きい五ツにお開きとなった。

「これまで方々から十三夜に招かれてきたが、今夜ほどの見事な趣向は初めてだ」

「さすがは木島屋さんですなあ」

招待客は口々に賛辞を頭取番頭に伝えてから、帰途についた。

すべての客が見えなくなったところで、頭取番頭みずからつばきに近寄った。

「つばきさんの手配りがよろしくて、今年はいままで以上にお客様に大喜びをしていただけました」

頭取番頭は正味の物言いで、つばきに礼を言った。木島屋を背負った尊大さは、いささかもなかった。

「ついては、まことに勝手なお願いだが」

番頭の口調が変わっていた。

「明日の四ツどきと言えば、昼の仕込みで忙しいさなかでしょうが、てまえどもまでご足労をいただければありがたいが……」

語尾を濁して、頭取番頭はつばきに問うた。

「うかがわせていただきます」

つばきは瞬きする間もおかずに答えた。

「それはありがたい」

つばきの目を見詰めたあと、頭取番頭はそれでは明日よろしくと言い残して、その場から離れた。

遠ざかる背中を見詰めつつ、つばきは番頭が見せた目の光を何度も思い浮かべた。

四ツに来てもらえないかと言われたとき、つばきはうかがいますと即答した。しかし商いの常套句である「喜んでうかがわせていただきます」の、喜んでは付け加えなかった。

頭取番頭がみずから言った通り、四ツどきは仕込みの真っ直中(ただなか)である。それを承知で、佐賀町まで顔を出せと言うのだ。

大方の商人なら、木島屋の頭取番頭から商い向きの呼び出しを受けたら、実母の葬儀をわきにおいてでも駆けつけるに違いない。

木島屋は、それほどの格だった。

つばきにしてももちろん、木島屋頭取番頭から受けた名指しの呼び出しは嬉しかった。

しかし、だいこんの女あるじとしての見栄もあった。

喜んでと付け加えないことで、つばきは意地を示した。

頭取番頭は、つばきがあえて口にしなかったことを聡く察したに違いない。立ち去る前に見せた目の光が、つばきの意地を察したと告げていた。

商いの談判は、たとえ木島屋が相手でも互角の真っ向勝負……これがつばき流である。

月見宴の趣向は、大いに招待客に喜ばれた。

大成功を収めた翌日に、木島屋の舵取り役に呼ばれたのだ。

大きな商いの話をご褒美としていただけるに違いないと、商人ならだれしも期待するだろう。

忙しい真っ直中の四ツに来いと言われても、段取りをつけていそいそと出向いて当たり前だった。

しかしつばきは違った。四ツの呼び出しは、あけすけに言えば迷惑だった。なにも四ツではなく、八ツ下がりでもことは足りるはずだ。

が、木島屋が四ツといえば四ツなのだ。

つばきは言われた刻限は逆らわずに受け入れた。が、喜んでと付け加えないことで、意地は通した。

だいこんにとってありがたい話をいただくにしても、真っ向勝負、互角の立場で臨みますと頭取番頭に伝えていた。

その半面、つばきは店には顔を出さず、勝手口を訪れた。

だいこんは木島屋の勝手口から出入りする身分ですと、相手に示したのだ。

頭取番頭は、つばきがそう出るだろうと読んでいたようだ。それがあかしに、勝手口に顔を出したつばきを店まで案内するようにと、女中に言いつけ済みだった。

木島屋ほどの身代を誇る大店は、相手の人柄を見極めてから商いの付き合いを始める。

所帯は小さくても、つばきも同じだった。

木島屋の客間で向き合うはるか手前から、頭取番頭とつばきはすでに真っ向勝負を始めていた。

*

「忙しい四ツどきに、無理なお願いをしたのでなければいいが」

つばきに茶を勧めてから、頭取番頭も湯呑みに口をつけた。

「繰り返しになるが、昨晩の仕出しはまことに嬉しい評判をいただけました」

今朝も幾つものお店から昨夜の御礼言上の使いがきていると、頭取番頭にしてはめずらしく声を弾ませた。

「大旦那様にもご承知をいただいての話だが、折り入っての相談があります」

頭取番頭の両目が強い光を帯びた。

つばきは背筋を張って、目の光を受け止めていた。

六十三

話し合いを終えてだいこんに戻ってきたのは、店が忙しくなる正午まで幾らも間のないころだった。

「お帰りなさい」

つばきの姿を見て、安心したのだろう。手伝いのみさきが弾んだ声を出した。

四ツの呼び出しに出る前に、つばきはこの日の昼の段取りを細かく指図していた。

その言いつけに従い、店はすこぶる滑らかに客あしらいの準備をこなしていた。

「わたしは外には出かけないけど、今日はあなたがたで店を切り盛りしてください」

今日は昼をすべて預けますと言い終えたつばきは、炊事場を出て座敷に上がろうとした。

昼を預けると言いながら炊事場に残っていては、みんなも仕事がやりにくいに決まっている。

頭取番頭の話は、だいこんを一皮剝くどころか、天に向かって大きく飛翔させ得る可能性をはらんでいた。

しかしそれは、つばきひとりでは為しえないことだ。

いま、だいこんのために汗を流してくれているひとたちと、上手く力が合わさればこその話である。

「ほんとうに今日のお昼は、つばきさん抜きで切り盛りするんですか？」

みさきが真顔で問いかけてきた。

「みさきならできるでしょう？」

つばきに問いかけられたみさきは、思い詰めたような顔で間合いを詰めた。

「せめてごはんは、炊き加減の味見をしてください。ごはんはだいこんの命です」

まだその責めは負えないと、みさきは目の光を強くして願った。

「分かりました」

帳場も休み部屋も寝部屋も兼ねた十畳間で、ここはつばきの城である。

わずか五坪の庭に面しており、障子戸を開けば濡れ縁がある。縁側の東の端には、かわやが造作されていた。

障子戸を開いて濡れ縁に出るのは、かわやに行くときのみだった。

秋の気配をたっぷりと含んだ、晴れた日の正午の空気。それを美味いと感ずる気持ちのゆとりが、つばきには生まれていた。

「よしっ」

気合いのこもった声を発してから、つばきは腰に両手をあてた。そして背筋を大きく反り返らせた。

髷(まげ)にさした珊瑚(さんご)玉のかんざしが、後ろに垂れ下がるほどに身体を反り返らせた。

「まあっ！」

十畳間に入ってきたみさきが、つばきを見て驚きの声を漏らした。

素早い動きで身体を元に戻してから、つばきは立ったままでみさきと向き合った。

「お茶をいれましたから」

みさきが手にした朱塗りの盆には、焙じ茶の注がれた湯呑みが載っていた。

「ありがとう」

礼を言って受け取ったあと、つばきは目の光を強くしてみさきを見た。

「お茶は嬉しいけど、いまはお客様と向き合うときでしょう」

気にしなければいけない相手が違うと、つばきはみさきをたしなめた。

「分かりました、ごめんなさい」

みさきは余計な言いわけを一切せず、素直な物言いで詫びた。

つばきが気にいっているのは、みさきのこの素直さと、言いわけをしないいさぎよさだった。

「お店に戻ります」

ぺこりとあたまを下げたみさきは、身体の向きを変えて部屋から出ようとした。

そのみさきを、つばきは呼び止めた。

「これからますます忙しくなるけど、みさきちゃんをあてにしてるから」

つばきは正味の思いを伝えた。

「あたし、なんでもやります」

みさきの大きな瞳が、真っ直ぐにつばきを見ていた。

「木島屋さんから、いいお話をいただけたんですね」

みさきは素直なだけではない。すこぶる察しのいい娘である。

「お昼のあとで、ゆっくり木島屋さんのお話をしましょう」

「はいっ！」

弾んだ声で答えたみさきは、もう一度あたまを下げて十畳間から出て行った。

開け放った障子戸から、秋の風が流れ込んできた。庭木代わりに植えた笹が、風を浴びてサラサラと葉ずれの音を立てた。

「これからはてまえどもと、長い付き合いをお願いします」

頭取番頭の八右衛門（はちえもん）から告げられた言葉が、笹の葉ずれと重なりあってあたまのなかで響いていた。

六十四

昼の客が片づいたあと、八ツ（午後二時）から七ツ（午後四時）までの一刻がだいこんの昼休みである。

九月十四日の八ツどき、つばきの向かい側には三人の女が座っていた。

留守中の炊事場を任せているおてると手伝いのおはな、客あしらいのみさきである。

た。

「今日もご苦労様でした」

昼を滞りなくあしらったねぎらいを口にしながら、つばきはふたりの膝前に湯呑みを供した。

強い湯気が立ちのぼっている、つばきがいれたばかりの焙じ茶である。

「ここで焙じ茶をいただけるなんて」

みさきは嬉しさを正直に声に出していた。

大した調度品も置かれていないつばきの十畳間だが、長火鉢と、湯呑みや急須などの茶の支度を仕舞う水屋は上物を用意していた。

長火鉢にはいつなんどきでも茶の支度ができるように、炭火がいけられていた。炭はひとたび火熾しをすれば、強い火力が長持ちする備長炭である。

湯を沸かすだけではなく、鏝を熱するにも備長炭は重宝した。身繕いに気を遣うつばきには、しわ伸ばしの鏝は欠かせなかった。

長火鉢は灰が命である。炭火を長持ちさせるには、極上の灰が入り用だ。そんな上質の灰は、器次第でひどく機嫌をわるくした。

つばきが誂えた長火鉢は、薄く延ばした純銅の板が内側に張りめぐらされていた。

銅板であれば、どれほどきめ細かな灰でも漏れることはない。しかも炭火が長火鉢の木枠を焦がすことも防いでくれた。

銅板を張ったことで、火力の強い備長炭を長火鉢で使うことができるのだ。

つばきは南部鉄で拵えた肉厚の鉄瓶で湯を沸かした。強く煮立った熱湯でいれる焙じ茶は、格別の香りを漂わせた。

「いただきます」

おてるが先に湯呑みに手を伸ばした。

湯呑みに添えられた菓子皿には、白いまんじゅうが載っていた。

富岡八幡宮表参道に店を構えた伊勢屋名物の淡雪まんじゅうだ。純白のまんじゅうは濃緑色の柿の葉を座布団に敷いていた。

「木島屋さんとのお話は、格別の塩梅だったようですね？」

菓子皿のまんじゅうを一瞥しただけで、おてるは上首尾を察していた。

軽くうなずいたつばきは、ことさら熱くいれた茶に口をつけた。

つばきが湯呑みを膝元に戻したとき、おてるは両手を膝に載せて次の言葉を待っていた。

みさきとおはなは黒文字を使わず、自分の手で半分に割ったまんじゅうを頬張っていた。

みさきがまんじゅうを呑み込み、茶をひと口すすったところで、つばきは木島屋と交わした話の中身を聞かせ始めた。

「今朝はご隠居様とではなしに、頭取番頭の八右衛門さんと話をさせていただきました」

商いの舵取りすべては、あるじでも大旦那（隠居）でもなく、頭取番頭に委ねられているのが大店である。

商談相手は八右衛門だった……つばきが口にした言葉の重さは、のんびりやのおはなですら感じ取っていた。

「おてるさんたちに手を尽くしていただいたことで、十三夜の仕出しは木島屋さんがお招きになったお客様方に、大層な評判をいただけたそうです」

「よかったあ！」

みさきとおはなが弾んだ声を挙げた。

話をしているつばきは二十六で、向かい側で聞いているおてるは四十五だ。ふたりとも神妙な顔を崩していないなかで、若いふたりは素直に大喜びをした。

その弾んだ声が、無理に嬉しさを抑えつけていたつばきとおてるに響いた。

「よかった……ほんとうによかった」

物静かな表情は崩さぬまま、おてるも喜びをあらわした。

おてるに大きくうなずき返すことで、つばきも自分の弾んだ思いを伝えた。

「これからは、木島屋さんの仕出しの半分を受け持ってほしいと、八右衛門さんご当人の口から告げられました」

つばきは熱い茶で口を湿らせた。話している内に気持ちの昂ぶりが抑えられなくなり、口のなかが干上がっていた。

木島屋は小正月の雪見に始まり、大横川土手の花見、五月二十八日の大川花火見物、九月の月見、十月の紅葉狩り、さらには玄猪の牡丹餅祝いなどを店の招待で催していた。

こどもを相手に三月のひな祭りと、端午の節句の柏餅祝いも行うという。

また得意先の内儀やお嬢には、春と秋の二度、三座（中村座・市村座・森田座）への観劇招待も行っていた。

「これらの行事でお客様に振舞う仕出しは、一年で千二、三百両にもなるそうです」

つばきはみさきの顔を見た。

いままで何度も声を挙げていたみさきだが、このときは静まり返っていた。あまりに金高が大きすぎて、身体で受け止めることができないのだろう。

みさきとは逆に、おてるは初めて上体をつばきの方に乗り出したほどに昂ぶっていた。

「そんな途方もない金高の……」

おてるは言葉に詰まった。

つばきは首まで動かして深くうなずいた。

「その半分を、うちの仕切りで引き受けてほしいと八右衛門さんに言われました」

言い終えたあとも、つばきは自分がいま口にした言葉をあたまのなかでなぞり返した。

八右衛門は一言一句違わず、つばきにそれらを告げたのだ。

「いまさらおまえに言うことでもないが、木島屋がお客様に振舞う仕出しは、商いの首尾を左右するほどに大事なものだ」

＊

それを承知のうえで、隠居も当主もつばきに半分を任せたらどうかと持ちかけていた。

当主と隠居に返事をする前に、八右衛門はひとを使い、つばきの素性を調べさせた。

当主たちの言い分を受けるにしても、断るにしても、確かなことが知りたかったからだ。

江戸でも抜きんでて耳が大きい男に、八右衛門は費えに限りを言わずに調べさせた。

「だいこんの女将は、大した女です」

滅多なことではひとを褒めない耳が、つばきには正味で感心していた。

桃太郎の荷車のことも、月見仕出しに大きな力を貸した室町の旦那衆のことも、耳はしっかり聞き込んでいた。

「つばきという女は、自分の力の限りをしっかりとわきまえています。それゆえに、自分よりも力のある者に敬意を払って使いこなすことができるのでしょう」

おのれの器の限りを知る者こそ、百戦危うからぬ名将だとまで、耳はつばきを褒めた。

自身もつばきに感心していた八右衛門は、迷うことなく仕出しの半分をつばきの仕切りに任せることにした。

たとえだいこん自体の大きさには限りがあっても、つばきが目利きをし、差配をする仕出しなら間違いはないと判じてのことだ。

隠居は得たりとばかりに、八右衛門の判断を受け入れていた。

＊

「これからは新たにひとを雇いいれることも必要ですが、お店をこの場所から移す気はありません」

強く言い切ったあと、つばきはおてるたちに力を貸してほしいと頼んだ。

「こちらこそ、よろしくお願い申し上げます」

おてるとおはなは両手を畳についてあたまを下げた。

みさきは困惑の色を顔に浮かべた。

「じつは、あたし……」

口ごもったとき、外で犬が吠え立て始めた。

六十五

みさきが話を終えたあと、わずかの間、物音が途絶えた。その気配を打ち破るかのように、おてるが立ち上がった。

「お茶をいれ直してきましょう」

部屋を出たおてるは、駒下駄を履いて流し場に向かった。

裏店でひとり暮らしを続けているおてるは、町内でも身持ちの堅いことで評判である。歩き方にも、物静かながらも芯の強い気性がよく出ていた。

だいこんの三和土は、カチカチの硬さが自慢である。

「建家の普請にどれだけ費えをかけても、土間の三和土がやわなら、とんだ見かけ倒してえもんだ」

つばきの父親は口をきわめて店の三和土は硬くしろと言い続けた。

土間の土に硬さが足りなければ、ひと雨降っただけで、客が持ち込む雨粒を吸ってぐしゃぐしゃになる。

足下がゆるい土間は商人の恥……安治の戒めを、つばきはしっかりと守っていた。

履き物がカタカタと乾いた音を立てるほどに、だいこんの土間は硬かった。が、その土間を行き来しても、おてるの履き物はカタンとも音を立てなかった。

つばきがおてるを雇う気になったのも、口入れ屋から出向いてきたとき、音も立てずに土間を行き来したからだ。

そんなおてるが、めずらしくカタカタと下駄を鳴らして流し場に向かった。

部屋に戻ってきたときも、おてるの履き物は音を立てていた。

「話は分かりました」

おてるが茶をいれ終わったところで、つばきはみさきに応えた。

「あなたをお嫁さんにできるひとは、ほんとうに果報者です」

心底からのおめでとうを、つばきは何度も口にした。

「ありがとうございます」

みさきは年頃の娘ならではの弾んだ声で、つばきに礼を言った。

「祝言は来年の春ですから、その三日前まではお店を手伝わせてください」

「ありがとう」

つばきが礼を告げたのをきっかけに、流し場の洗い物を仕上げたいと言ってみさきは立ち上がった。

つばきは引き留めず、みさきたちを部屋から出した。

おてるは場所を移り、つばきと向かい合わせになるように座り直した。

おてるがいれたのも焙じ茶である。存分に沸き立った湯でいれた茶は、香りも味も見事に出ていた。

「なんだか、虚を突かれたような気になってしまったものだから……」

手に持った湯呑みをゆっくり廻してから、つばきは焙じ茶に口をつけた。

「熱いお茶で、気持ちがようやく元に戻りました」

つばきが笑いかけると、おてるも微笑みを返した。

「不意打ちを食らった気になったのは、つばきさんだけじゃありません」

おてるも熱い茶をすすり、湯呑みを手に持ったままつばきを見た。

「みさきちゃんが祝言を控えていたなんて、うかつなことに、いまのいままで気づきませんでした」

驚きのあまり、年甲斐もなくうろたえてしまって……きまりわるそうにおてるは語尾を下げた。

両目が潤んでいるらしく、瞳がいつも以上に大きく見えた。

細くて濃い眉と潤んだ大きな瞳の取り合わせに、つばきは見とれた。

自分を見詰めるつばきの目をいやがるでもなく、おてるは湯呑みに口をつけた。

「たったいままで一緒に働いていた娘に、祝言を挙げると言われて」

おてるは大きな瞳でつばきを見た。

「自分には、もう祝言なんて縁のないことだとわきまえていたつもりだったのに、まさか取り乱すなんて……」

おてるの物言いは、いつに変わらず物静かである。落ち着いているがゆえに、口にしている言葉の重みがつばきに伝わった。

半端な返事はできないと思ったつばきは、黙ったまま湯呑みを口に運んだ。

おてるは今年で四十五である。この歳になるまで身持ちは堅く、身ぎれいに生きてきたことは襟足の美しさにも、瞳のきれいさにもくっきりと出ていた。

おてるに懸想しながらも強く気持ちを伝えることができなかった男たちが、おてるの歩いてきた道のあちこちに、うずくまっていたに違いない。

どんなわけがあったのかは分からない。しかしおてるは生きてきた道のどこかで、男とは縁がないものと覚悟を決めたに違いない。

きっぱりとした気性が、四十五になってもおてるに女の潤いと輝きを添えていた。

そんなおてるでも、自分の娘といってもおかしくない歳の娘が祝言を挙げると知ったら、下駄を鳴らして歩いてしまった。

つばきは今日、木島屋から夢かと思うほどの大きな商いの種をいただいた。

つい先刻まで、みさきから不意打ちを食らうまでは、つばきの胸は喜びで大きく膨らんでいた。

いまは様子が違っていた。

おてると向かい合わせに座り、熱い焙じ茶をすすっては吐息を漏らしていた。

路地の奥で、また犬が吠えた。

六十六

茶を呑み終えたつばきは、おてると連れだって部屋を出た。ふたりとも格別に口を開かぬままだった。

おてるは急須と湯呑みを盆に載せて、流し場に向かった。

つばきは土間におりたあと、目を閉じて両腕を真上に突き出した。

知らぬ間に、身体に伸びをくれるのを心地よく感ずる歳になっていた。

腕を上げたまま目を開いたら、すぐ前に武蔵が立っていた。

「腕を突き上げていても、つばき坊はいい女だぜ」

武蔵は真顔でつばきの器量よしを褒めた。

「あっ……」

言葉にならない声が、つばきから漏れた。

武蔵がいることも忘れて、うっかり両腕を突き上げたのだ。白い二の腕を武蔵に見せてしまったうかつさに責められて、つばきは言葉を失っていた。

「腰掛けに座るぜ」

武蔵の物言いにも、ぎこちなさがあった。

ひと息をおいて、つばきは答えようとした。めくれ上がっていたたもとは、きちんと戻していた。

「気がつかなくて、ごめんなさい」

いつにない素直な物言いから、武蔵はある察しをつけた。

「木島屋との話は上々に運んだな」

短い言葉で上首尾を言い当てた。

「ありがとう、武蔵さん」

はっきりとした口調で、つばきは武蔵さんと呼んだ。武蔵の目元がわずかにゆるんだ。

流し場に茶を言いつけてから、つばきは武蔵の向かい側に座った。いまのつばきは、無性に武蔵と話がしたいと思っていた。

渡世人を束ねているだけに、すこぶる察しのいい男だ。

今日は嫌がらせにわざと仲助と呼んだりせず、つばきは素直に武蔵と呼びかけていた。

おてるがふたり分の茶を運んできた。武蔵が口をつけてから、つばきは口を開いた。

「木島屋さんの頭取番頭さんから、あちらさまの仕出し弁当の半分はうちに注文をくださるとのお申し出をいただきました」

武蔵から目を逸（そ）らさずに首尾を告げた。

「あの木島屋の仕出しを名指しでもらうとは、大した仕上がりじゃねえか」

武蔵は心底、感心したという口調だった。

「調理場も新しく普請することになるでしょうし、とりわけ水場の周りは存分に手入れが入り用になります」

つばきの言い分に武蔵も深くうなずいた。

水道も井戸水も好きなだけ使えた浅草とは異なり、深川は飲み水すべてを水売りから買わなければならない。

どれほど深い井戸を掘ったところで、湧き出る水は塩辛い海の水ばかりだ。深川という埋め立て地が背負っている難儀だった。

「水売りなら何人も知ってるが、おめえだって馴染みの水売りがいるんだろう？」

「はい」

今日のつばきからは、武蔵の問いには気負いのない素直な返事が出ていた。

「所帯が大きくなるでしょうが、あたしはこの場所から動くつもりは毛頭ありません」

材木屋との意地くらべで、浅草から深川に移ってきたつばきだった。が、いまは他の町に移る気など、さらさらなかった。

「ご商売ご商売で、どちらさまも商売敵を抱え持ってるようですが、いざ本祭となれば敵同士が息を揃えて、ひとつのお神輿に肩を入れ合っています」

この土地柄がたまらなく好きだと、つばきは思いを明かした。

「それが素直に出てくりゃあ、おめえもすっかり深川の女だぜ」

武蔵は言葉を惜しまずにつばきを褒めた。

つばきは湯呑みの茶に口をつけて、武蔵の褒め言葉を受け止めた。

「店も、ひと回りは大きくなるてえことか」

「店構えだけではありません」

仕出し作りをきちんとこなすためには、腕のいい料理人やら下働きやらを、少なくても六人は雇い入れる必要がある……つばきは胸算用を口にした。

不意に武蔵の顔つきが変わった。

「店構えに手を入れるのは、おめえが思う通りにやればいい。安治だっておめえから持ちかけられた相談には喜んでのるだろう」

店の改修に費えはかかるだろうが、そのときだけの出費だと武蔵は続けた。

「ひとを雇うのは、急がねえほうがいい。とりわけいまは考え物だぜ」

ひとたび雇い入れたあとは、簡単には暇を出せない。店の実入りは商い次第で大きく上下する。しかしひとを雇い入れた出銭は、商いがしぼんだときでも同じだけ入り用だ。

「昨日も言ったが、蔵前の札差に御上(おかみ)は剣呑(けんのん)なことを考えているフシがある」

ひとを雇うのは慌てないほうがいいと、武蔵は言葉を重ねた。

つばきの顔つきも変わった。

「せっかくのおめでたい日に、商いがしぼむなどと縁起でもないことを言わないでくださいな」

つばきは腰掛けを鳴らして立ち上がった。

「耳の痛いことを言ってもらって、どうもお世話様でした」

武蔵を無理矢理立ち上がらせたあと、店から出て行くように手で示した。

「渋い茶だったぜ」

武蔵は言葉を投げつけて出て行った。

ふうっ。

路地を曲がった後ろ姿を見て、つばきは大きなため息を漏らした。

ひとをどう雇えばいいのかと、つばきも胸の内で大いに迷っていた。

武蔵には、そこをずばりと指摘された。

ひとを雇うむずかしさを思い、つばきの思いは行きつ戻りつを繰り返していた。その悩みに図星をさされただけに、思わず強い腹立ちを覚えた。

耳の痛いことを言ってくれるのは、武蔵のほかには親しかいない……そんなことを、つばきは我知らずに思ってしまった。

こころの深いところでは、武蔵を頼りにしている自分に気づき、つばきはうろたえた。

縁起でもないことを……は、追い払う口実に過ぎなかった。

伸助なんか、だいっ嫌い！

胸の内で毒づいた。が、毒づくたびに、胸に痛みを覚えていた。

六十七

「なんてえ繁盛ぶりだ……」

与五郎はだいこんの土間にも入らず、驚きのつぶやきを漏らした。

つばきが弐蔵を追い返した同じ日の、六ツ半（午後七時）どきのことである。

今夜も夜空は晴れ渡っており、大きな月が空を昇る途中だった。

「手間賃をもらうまで、まだ六日もあるてえのに……大した混み具合だぜ」

店の入り口に立ったまま、ひとりごとをつぶやき続けた。今夜の与五郎は、配下の若い大工四人を連れていた。

職人の手間賃は一日・十日・二十日の旬日払い（じゅんじつ）が大半である。十四日は十日払いの手間賃をもらってから四日目、中途半端な日だ。

多くの職人がふところ具合を考えるころで、縄のれんも小料理屋も客足が減るころだ。

だいこんの景気づけをと考えて、与五郎は配下の職人を引き連れて顔を出したのだ。

が、空席のない混み具合を見て、店の戸口から動けなくなっていた。

「親方、いらっしゃいまし」

つばきが足を急がせて寄ってきた。

「繁盛でなによりじゃねえか」

若い者を四人も引き連れている手前もあるのだろう。与五郎はいつになく、ぞんざいな物言いをした。

「親方からごひいきをいただいているおかげです」

つばきは笑みをうかべて軽くあたまを下げた。客の面子(メンツ)を大事にする天性の気遣いが、つばきには備わっていた。

「今夜は十四日で半端な日だからさ。だいこんの景気づけをと思ったんだが、いらねえ心配だったようだ」

与五郎は店のなかに向かってあごをしゃくった。まさに一卓の空きもなかった。

二階も同じような混み具合なのだろう。

客の大きな笑い声が階段を伝い、棟梁が立っている場所にまで聞こえてきた。

与五郎が引き連れてきた若い者は、四人とも五尺五寸（約百六十八センチ）はある大柄揃いである。

混み合った店を気遣ったのか、四人とも赤提灯の脇に立っていた。

路地は暗いが満月の蒼い光が降り注いでいる。月が明るくて地べたに影まで描いていた。

「親方さえ、お嫌でなければ」

つばきは店の前の地べたを指さした。

仕入れた青物を洗うために、店の前には石畳を敷き詰めた五坪の洗い場があった。

「そこに卓をひとつ用意させていただきます。卓といっても、四斗樽（しとだる）をひっくり返しただけのものですが」

つばきの思案に、若い者四人が顔をほころばせた。

「満月の下で酒がやれるなんざ、おつのきわみでやすぜ」

若い者の喜ぶ顔を見て、与五郎も大いに気をよくしたようだ。

「だったら、おめえたちがここに運ぶのを手伝いねえ」

「がってんでさ」

弾んだ声で応じた若い衆は、四斗樽と腰掛け代わりの小樽五つを運び出してきた。

つばきは卓の真ん中に、百目ろうそくを一本奢（おご）った。

流し場から運んできた料理の数々を、蒼い月光と、暖かなろうそくの光が照らした。

「いい趣向じゃねえか」

「おれたちも今度は、あすこで呑ませてもらいてえぜ」

店内の客が口々に店先の趣向を褒めた。

ひとから羨ましがられたことで、与五郎と若い衆はすこぶる気持ちが弾んだらしい。

五ツ半（午後九時）まで一刻以上もの間、酒と料理を堪能した。

つばきは何度も与五郎の卓に顔を出した。そして木島屋の頭取番頭から大きな注文をもらったことを話した。

「すげえもんだ」

「さすがは、いっつも親方が褒めてるひとだ。おみそれしやした」

与五郎の代わりに、若い衆が大声でつばきの上首尾を称えた。

つばきは与五郎を見詰めながら、人手が足りないことを話した。

「すぐにも料理人と賄いを、何人か雇い入れたほうがいい」

つばきが相談を持ちかける前に、与五郎のほうからひとを雇うほうがいいと切り出した。

「仲町の井筒屋なら、心やすい手代がいる。つばきさんがそう言うなら、いつでも間に立ちやすぜ」

酒が回ったせいなのか、気が昂ぶっているからなのか。与五郎は頬を朱に染めてつばきに告げた。

「ありがとうございます」

入り用なときは、ぜひ力を貸してくださいと答えて、つばきは深くあたまを下げた。

＊

敷き布団に座ったまま、つばきは与五郎とのやり取りを何度も何度も思い返した。

武蔵と与五郎に、つばきは同じ話を聞かせた。ふたりの答えはまったく逆だった。

武蔵はひとを雇うのは待てと言った。

与五郎は口入れ屋の手代に口利きしてもいいとまで答えてくれた。

それに、もうひとつ。

与五郎は配下の若い大工に、いつもつばきの話をしてくれていた。そのことを今夜、若い衆の口から聞かされた。

与五郎さんなら、安心して相談ができる。

月光を浴びて蒼く光っていた、与五郎の月代が目に浮かんだ。

ヒゲが剃られていたのも思い出した。

だいこんに来るために、与五郎は髪の手入れをして、ヒゲまで当たっていた……。

与五郎を思いながら、つばきは両手を膝のうえで重ねていた。

寝静まった夜の町に、客を求める按摩の笛が鳴り響いていた。

六十八

「火の用心、さっしゃりましょう〜〜」

真夜中の仲町に、火の用心の声が響いた。

チョーンと乾いた柝（き）の音が続いた。

「ただいま九ツ（午前零時）にございます。これにて火の用心、打ち止めにございます」

チョーンと締めの柝が打たれた。

身体は芯からくたびれていたのに、つばきは眠れず、締めの柝を聞いていた。

＊

土地の者が仲町と詰めて呼ぶ永代寺門前仲町には、深川の埋め立てがはかどり始めた延宝（えんぽう）時代（一六七三〜一六八一）の創業という老舗が何軒もあった。

しかも仲町は富岡八幡宮のお膝元である。

仲町の大店当主たちは費えを惜しまず、威勢のいい木戸番を雇っていた。

江戸はどの町も、夜の四ツ（午後十時）には町木戸を閉じた。再び開くのは翌朝の明け六ツ（午前六時）である。

四ツから明け六ツまでの間は、よそ者が町に忍び込まないように、木戸番が夜通し目を光らせた。

＊

この木戸番（番太郎と呼ばれた）を雇うのは、木戸を構えた町々である。ほとんどの町は小遣い程度の給金と、粗末な番太郎小屋を貸し与えるだけである。

ゆえに木戸番を引き受けるのは、白髪交じりの年配者というのが通り相場だった。

仲町は違った。

毎月の給金が、ひとり四貫文。一両相当という高い給金である。しかも番太郎小屋は十畳の広さがあり、外にはかわやも備えられていた。ふたりをこの給金で雇っていた。

「仲町の番太郎小屋は、安手の九尺二間（くしゃくにけん）（裏長屋）よりもよっぽど造りがいいぜ」

真顔でうらやましがる者が少なくなかった。

高い給金と、造りのいい番太郎小屋があてがわれるのが評判を呼び、三十代の威勢のいい者が集まった。

給金がいい代わりに、仲町の番太郎には夜の五ツ（午後八時）から真夜中九ツ（午前零時）まで、半刻（一時間）に一度の夜回りが課せられていた。

他町は木戸を閉じる四ツ（午後七時）が夜回りの仕舞いである。

仲町は九ツまで、他町より一刻（二時間）も長く火の用心が回った。

このおかげで、仲町の商家や民家で自火（じか）を出したところは皆無に近かった。

真夜中に響き渡る夜回りの声と、乾いた音色の柝の音。これが仲町の見栄である。

番太郎として雇われるのは、三つの条件を満たした者に限られていた。

上背が五尺五寸（約百六十六センチ）以上で、様子のいい者。

喉の響きがいい者。

ひとり者。

これが条件である。

様子のいい番太郎に会いたいがために、町木戸脇の番太郎小屋を訪れる娘も少なくなかった。

真夜中九ツまで夜回りをする。

様子のいい若い番太郎。

わきから評判のよさを耳にするたびに、仲町の旦那衆はにんまりとした。

*

眠りにつけないわけは、つばきには分かっていた。

木島屋からもらった、途方もなく大きな注文……その嬉しさが、身体の内で熾火（おきび）となっているからと、つばきは思っていた。

しかし、まことはそうではないということも分かっていた。

木島屋から大きな注文が得られたことを、与五郎はまっすぐな言葉で喜んでくれた。

奉公人の手当をしなければと思案していたつばきに、与五郎は手助けを申し出た。

井筒屋といえば、身代の大きなことで知られた口入れ屋である。

二十間（約三十六メートル）間口の店を構えていられるのは、確かな口入れをすると信頼されているからだ。

与五郎は井筒屋の手代に顔つなぎをすると申し出てくれたのだ。

「ひとを雇うのは急がねえほうがいい。世の中、どうなるか明日のことは分からねえ」

口元を歪めて講釈を垂れた弐蔵とは、まるで正反対だった。

つばきに笑いかけたときの、与五郎の邪気のない顔。

その笑顔が、あたまのなかに刻みつけられていた。眠ろうとして目を閉じると、与五郎の笑顔が浮かんだ。

高枕を首筋にあてて、つばきは何度も寝返りを打った。しかし夜回りの仕舞いから四半刻が過ぎたとき、つばきは起き上がった。

横になっていても、眠りは来ないと見切りをつけたのだ。

行灯を灯したあと、つばきは文箱を開いた。そして気持ちを鎮めるつもりで、硯の上で墨を走らせた。

品書きを書くための墨と硯は、仲町の日立屋で買い求めた上物である。

充分に墨の濃さが得られたところで、つばきは墨を筆に持ち替えた。

『十六日の八ツ（午後二時）過ぎであれば、店を空けることができます。ご面倒とは存じますが、なにとぞ井筒屋さんへの顔つなぎ、よろしくお願い申し上げます』

気持ちをしっかり抑えつけていないと、筆が勝手なことを書きそうだった。

何度も深い息を繰り返して、用件のみの手紙をしたためた。

つばきは二度、読み返した。まさに用件のみの素っ気ない文面だったが、行間に熱い思いを託していた。

短い手紙を仕上げたことで、気持ちが大きく落ち着いていた。

文箱を片付けて、行灯を消した。

軒下が三寸下がるという丑三つ時（午前二時過ぎ）に、つばきは深い眠りに落ちていた。

六十九

九月十五日の夜明け直前に、つばきは目覚めた。布団のなかでぼんやり天井を見つめている内に、夜明けの明かりが差し込んできた。

光とほぼ同時に明け六ツ（午前六時）の鐘が撞かれ始めた。本鐘六打が鳴り終わり、部屋が明るくなったところでつばきは布団から起き出した。

昨夜したためた手紙は、文机の上にきちんと畳まれて置いてあった。

机の前に座ったつばきは畳まれた手紙をていねいな手つきで開いた。

丑三つ時には、気持ちに押された勢いで一文をしたためた。朝の光のなかで深呼吸し、いま一度読み返してみた。

手紙は抑えた筆遣いで、用向きのみを記していた。文面に得心できたつばきは、畳み直して封をした。

硯にはすった墨がまだ残っていた。が、つばきは墨を手に持ち、濃さを加えた。反故紙に試し書きをし、墨の具合を確かめた。

念には念をいれている自分を可愛く思い、つい目元をゆるめた。

なんだか十七、八の娘が恋文をしたためているみたい……そんなことを思ったとき、みさきの顔が浮かんだ。

まさに年頃の娘だった。浮かんだ顔を打ち消してから、つばきは封筒に上書きをした。

与五郎さま

わずか五文字だが、書き上げたつばきは思わず肩で息をした。自分で思っている以上に、与五郎が大きなものを占めていると、宛名を書いて悟った。

仲町の辻にある飛脚問屋加田屋の商いは、朝の六ツ半（午前七時）から暮れ六ツ（午後六時）までである。

明け六ツの鐘はすでに鳴り終わっていたが、加田屋が店開きをするまでにはまだ半刻（一時間）近くあった。

今朝は魚河岸への買い出しは、おてるに任せていた。炊事場を預けているおてるには、五・十日の買い出しも任せていた。

いまでは月に五度の買い出し休みの朝を、つばきは心待ちにしていた。しかし初めての朝は、まるで違っていた。

おとっつあんのひとことがあったから……。

おてるに初めて買い出しを任せた朝のことを、つばきは思い返し始めた。

*

三月前の六月十五日の朝。

「よろしくお願いします」

佐賀町の船着場で、つばきはおてるが乗った日本橋への乗合船を見送った。あいにくの曇り空で、明け六ツを過ぎても川面にはまだ薄闇がかぶさっていた。

永代橋の橋杭を乗合船がくぐったのを見届けて、つばきはだいこんに戻った。

七輪に炭火を熾している途中、つばきはぼんやり顔でうちわを使った。

だいこんに戻ったあとは、炊事場で茶の支度をしながら気持ちは乱れていた。

浅草でだいこんを始めて以来、魚河岸の買い出しから一日が始まっていた。その大事な仕入れを他人任せにしたことに、つばきは落ち着かない思いを……あけすけに言えば、怯えにも似た思いを抱え持っていた。

商いの根っこともいえる仕入れを、果たして他人任せにしていいのだろうか。

おてるをそこまで信用していいのか。

あれこれ考えていたがため、土瓶が湯気を噴いているのにも気づかなかった。

つばきの背後に安治が立っていた。

十四日の夜、おてるに翌朝の仕入れを任せることにしたと安治に話していた。

「なんだか、おめえが気がかりでよう」

娘の様子を案じて、安治はだいこんの炊事場に顔を出したらしい。

つばきは手早く茶の支度をして、安治と一緒に部屋に上がった。

ひと口すすってから、安治は湯呑みを膝元に置いて娘を見た。

「上に立つ者には、任せる度量がいるぜ」

安治は気負いのない物言いで話を始めた。

「おれの棟梁は肝のぶっとい男だからよ。おめえも知っての通り、こんなおれにも仕事場を任せてくれてるのよ」

再び湯呑みを手に持つと、ズズッと音を立てて茶をすすった。

こども時分から、つばきは父親が立てるこの音が大好きだった。すする音の大きさが、父親の強さを感じさせてくれるからだ。

それを覚えているのか、安治はことさら大きな音をさせて茶をすすった。

「おれが一人前の顔をしてお施主の旦那方と話ができるのも、つまりは棟梁がおれに普請場の差配を預けてくれているからだ」

他の大工や左官にテキパキと指図をする安治を、施主は信頼し、大事に扱ってくれた。

「だがよう、つばき。おれは大工の腕はほどほどにたつが、いまも棟梁じゃねえ。おれには棟梁になれるだけの器量がねえんだ」

ひとに任せられないからだと安治は加えた。

「おれがおれがと、つい自分のノコギリやらカンナやらが仲間の前に出ちまうんだ」

職人でいる限りは腕がいいと自慢ができる。しかしひとを使うことはできないと、安治は自分の器のほどを見極めていた。

「棟梁はおれに普請場を預けてくれている。しっかり進んでいる限りは、一切口出しをしねえ」

だが任せきりにはしてねえ……安治はガラリと口調を変えた。

「人前ではおれを褒めてくれるが、しくじりを見つけたときは陰に呼び出されてよう。人目のねえところで、とことん絞られるんだ」

褒めるのは人の目と耳があるところで。

叱るのは陰に呼び出して。

任せはしても、任せきりではない。きちんと細部にまで目を光らせている。

「この芸当ができてこそ、初めて棟梁だとおれは思ってる。おめえには充分に棟梁になる度量が備わってるからよう」

しっかり任せてみろ。二度までは、おてるがしくじっても目くじらをたてるなと娘を戒めた。

「ひとが使えねえことには、だいこんは大きくはならねえ。おてるに仕入れを任せる気になったのは、おめえに棟梁の器量が備わっていればこそだぜ、つばき」

安治に諭されたことで、つばきは一歩も二歩も前に進むことができた。

＊

店の外に出たら、空の底が見えないほどに高く晴れていた。

一日の始まりの幸先がいいと、晴天を見てつばきは強く感じた。

八幡様にお参りをしてから、加田屋さんに出向こう……つばきは書き上げた手紙をふところに納めて店から出た。

落ち着いて歩こうと思っているのに、足が勝手に先へ先へと出てしまう。

カタ、カタ、カタッ。

初めて駒下駄を履いたこどものように、つばきは下駄を鳴らしながら八幡宮に向かっていた。

七十

加田屋は富岡八幡宮の表参道に面して店を構える飛脚問屋である。

江戸で一番大きいと称される富岡八幡宮。

その八幡宮の裏手に広がる色里、大和町。

木場の材木商と銘木商が、幅広い通りの両側を埋めている冬木町。

周辺に大きな町を幾つも抱え、辰巳芸者を擁する検番、料亭、遊郭が群れになっている深川には、飛脚問屋が四軒もあった。

なかでも加田屋は、早足自慢の飛脚が揃っていることで名が通っている。商いの始まる六ツ半（午前七時）には、晴れても降っても手紙などを託す客が列をなした。

与五郎への文を託そうとしたつばきは、八幡宮でうっかり刻を無駄遣いした。あまりに心地よく空が晴れていたことで、境内を散策する気になったからだ。

本殿の裏手にはひょうたん池があった。池を取り囲む形で植えられているのは、時季がくれば色づく木々である。

木の葉は、いまが九月中旬だと分かっているのだろう。朝夕の陽気はまだ暖かさが残っているのに、木の葉はすでに色づく支度を始めていた。

朝日を浴びてキラキラと輝く池の水面と、模様替えを始めた木々の葉。取り合わせの妙味に見とれたことで、つばきはつい刻を無駄遣いした。駒下駄を鳴らして加田屋へと急いだが、店先には長い列ができていた。

今朝は九月十五日。商いの区切りとなる五・十日である。十四人並んだ最後尾につき、つばきは順番を待った。

「めずらしいじゃねえか、源さんが飛脚の列に並ぶてえのは」

つばきのすぐ前に並んだ男が、その前に立つ男に話しかけた。

「下働きの若い者が、ゆんべ遅くにバカをやりやがってよう。庖丁を使うでえじな利き腕の骨を折っちまいやがったんだ」

源さんと呼ばれた男は周りを気にしたのか、声の大きさを加減して答えた。

声の主が料理人だと察したつばきは、目を合わさぬように加田屋のひさしに向いた。が、耳を目一杯に大きくして話を聞こうとしていた。だいこんを営む知恵のひとつが聞けそうな気がしたからである。

下働きが不意の怪我をしたことで、よほどに慌てたのだろう。源さんは話しているうちに、声を潜めることを忘れていた。

＊

源さんとは、蛤町（はまぐりちょう）で小料理屋を営む料理人の源次（げんじ）だと交わす話から分かった。源次は湯島で同じく小料理屋を営んでいる兄貴分の徳蔵（とくぞう）に、助っ人の差し向けを頼もうとしていた。

今夜は源次の店を十五人の客が貸し切りにしていた。木戸番に話を通して、未明の七ツ（午前四時）過ぎには日本橋の魚河岸まで仕入れに出向いた。

仕入れは済ませたが、手伝いの手が足りない。兄貴分に頼んで助っ人を差し向けてもらいたいが、湯島まで頼みに出向くひまが源次にはなかった。

こんなときに役に立つのが町飛脚だ。なかでも加田屋の「韋駄天便（いだてんびん）」を誂えれば、湯島までなら四半刻（三十分）少々で届く。

飛脚賃は重さで異なった。手紙なら二十匁（約七十五グラム）で一朱（約五百文）だ。

裏店の店賃に相当する高値だが、相手の返事までもらってきてくれるのだ。

「韋駄天便で兄さんに頼めば、今日の昼過ぎには助っ人を差し向けてもらえるだろうさ」

加田屋の韋駄天便が急場にはどれほど役に立つかを、源次は話し尽くした。

*

並んで四半刻が過ぎたころ、つばきの順番が回ってきた。

「海辺大工町の与五郎棟梁に、韋駄天便でお願いします」

つい今し方仕入れたことを、つばきは加田屋の手代に告げた。

「海辺大工町に、韋駄天便を出すのですか？」

手代はいぶかしげな声で問い返した。

「それでお願いします」

つばきは即答した。

長らく待たされていたことで、つばきはいささか気持ちが苛立っていた。

井筒屋の手代への顔つなぎを頼むには、一刻も早く与五郎の手元に手紙を届けなければならない。

加田屋の店先で、まさか四半刻も待たされるとは、つばきは考えてもいなかった。

待たされている間に、知らなかった韋駄天便のあらましを聞かされた。二朱は飛び切りの高値だが、与五郎のもとに四半刻もかけずに届くのであれば願ったりだ。

しかも相手から返事をもらってきてくれるという。

つばきには二朱を惜しむ気はなかった。

「お客さんのご注文に逆らうようですが、海辺大工町に韋駄天便は無駄です」

手代はつばきの目を見詰めて答えた。

「どういうことですか、無駄とは」

つばきが応じた声には、苛立ちが剝き出しになっていた。

隣の帳場で受け付けをしていた手代と客が、つばきに横目を使った。客はつばきのすぐ前にいた男で、源次から韋駄天便とはなにかを聞かされていた。

「一刻も早く届けたいんです、すぐに手配りしてくださいな」

つばきの声が、隣の帳場の手代と客の目を追い払った。

「海辺大工町なら、ここから半里（約二キロ）少々です。この程度の道のりなら、うちの飛脚は韋駄天便でなくても四半刻もかけずに走り抜けます」

手代は物静かな口調でつばきに話しかけた。

「韋駄天便を使いたいお客様は、ほかにも大勢いらっしゃいます」

使いたいという客は多いが、韋駄天便を受け持つ早足の飛脚人数には限りがある。

深川から二里以上の隔たりがある客のために、韋駄天便を残しておいてほしいと手代は努めて物静かな声で話しかけた。

手代の澄んだ目を見て、つばきから苛立ちが失せた。そして知ったかぶりに韋駄天便を誂えようとしたおのれを恥じた。

まさに手代の言う通りだった。

費えさえ払えば、なんでも注文していいということではない。

韋駄天便を真に使いたいのは、たとえば源次のように急を要する客だ。つばきが二朱を払って海辺大工町まで韋駄天便を仕立てたら、正味で欲しがっている客の邪魔をすることになってしまう。

それに気づいたつばきは、自分の不明を手代に詫びた。

「てまえこそ、生意気を申しました」

詫びたあと、四半刻のうちにかならず届けると請け合った。

料金は百二十文。別料金五十文で、返事をもらってくるとつばきに告げた。

「よろしくお願いします」

つばきは一朱金一枚を帳場に出した。

手代は四文銭二十枚の釣り銭をつばきに手渡した。

「ありがとう存じます」

手代は目と同様の澄んだ声で礼を言った。

隣の帳場の手代も、つばきにあたまを下げていた。

七十一

「海辺大工町からの返事は、てまえどもに八ツ（午後二時）の戻りとなります」

加田屋の手代には、与五郎の返事は八ツに届くと言われていた。

八ツならつばきも休んでいられる刻限である。昼の忙しさも引き、賄いのお昼を食べて一服できるのが八ツ前なのだ。

与五郎さんは、どんな返事を書いてくれるのだろう……。

まるで恋文の返事を待つような気分で、つばきは昼の客の支度を手伝った。

いい案配に、今日の昼は仕入れから仕込みまでのすべてをおてるに任せている五・十日だ。

手伝いながら、ついつい与五郎に思いを走らせても、昼に供する料理の支度をしくじる気遣いはなかった。

思えばつばきはこの歳になるまで、恋文のやり取りをしたことがなかった。

ひとを恋しく想ったことは、幾度もあった。しかし恋文の取り交わしは皆無である。

手紙を書くなどという手間のかかることはせず、好いた相手に面と向かって想いを伝えればいい……。

これがつばきの気性である。

ぐずぐずと思い煩(わずら)うよりも、相手に想いを伝えればいいという生き方をしてきた。

想う相手に手紙をしたためたのは、与五郎が初めてだった。

飛脚の手を借りて、手紙を相手に届けてもらったのも今回が初めてである。

いまごろはもう、返事を飛脚さんに託してくれたかしら……。

それを案じていたら、菜箸(さいばし)の動きが乱れた。

「つばきさん！」

おてるがつばきの名を呼んだ。

炊事場で手伝っていた者みんなが思わず手を止めたほどに、おてるの声はきつかった。

「煮物を味付けしているときは、ぼんやり考えごとなどしないでください」

言いながら、おてるはつばきのわきに寄ってきた。

「ほんの少しでも焦がしたら、お客様に出せなくなってしまいます」

今日はおてるが炊事場のあるじだ。

「ごめんなさい」

つばきは素直に詫びた。

「つばきさんの味付けが、だいこんの味なんですから」

いつもの穏やかな物言いで告げてから、おてるは自分の持ち場に戻った。

あたまから与五郎のことを追い払い、つばきは煮物に気をいれた。

おてるさんの言う通りだ。

お客様が喜んでくださるだいこんの味は、あたしの味なんだ……。

つかの間とはいえ、煮物から気を抜いた自分を、つばきは胸の内で強く叱った。

＊

賄いのお昼を済ませたあと、つばきは居間に入り、ひとりで茶をいれた。

おてると一緒にいるのが気詰まりだったわけではない。それどころか、賄いを食べるときはいつも以上に笑い声が飛び交った。

「さっきはほんとうにありがとうございました」

つばきは正味でおてるに礼を言った。

「出過ぎたことを言いました」

「出過ぎたなんて、滅相もない」

おてるの詫びを、つばきは心底嬉しく思いながら拒んだ。

あえて居間にひとりで入ったのは、返事を受け取りに行く前に、好きなだけ手紙のことを考えていたかったからだ。

手早く茶をいれたつばきは、湯呑みを両手で包み持った。焙じ茶のぬくもりを手のひらに感じながら、手紙のことを想った。

与五郎に差し出したのは、恋文でもなんでもない。口入れ屋への口利きを頼んだだけの文面である。

他人が読めば、素っ気ない手紙だろう。しかしつばきは、丑三つ時に起きて文を書いたのだ。

どれほど熱い想いを手紙に込めたのか、つばきには分かっていた。

その文を飛脚の加田屋に託した。

いまは八ツの四半刻（三十分）前の見当だ。与五郎の返事を飛脚は挟み箱に収めて、仲町に向かっているさなかに違いない。

もう海辺橋は渡ったのかしら。

ひょっとしたら、もう鶴歩橋を渡って、加田屋に届いているかもしれない……。

返事を待つのが、これほど切なくて、胸が高鳴ることだとつばきは知らなかった。

いままでは相手に直接会って、思ったままを伝えてきた。

返事を待つということは一度もなかったと、思い知った。

いまのいままで、待つのはまどろっこしいとつばきは思って生きてきた。

生まれて初めて待つことの切なさを知った。

切ないのは確かだ。

でも待つのは……いや、待っていられるのは、待つ相手がいるからこそなのだ。

その道理を、つばきは手紙を託したことで深く呑み込むことができた。

はやく八ツの鐘が鳴ればいいのに……。

焦れながら焙じ茶に口をつけたとき、店に来客があったようだ。

客とやり取りをしたみさきが、居間の外から声をかけてきた。

湯呑みを盆に置き、つばきは立ち上がって戸を開いた。

「お客様がお待ちです」

みさきの目元がゆるんでいた。

「お客様って、あたしに？」

こくんとうなずいたみさきは、つばきのほうに近寄った。

「棟梁がお見えです」

告げるみさきの声が弾んでいた。

つばきは驚きのあまりに、居間の内で棒立ちになっていた。

七十二

不意に顔を出した与五郎は、つばきを見るなりはにかむような笑い顔を見せた。

「飛脚のにいさんは、いまこの場で返事を書いてくれと、挟み箱を担いだまませっつくんだが……」

土間で向かい合わせに立ったまま、与五郎はつばきの返事も聞かずに、どんどん話を先へと進めた。

いつもより早口である。前触れもなしに顔を出したのが、きまりがわるかったのかもしれない。

つばきは与五郎を、眩しそうな目で見詰めた。が、口は開かずに相手にもっと話してくれと目で促していた。

「とにかくおれの宿に飛脚が手紙を届けてくるなんぞは、滅多にあることじゃねえ」

挟み箱を担いで駆ける飛脚の姿に、飼い犬のごんたが驚いた。

「あいつがひとに吠えるのを、おれは初めて見たんだ」

飛脚も往生していたみたいだと、与五郎は犬の話を続けた。

その話の途中で、的外れなことをしゃべっていると気づいたらしい。

「とにかく手紙が届いたことには驚いた」

いつもの与五郎には似合わない饒舌ぶりである。与五郎もやはり、つばきから手紙を受け取ったのが嬉しかったようだ。

「返事を書く間、飛脚が待ってるかと思うとうっとうしくてね。おれがてめえで届けるからと、けえってもらったってえわけだ」

急ぎ飛び出してきたと、一気に言い切った。しかし与五郎は髭をきれいに当たっていたし、剃刀の入った月代は青々としていた。

「ご用でお忙しいのに……」

「いいってえことさ、ここの近くの普請場に出向くついでがあったんだ」

つばきの言葉を途中で抑えて、与五郎は自分の言い分を口にした。

「お茶をいれますから、どうぞそこに座ってくださいな」

土間の卓はどこも空いている。つばきは腰掛けが五つ置いてある大きな卓を勧めた。

「そいじゃあ、遠慮なしに」

腰掛けに座った与五郎は、煙草盆が欲しいという。

「すぐに支度させます」

流し場に引っ込んだつばきは、みさきを呼び寄せた。

「煙草盆を棟梁にさしあげて」

「はあい」

みさきは目元のゆるんだ顔で、こどものような返事をした。

「表通りの伊勢屋さんで、淡雪まんじゅうを買ってきてちょうだい」

店の面々のおやつにもと言い足して、小粒銀を三粒渡した。

「あたし、あのおまんじゅうが大好きなんですうう」

みさきの物言いが軽い。与五郎の急な来店を喜ぶつばきの気持ちがうつったらしい。

つばきは土瓶に水瓶（みずがめ）の水を注ぎ、赤い火の熾（お）きている七輪に載せた。

その土瓶に付き切りで、湯の沸き加減を確かめていた。

湯を沸かすことから、つばきは自分の手で為したかったのだ。

与五郎の来店は、嬉しいという言葉が喉につっかえそうになるほど嬉しかった。

それほどに強い想いを抱いている与五郎に、沸き立ての湯で焙じ茶をいれられるのもまた、大きな喜びだった。

そんなつばきなのに、七輪を見詰めたまま、ふうっと吐息を漏らした。

これで、与五郎さんからの返事はもらえなくなった……。

そのことが惜しかった。

与五郎はどうやら、女から手紙をもらったことはないらしい。早口で一気に話そうとする与五郎が、そのことをあらわしていた。

つばきとて同じである。

男からの手紙を飛脚が届けてきたことなど、一度もなかった。

早く返事が読みたいとの思いが、つばきの胸の内で膨らみ続けていたのだが。

返事がこなくなって残念……この気持ちを打ち消そうとして、つばきは七輪の焚き口をうちわで強くあおいだ。

充分に熾きていた炭火が、お愛想代わりに小さな火の粉を飛ばした。

炭が一段と赤くなり、火力を強めた。

土瓶から強い湯気が立ち上り始めた。

竹で編んだ取っ手を摑み、つばきは七輪の前から立ち上がった。

みさきはまだ戻ってこないが、湯は沸いている。急須に熱湯を注ぎ、五十を数えた。

急須の茶を湯呑みに注いだときには、きれいな茶色の焙じ茶が仕上がっていた。

つばきは自分の茶も湯呑みに注いでから、与五郎の卓まで運んだ。

「お茶請けが間に合わなくて、ごめんなさい」

「とんでもねえこって」

急ぎ灰吹きに吸い殻を叩き落とした与五郎は、キセルを皮袋に仕舞った。

「明日の井筒屋さんのことだが」

茶をひと口すすってから、与五郎は手紙の返事を切り出した。

「七ツ（午後四時）に身体をあけてくれと、ここに来る前に手代さんに頼んできた」

「ありがとうございます」

つばきは弾んだ声で礼を言った。

「つばきさんがいやじゃなけりゃあ、おれも付き合わせてもらいてえんだが、構わねえかい？」

「いやだなんて、とんでもない」

願ってもないことですと、つばきが正味の礼を言っているところに、駆け足でみさきが戻ってきた。

なんとか茶請けが間に合った。

流し場から、みさきが菓子皿を取り出す音が聞こえてきた。

つばきは与五郎を見詰めている。

慌てた与五郎は、仕舞ったばかりのキセルを取り出そうとしていた。

七十三

寛政元年九月十六日、夜明け前の七ツ半（午前五時）。

つばきは布団から抜け出して、手早く身繕いを調えた。

大事な一日が日の出とともに始まるのは、まだ半刻も先だ。真っ暗な土間におりたつばきは、店の戸を開けて外に出た。

見上げた空は、まるで夜空だ。数え切れないほどの星が瞬いていた。

この空はしかし、つばきには見慣れた眺めである。魚河岸に買い出しに行くときは、まだ明けぬ星空の下を歩き、佐賀町河岸に向かうからだ。

本来ならいまは、魚河岸への乗合船に乗っている刻限だ。が、つばきは店の外に立って、星空を仰ぎ見ていた。

ずる休みをしているようで、気持ちが落ち着かなくなった。土間に戻ると、火鉢の灰を払って種火を掘り出した。

備長炭の種火である。灰を払い火箸に挟んで強く吹くと、赤い火が顔を出した。種火の達者ぶりに満足したつばきは、流し場に向かった。

へっつい下の火消し壺から消し炭を取り出し、七輪に敷いた。その七輪と炭箱を、土間に持ち出してきた。

種火は赤く元気だ。火箸で摑み、消し炭のなかに埋めた。

七輪の口を渋うちわで強くあおいでいるうちに、消し炭が真っ赤になった。

炭箱から楢炭を四つ取り出して、消し炭の上にくべた。

バタバタバタッ。

調子をつけて、うちわを使った。

楢炭は火熾しが楽だ。火の粉を飛び散らしたあとは、たちまち炭に火が回った。

小さな炎が立ち始めた。もう大丈夫だと見極めたところで、つばきはたっぷり水を注ぎ入れた土瓶を七輪に載せた。

暗い土間を炭火の赤い火が照らしていた。つばきの顔も赤く染まっている。

バチバチッ。

先ほど飛び散り損ねた火の粉が、土瓶の底を潜り抜けて土間に飛び出した。

威勢よく飛び出しても、火の粉はすぐに消えてしまう。火の粉を追っていたつばきが、七輪に目を戻した。

しっかりと熾きた炭火は、もう火の粉を飛び散らすことはない。赤い火を見詰めながら、昨日の夕方のやり取りを思い返した。

＊

七ツ（午後四時）を大きく過ぎたころ、つばきはおてるにひとつの頼み事をした。

「二日続きで申しわけないのですが、明日の朝も買い出しをお願いできませんか？」と。

おてるはわけを聞こうともせず、二つ返事で引き受けてくれた。

与五郎が不意にだいこんに顔を出したことで、つばきは大いにうろたえた。そんなつばきを見ていたおてるである。

なにか与五郎がらみのことで、よんどころないわけがあるのだと察したようだ。

思っていても、口には出さない優しさをおてるは持ち合わせていた。

「新しい手伝いさんをお願いするために、明日の七ツに井筒屋さんにうかがうことになりました」

おてるに訊かれもしないのに、つばきは自分から事情を話し始めた。

「与五郎棟梁が、八ツ半（午後三時）に迎えにきてくれます」

与五郎が井筒屋の手代に顔つなぎをしてくれる段取りだ……言いわけがましく聞こえないかと案じつつ、つばきは訊かれもしないことを次々に話した。

こんなつばきに接するのは、初めてだったらしい。おてるはつばきを真正面から見て、大きくうなずいた。

余計なことは言わなくていいからと、おてるの目はつばきをいたわっていた。

与五郎が帰ったあとのつばきは、何度も胸のときめきのあまりに動きが止まっていた。

どれほど地べたを強く踏んでも、足の裏がふわふわした。

こんな気持ちになったのって……。

思い返すと、公事宿（くじやど）の浩太郎（こうたろう）のとき以来であることに思い当たった……。

*

土瓶の湯が沸いても、まだ外は暗かった。日の出までには、あと四半刻はかかるだろう。

炭火の明かりだけを頼りに、つばきは茶の支度を進めた。

明るい陽差しのなかも好きだが、暮れなずむ路地を歩くのも好きなつばきだ。七輪の赤い明かりのなかで茶をいれるのも、とても好ましく思えた。

存分に蒸らした焙じ茶を湯呑みに注いだ。

ひと口すすったとき、浩太郎とのあれこれをまた思い出した。温かな焙じ茶が、封じ込めていたこころの紐をゆるめたらしい。

浩太郎に強く惹かれながらも、つばきは店を続けることを取った。だいこんを閉じて、公事宿の女房におさまることはできなかった。

このまま与五郎との仲がうまく運んでくれれば、またあのときと同じことにぶつかるのかと、自分に問うた。

棟梁の女房と、だいこんの切り盛りとの両方は無理だと分かっていた。

なにかを得たいなら、なにかを失う。

これは世の中の道理である。

ものが欲しいなら、それに見合ったカネを支払うしかない。ものもカネも両方とも欲しいなどは通用しないわがままなのだ。

今度はどうするの？

つばきは自分に問いかけた。浩太郎のときには随分迷ったが、いまは答えがすぐに出た。

だいこんはひとに任せて、与五郎さんと所帯を構える。

つばきはこう決めていた。

あれほど大事にしてきた朝の仕入れを、迷うことなくおてるに任せた。

今日という日を、与五郎と連れだって井筒屋を訪れるこの日を、なによりも大事にしたいと思ったからだ。

湯呑みを手に持ち、つばきは店の外に出た。

空にはまだまだ星が残っていた。

見ていると、星が流れた。

どうか吉兆でありますようにと、つばきは湯呑みを地べたにおいて願った。

流れた星は、火の粉のように消え去った。

七十四

昼の片づけもすっかり終わり、店の者が賄いメシを食べ終えた八ツ（午後二時）どき。

店先に七輪を運び出したみさきは赤い渋うちわを使い、風を送り込んでいた。

七輪に載っているのは真新しい土瓶だ。ふちに水玉がつかないように、うちわの手を止めては手拭いで拭いた。

まるで値打ち物を扱うかのように、みさきは土瓶を気遣っていた。

「土鍋も土瓶も、使い始めが大事だからね」

充分に気をつけるようにと、みさきはおてるに言われていた。わざわざ店先に七輪を出したのも、明るいところなら土瓶の外周りを見ながら湯沸かしができるからだ。

うちわの風にあおられて、楢炭が真っ赤に熾きていた。それでもみさきは、うちわを使い続けた。

「初めてこの土瓶を使うときは、真っ赤に熾きた炭火で存分に炙りなさい」

瀬戸物屋の親爺から教わったことを、みさきは大事に守っていた。

今日はもう二度と、縁起に障ることはしたくない……その思いに強く押されて、みさきはうちわを使っていた。

この日の朝、みさきは店で使い続けてきた土瓶を流し場で壊した。

竹で編んだ取っ手が千切れかけていたのに気づかず、みさきは勢いよく持ち上げた。その拍子に取っ手が取れて、土間に落ちた。

流し場の土間は、堅い三和土（たたき）の拵えである。

ガチャンッ。

昼の支度を進めていたおてるが思わず手を止めたほどに、大きな音を立てて壊れた。

「やぐら下のお店に行って、すぐに新しい品を買ってきて」

つばきの指図は口調が尖っていた。

今日は井筒屋に出向く大事な日である。そんなときにモノを壊すなんて……。

つばきの口調が、縁起に障るとみさきをたしなめていた。

「ごめんなさい」

詫びたみさきはだいこんを飛び出した。息を弾ませて駆け戻ってきたとき、みさきは壊した土瓶よりも一回り大きな土瓶を右手に提げていた。

大きくなった品を見たつばきは、ゆるくなった目をみさきに向けた。

「うちは縁起商売です。モノを壊すのは仕方がないけど、新しく買い替えるときは前の品以上のモノを選んでください」

たとえ小皿一枚といえども、以前の品に劣るものを選んではだめ。

つばきは常からこれを言い続けていた。みさきが一回り大きな土瓶を提げて帰ってきたのを見て、気持ちが和らいだのだろう。

大事に使わなければ……。

気を張ったみさきは、明るい店先で土瓶をおろそうときめていた。

*

土瓶を気遣うことに気を取られていたみさきは、近寄ってきた男に気づかなかった。

「なかにへえりてえんだ。七輪をわきにどけて通してくんねえ」

声の主は弐蔵だった。

男を見上げたみさきは、眉間にしわを寄せた。つばきに一番の大事な日に、だれよりも来てほしくない男が弐蔵だと思ったからだ。

「なんだ、姐さん」

弐蔵はみさきを睨みつけた。

「嫁入り前の娘が眉間にしわを寄せたりしたら、おめえさんの縁起に障るぜ」

「大きなお世話です」

尖った口調で切り返してから、みさきはうちわを手に持ったまま立ち上がった。

「なにかご用ですか？」

「たかが手伝いのおめえさんに、用向きを言うことはねえだろう」

みさきの物言いに業腹さを覚えたのだろう。弐蔵の物言いも冷え冷えとしていた。

「いまはお八ツどきで、お店のみんながくつろいでいるときです」

急ぎの用でもない限り、八ツ半過ぎに出直してほしいと弐蔵に告げた。

「しゃらくせえ」

声を荒らげた弐蔵は、みさきを押しのけて店に入ろうとした。

「やめてください！」

みさきの甲高い声が、居間にいたつばきにも届いたらしい。

「どうしたの？」

上がり框に出てきたつばきと、店の戸口に立っている弐蔵の目がぶつかった。

「みさきの大声のもとは弐蔵さんだったんですか」

つばきの声にぬくもりはなかった。

「おめえにでえじな話がある」

入れとも言われないのに、弐蔵は内に仕舞ったのれんを肩で分けて入り込んだ。

店の土間に立ったつばきは、流し場に戻っているようにとみさきに言いつけた。

「わっかりましたあ」

不満を返事に込めたみさきは、土瓶を載せた七輪を台所へと運んだ。

七輪が揺れて炭火が動いたのだろう。バチバチッと音を立てて、楢炭の火の粉が土間に飛び散った。

不機嫌さを隠そうともせずに腰掛けに座り、つばきは武蔵と向き合った。

「なんですか、伸助さん」

武蔵が一番嫌う呼び方で、つばきは問いかけた。いつもの武蔵なら、思い切り顔を歪めたに違いない。

しかし今の武蔵は、呼び方など気にもしていなかった。

「上つ方の動きが尋常じゃあねえ。だれも考えもしなかった災難が、ここ両日のうちに江戸に襲いかかるにちげえねえ」

いまは新しいことはせず、首をすくめておとなしくしていろと武蔵は考えを告げた。

ふうっ。

返事をする前に、つばきはわざと大きなため息をついた。

「考えもしなかった災難とは、いったいなんのことですか」

大地震が起きると、どこかのなまずが騒いでいるのかと、つばきは問いかけた。

「おれの言い分が気に入らねえのは仕方がねえが、茶化すのはよくねえぜ」

武蔵の物言いは、不気味なほどに物静かだった。

「おめえのことが心配だ」

武蔵の目が翳りを帯びていた。

「そんな目で見ないでくださいな」

つばきは手を振って武蔵の目を振り払おうとした。

武蔵はつばきのその手を摑んだ。

「おめえが心配だ。おれがいま言ったことを忘れねえでくれ」

手を離した武蔵は、振り向きもしないで土間から出て行った。

熱い目で見詰められたつばきは、武蔵に摑まれた手首をさすっていた。

七十五

かれこれ八ツ半（午後三時）が近いというのに、つばきはまだ土間の腰掛けに座っていた。

湯呑みには、飲み残しの焙じ茶が半分ほど残っている。

「いれてからときが経ってぬるくなったお茶は、あたしは苦手なの」

茶が冷める前にと、常にいれ直していた。そんなつばきが、すっかり冷めた焙じ茶に口をつけていた。

「よっぽど、あの武蔵というひとが、つばきさんは嫌いなんだわ」

遠目につばきを見ているみさきが、頬を大きく膨らませた。

大事な八ツ半が近いというのに、つばきは身繕いに取りかかろうとしない。

あの弐蔵が不意に顔を出したばかりに、つばきさんがぼんやりしていると、みさきは思い込んでいた。

みさきはつばきの様子を取り違えていた。

＊

つばきはすっかり冷めた焙じ茶に、またも手を伸ばした。湯呑みに口をつけて、ひと口すすった。

味など、どうでもよかった。

なんでもいいから、乾いた口の中を湿したかったのだ。

湯呑みを卓に戻したつばきは、両肘を立てた。手のひらの指を互い違いに差し合わせて、その上にあごを載せた。

ふうっ。

ため息ではない。

弐蔵が言い残して帰った言葉を思い出すと、つい吐息が漏れた。

手のひらにあごを載せたまま、定まらない瞳で土間の外を見ていたら、

「熱いお茶をいれました」

みさきが湯気の立つ茶を運んできた。

「そろそろ八ツ半ですよ」

「どうもありがとう」

礼を言ったつばきの声には、いつもの張りがなかった。

「まったく、いやなひとですね」

みさきが口を尖らせた。名前は口にしなかったが、武蔵のことだとつばきは察した。

「あなたが思っているほどには、わるい男じゃないかもしれないわよ」

みさきの言い分をやんわりと拒んで、つばきは腰掛けから立ち上がった。

「そろそろ支度を始めないと、ね」

みさきに笑いかけてから、つばきは自分の部屋に向かった。みさきが運んできた湯呑みを、右手に持っていた。

部屋には明かり取りの障子窓が設けられている。つばきは窓を開いた。

八ツ半前の陽が部屋に差し込んできた。

薄暗いなかでは、調度品は色味を失っている。明かりを浴びて、品々は本来の色味を取り戻した。

部屋の隅には鏡台が置かれていた。

モノにはほとんど頓着しないつばきだが、この鏡台だけは欲しくて欲しくて、浅草で買い求めた品だった。

公事宿の浩太郎を深く想っていたとき、つばきは大枚を叩(はた)いてこれを買った。

三両もしたが、いささかも高いとは思わなかった。

浩太郎との逢瀬に向かう前は、気を入れて白粉(おしろい)をはたき、鏡を見詰めて紅を引いた。

武蔵が顔を出すまでは、与五郎と連れだって井筒屋に向かうことを楽しみにしていた。

棟梁と肩を並べて仲町に向かうのを、とても晴れがましく思っていた。

そんなつばきが、まだ化粧もしていなかった。

鏡に映った自分の両目が、見詰め返している。しかしその目には、力がなかった。

紅を引くだけでいいわよね？

鏡の自分に話しかけているとき、店に与五郎が顔を出した。

みさきがつばきの部屋に、駆け足で来訪を告げにきた。

「分かりました」

答えたつばきは鏡台の前から立ち上がり、上がり框に出た。

与五郎は仕立て下ろしのような、真新しい半纏を羽織っていた。

髷もきれいに結われており、月代は真っ青だ。ひげを剃ったあとも青々としている。

床屋に寄ってきたのはひと目で分かった。

「すぐに支度を済ませますから」

「いいんだ、つばきさん。約束の刻限までには、まだたっぷりと残ってるから」

鷹揚に答えた与五郎は、空いている腰掛けに座った。

待ってましたとばかりに、みさきが茶を運んできた。

「おめえさんの今日の紅、とっても似合ってるぜ」

与五郎が口にした世辞に、みさきは顔を大きくほころばせた。

そのやり取りを見てから、つばきはもう一度鏡台の前に座った。

与五郎は人に世辞を言うのを常とした。日によっては着ているものを褒めるし、化粧の上手さを言うこともあった。

いつも通りなのに、今日のつばきは与五郎の世辞を喜べなかった。

鏡のなかの自分を、つばきはしっかりと見詰めた。

紅を引くだけでいいわよね。

強く言い切り、つばきは紅を引き始めた。途中で顔をしかめたのは、筆の走り具合がいまひとつだったからだ。

なんとか紅を引き終えたあとは、唇を閉じ合わせて紅を行き渡らせた。

紅の味を、いつものように好ましくは思えなかった。

ふうっ。

また吐息を漏らした。

紅が気に入らなかったからではない。弐蔵の言葉を思い出してしまったからだ。

「おめえが心配だ。おれがいま言ったことを忘れねえでくれ」

弐蔵が帰ったあとで何度も思い出した言葉が、またつばきのあたまのなかで響いた。

ここ一番の大事なときに、かならず邪魔立てをするかのように、顔を出してきた弐蔵である。

しかし今日の弐蔵は、なにかが違っていた。

心底、つばきを案じているのが伝わってきた。それゆえにこうして何度も何度も、弐蔵が言ったことを思い出すのだろう。

なにを着ていけばいいの……。

着替えが決まらず、つばきはふうっとため息をついていた。

七十六

寛政元年九月十六日、八ツ半（午後三時）を四半刻（三十分）過ぎたころ。

仲町の辻から見上げた空には、ひとかけらの雲もなかった。天道はすでに西空に移っていたが、降り注ぐ陽光に衰えはなかった。

「どきねえ、どきねえ」

仲町の辻に立っていた与五郎とつばきの前に、荷車が向かってきた。

梶棒をふたり掛かりで引いており、車力（しゃりき）の前では人払い人足が声を発していた。

「邪魔だ、どきねえ。のろのろやってると、車に轢（ひ）かれちまうぜ」

人払い人足が着ているのは、丈の短い半纏だけだ。剝き出しの尻には、真新しいふんどしが締められていた。

乱暴な口調で追い払われた娘ふたりが、人足の尻を見て頬を赤らめた。

荷車には米俵が五段重ねで積み上げられている。てっぺんの一段には大きな札が突き立てられていた。

高く積まれた米俵は、五段合わせて十五俵である。荷車の後ろには、後押し人足ふたりがついていた。

車力も後押しも、飛び切り肉置（ししお）きがいい。後押しが力を込めて車を押すと、二の腕に力こぶが盛り上がった。

土地のこどもたちは後押しに声をかけながら、荷車を追っていた。

米蔵に行き着くと、米蔵番がこどもたちに飴玉をくれる。それが目当てで道々、後押しに声をかけて荷車を追うのだ。

『深川野島屋（のじまや）』

米俵に突き立てられた札には、土地の米問屋の屋号が記されていた。

「野島屋さんは、蔵前の札差にもカネを融通しているとうわさされる大店でね」

車力の威勢がいいのも道理だと、与五郎はひとりで感心した。与五郎には野島屋は、大事なお出入り先なのだ。

つばきはうなずきで応えた。が、与五郎とは違い、野島屋には格別に気をそそられてはいなかった。

ただのひとりも、野島屋の奉公人がだいこんを訪れたことはなかったからだ。

荷車が通り過ぎたあと、ふたりは横並びになって仲町の辻を南に渡った。

高さ五丈（約十五メートル）の火の見やぐらが、西日を浴びている。黒塗りの板が、陽を吸い込んで黒光りしていた。

辻を渡りながら、与五郎は肩を寄せてきた。

つばきはその肩が触れるがままで歩いた。

弐蔵が顔を出す前であれば……。

つい先ほど人払い人足の尻を見て頬を染めた娘のように、つばきは胸をときめかせたに違いない。

いまは与五郎と肩を触れ合いながらも、気が昂ぶることはなかった。

与五郎はつばきの胸の内に気づいていないらしい。さらに強い調子で肩を寄せてきた。

つばきは相手の好きにさせたまま、辻を南に渡り切った。

富岡八幡宮の表参道が、まっすぐ永代橋に向かって伸びていた。この道を西に歩けば、井筒屋の店先に行き着く。

「口入れ屋に向かうには、願ってもない上天気ですぜ」

つばきに笑いかけたあと、与五郎は足取りをわずかに速めた。

表参道を行くひとの数が、大きく増えていた。人目を思った与五郎は、肩を寄せて歩くのをやめたらしい。

与五郎の肩が離れて、つばきは胸の内で喜んだ。が、そんな自分に苛立ちも覚えた。

あれほど大事に思っていた与五郎への気持ちが、急ぎ足で冷めているのを感じたからだ。

どうなってるのよ、つばき！

自分に舌打ちをしながら、与五郎とつかず離れずで歩いていた。

不意に気配を感じて、つばきは後ろを振り返った。

五人の通行人を挟んだ後ろに、弐蔵がいた。振り返ったつばきと目が合った。

前に向き直ったつばきは、自分から与五郎に肩を寄せた。

与五郎の肩が、ビクッと動いた。が、身体を避けもせず、つばきの肩を受け止めた。

ふたりは肩を寄せ合う形で、井筒屋を目指して歩いた。

弐蔵の煮えたぎるような視線を、つばきは肩に感じていた。

*

与五郎は歩き方を途中で加減したらしい。井筒屋の土間に入ったとき、待っていたかのように永代寺の鐘が七ツ（午後四時）を告げ始めた。

ふたりが土間に入ったのを見ていながら、小僧は近寄ってこない。焦れた与五郎は、自分から小僧に近寄った。

「与五郎が来たと、手代さんにそう言ってくんねえ」

与五郎が声を尖らせたとき、店の内から当の手代が出てきた。

「申しわけありませんが、今日のことは日延べにしてください」

手代の顔がこわばっていた。

「なんでえ、その言いぐさは」

与五郎の物言いが、いきなり乱暴になった。

手代は両腕を前に突きだして、与五郎の剣幕を押し止めた。

「蔵前で大変なことが起きたんです」

手代の声は、与五郎の後ろに立っていたつばきにも聞こえた。

「なんでえ、大変なことてえのは」

与五郎はさらに声を荒らげた。

「御上が札差に、貸し金の棒引きを押しつけたんです」

手代が声を震わせた。

手代以上に、つばきの身体が震えていた。

足下が大きく揺らいでいる気がしたつばきは、その場にしゃがみ込んだ。

そんなつばきを見ても、小僧は近寄りもしなかった。

七十七

井筒屋の土間には杉の長い腰掛けが二台据え置かれていた。手代との面談を待つ客が座る腰掛けだ。

与五郎とつばきは横並びに座り、手代が戻ってくるのを待っていた。

「大丈夫かい、つばきさん?」

与五郎に問いかけられたのは、これで三度目である。

「あたしはもう平気ですから」

口調がわずかに尖っていた。

不覚にもつばきは、土間にしゃがみ込んでしまった。それを与五郎が案じているのは、つばきにも分かっていた。

最初の「大丈夫か」は、正味でつばきの身を案じたのだろう。

しかし二度目、三度目は、まるで話の接ぎ穂のような問い方だとつばきは感じた。

口調の尖りを与五郎も察したらしい。

「いつまで待たせるんだ、こんな土間で」

ひとりごとのようなつぶやきで、井筒屋の扱いに文句をつけた。

いつもの井筒屋なら、腰掛けに座っている客には小僧が茶を供した。そのための大きな茶釜が、土間の端に構えられていた。

いまも茶釜は強い湯気を立ち上らせており、火鉢の前には三人の小僧がいた。が、一向に与五郎とつばきに茶を供する気はなさそうである。小僧がわるいのではなく、いまの井筒屋は来客に気が回っていないのだ。

土間を強くグリグリッと踏みつけてから、与五郎は立ち上がった。

「おい、小僧さんよう」

ぞんざいな物言いで小僧を呼ぼうとしたとき、飛脚が土間に駆け込んできた。

「韋駄天便です、受取をいただきます」

飛脚はよく通る声で、韋駄天便だと告げた。

小僧が帳場につなぐ前に、手代頭が顔を出した。お仕着せを締める帯が、手代頭は紅色である。

井筒屋の角印を押して、手代頭は韋駄天便を受け取った。腰掛けで待っている与五郎とつばきには一瞥もくれず、再び帳場の奥に引っ込んだ。

またもや土間には与五郎とつばきが取り残される形になった。

「大丈夫かい……」

言いかけた口を、与五郎は途中で閉じた。

開いたときには違うことをたずねた。

「まだまだ暇がかかりそうだが、店のほうは大丈夫ですかい？」

「お気遣い、恐れ入ります」

ていねいに応じたが、物言いは冷えていた。

「それならいいが……いま届いた韋駄天便てえのが、騒ぎのあらましを伝えてきたのだとすりゃあ、まだまだ暇がかかりそうだ」

与五郎が見当を口にしているさなかに、顔をこわばらせた手代が出てきた。

急ぎつばきも立ち上がり、与五郎に並びかけた。が、身体が触れぬように間をあけた。

土間には相客はいない。手代は与五郎の前に立ち、声を潜めた。

「御公儀が今朝の五ツ半（午前九時）に、蔵前の札差衆九十六軒に対して棄捐令（きえんれい）を発布しました」

手代が口にした棄捐令という語の意味を、与五郎もつばきも知らなかった。

「棄捐令とは、なんのことなんでえ？」

与五郎の物言いが、どんどんぞんざいになっていた。

「もう先に言いました通り、貸し金の棒引きを命ずるお触れのことです」

札差会所の肝煎(きもいり)三人が北町奉行所に呼び出され、勘定奉行立ち会いのもとで棄捐令発布を宣せられていた。

「それで、札差衆はいったいいかほどの貸し金を棒引きにされたんでえ」

問われた手代は、答える前にひと息をおいた。唾を呑み込んでから与五郎を見た。

「百十八万七千両を超えるそうです」

「なんだってえ」

与五郎は語尾を跳ね上げて、もう一度言ってくれと手代にせがんだ。

「百十八万七千両を超えます」

答えた手代の顔が青ざめていた。

「百十八万七千両てえと……」

余りに金高が大きすぎて、与五郎はすぐに呑み込めないようだ。両手を使い、棒引き金高の暗算を始めた。

「千両箱が千百八十七もいるのか」

「いや、それ以上でしょう」

醒めた物言いで手代が応じた。

「棒引きは、百十八万七千両以上だと聞かされましたから」

手代は与五郎とつばきを等分に見た。

「とにかくこれからは、並の知恵では及びもつかないことが山ほど起きるはずです」

生ずる難儀に備えて、これから手代全員が番頭の話を聞くことになった。ゆえに今日はここまでとさせてもらうと、手代は告げた。

「棟梁もお出入り先に顔を出されたほうがいいんじゃありませんか？」

そう言い残して手代は座敷に上がり、帳場の奥へ入って行った。

小僧たちは群れになって、小声を交わしている。土間にいる与五郎とつばきなど、眼中になさそうだった。

大きなため息をついてから、与五郎はつばきに目を合わせた。

「つばきさんの大事な日に、とんだ騒動が起きやしたが、これからどうされやす？」

「ひとまず、だいこんに帰ります」

つばきの口から勝手に言葉が出た。

「分かりやした」

与五郎はだらりと垂らしていた両手を、こぶしに握った。

「おれは野島屋さんに顔を出しやす」

井筒屋の手代に言われたことが、強く響いている顔つきである。すぐにも駆け出したいと、顔が告げていた。

「お気をつけて」

平らな物言いをしたつばきは、与五郎に軽くあたまを下げた。

「つばきさんも、どうかお気をつけなすって」

ぺこりと辞儀をした与五郎は、井筒屋の土間から飛び出した。

つばきはもう一度、杉の腰掛けに座った。

弐蔵が何度も何度も口にしていたことが、あたまのなかで渦巻いていた。

弐蔵はいったい、どんな話を聞き込んでいたのだろう……それを思うにつけ、弐蔵の底知れなさを思い知った。

御公儀の様子が尋常ではない。

弐蔵は繰り返し、これをつばきに教えた。

御公儀の動きをひとより早く知るためには、途方もないカネが入り用なはずだ。

高い費えを払って手に入れた大事を、弐蔵はつばきに教えていた。ところがつばきは、弐蔵の話をまともに聞かなかった。

御公儀の動きが尋常ではないとは、このことを指していたのか……。

聞く耳を持たなかった自分の愚かさ、うかつさを思い、つばきは唇を強く噛んだ。

ふううっ。

深いため息をついたとき、小僧がつばきに茶を運んできた。

「お客様、大丈夫ですか？」

小僧の問いかけには気持ちがこもっていた。

「お茶を呑んだら、少しは気が楽になりますから」

つばきを案じている小僧は、無理に笑みを浮かべていた。

「ありがとう。いただきます」

右手で茶を受け取ったつばきは、左手をたもとに差し入れた。駄賃などに使うために、小粒銀十粒、常にたもとに入れていた。

二粒を取り出し握らせようとしたら、小僧は強く拒んだ。

「駄賃はいりませんから、早くお茶を呑んで楽になってください」

物言いの親身さを感じたつばきは、両目を潤ませた。予想外の出来事に遭遇して、気持ちが大きく乱れていた。

小僧の親身さが身体の芯に響いたのだ。

つばきは茶に口をつけた。

「おいしいお茶だこと」

世辞ではなかった。気落ちしているつばきに、ほどよくぬるい茶を小僧はいれていた。

飲み干した湯呑みを小僧に返してから、つばきは小粒銀十粒を小僧の前垂れどんぶりに入れた。

「どうもありがとう。おかげで元気が戻ってきました」

つばきは小僧に軽くあたまを下げた。

小僧も笑みを浮かべたまま、辞儀をした。

店を出て往来に立ったら、鈴の音が聞こえてきた。耳に馴染みのある、瓦版売りの鈴だ。

「てえへんだ、てえへんだあ」

火の見やぐらの下で足を止めた瓦版売りは、声を張り上げた。腰が大きく振られて、帯に吊るした鈴がチリン、チリンと鳴り響いた。

やぐら下は瓦版売りの定番の場所である。一緒に駆けてきた仲間が、踏み台を用意した。

「なにがてえへんたって、これは掛け値なしに天下の一大事だ」

売り声に引き寄せられて、たちまち幾重もの人垣が瓦版売りを取り囲んだ。

ぐるっと見回してからもう一度鈴を鳴らし、束のなかから一枚を取り出した。

「御公儀が蔵前の札差を懲らしめたんだ。これで札差は虫の息間違いなしさ」

腰を大きく振ると、鈴が響いた。

つばきは人混みから離れたところで、瓦版売りの口上を聞いていた。

晴れていた空に厚い雲が流れてきた。

七十八

瓦版売りは、二百枚の瓦版を両手に抱え持っていた。いつもなら五十枚程度なのに、よほどに今日は売れると判じたのだろう。

「蔵前の札差が、御公儀に成敗されたてえんだ。早く買わねえと売り切れるよううう」

売り子は巧みに腰を振り、帯に吊るした鈴をリン、リンと鳴らした。

「札差がどうかしたのかよ?」

売り子の仲間がサクラになり、瓦版の肝の部分を問いかけた。

「ようこそ訊いてくれたぜ、にいさん」

売り子は声を一段高く張り上げて、蔵前の札差百九人全員が、御公儀から貸し金の棒引きを迫られた……売り子はさらに強く腰を動かした。

「貸し金の棒引きとは、いったい幾らのことなんでえ」

サクラは踏み込んだ問いを発した。

「聞いて、たまげちゃあいけねえぜ、にいさん。なんと百九軒合わせて、百万両を大きく超えてらあね」

詳しいことは買って読んでくれと、売り子は瓦版の束を摑んで高く掲げた。

百万両を大きく超えた棒引き。

町人の気を大いにそそる惹き文句だ。

「一枚くんねえ」

「こっちにも一枚いるぜ」

四方から手が伸びた。二百枚の瓦版が売り切れになる前にと、つばきも一枚求めて人垣の後ろに並んだ。

欲しがる手が多すぎて、なかなか順番が回ってこない。

背伸びをして手を伸ばそうとしたつばきの肩を、背後から叩く者がいた。

つばきは手を伸ばしたまま振り返った。

「おれが二枚持ってる。買うことはねえ」

弐蔵が瓦版を手に持っていた。

井筒屋の土間にいたときから、つばきは弐蔵を思っていた。

「親分もここにいたんですか」

つばきの口から、素直に親分という呼びかけが出た。

「口入れ屋の一件はどうなったんでえ」

弐蔵は無愛想な物言いで質した。

「手代さんに会おうとした、まさにその矢先に大騒ぎが起きたんです」

武蔵の目を真正面から見詰めて、つばきは人混みのなかで話をしていた。

「奉行所やら蔵前あたりの動きがおかしいと何度も言っていたのは、このことだったんですね?」

つばきが問いかけると、武蔵は唇に人差し指をあてた。ひとの耳を気にしたのだ。

「ごめんなさい」

詫びると、武蔵はつばきのたもとを引いて人混みから離れようとした。

武蔵の手でたもとを引っ張られても、つばきはいやな心持ちを感じなかった。

「いまからおめえの店に行って、少し話をしている間はあるか?」

「ありますとも」

自分でも驚いたほどに、つばきの返事は明るかった。

「おれと往来を並んで歩いたりしたら、おめえの商いに障りが起きる」

先に店に行ってるぜと言い置き、武蔵は足を早めた。雪駄の尻鉄をチャリンチャリンと鳴らしながら、たちまち人混みのなかに紛れ込んだ。

背筋を張って歩いているのか、武蔵の後ろ姿がいつもよりも大きく見えた。

こんなときだけに、前を行く背中は頼り甲斐がありそうに感じられた。間合いを詰めぬように気遣いつつ、つばきは後を追った。

ひとの塊が声高に話を交わしていたが、武蔵の背中だけを見て歩いていた。

「札差をぎゃふんと言わせたのは、ご老中の松平（まつだいら）様てえ話だ」

「知ってるさ。八代将軍吉宗（よしむね）様のお孫さんだろうがよ」

「やっぱり毛並みのよさが違うぜ」

飛び交うどの声も、札差に貸し金棒引きを迫った松平定信（さだのぶ）を称えていた。

「話によると、札差連中はこれで青息吐息（あおいきといき）になってるそうだぜ」

「散々に威張りまくってきたあいつらに、天罰が下ったんだ」

「まったくいい気味だ。おれっちが今日呑む酒は、飛び切りうめえにちげえねえ」

今日は早仕舞いをして縄のれんに繰りだそうぜと、半纏姿の面々が声を弾ませた。

つばきは歩みを少し早めた。この調子だと、今夜はだいこんにも多くの客がやってくると判じたからだ。

今日は月の半ばで、八幡宮も永代寺も縁日などの格別な日ではない。朝の仕入れはいつも通りの数だった。

お通しだけでも、いまから数を増やしておいたほうがいい……。

つばきのあたまは、すでに今夜の段取りを考えていた。

*

つばきは弐蔵を自分の部屋に招き入れた。

思った通り、だいこんにも気の早い客が群れになって押し寄せていた。弐蔵と話をするのは、自分の部屋しかなかった。

「半刻ほど、そこで弐蔵さんと話をしていますから」

驚き顔のみさきに言い置いたつばきは、茶の支度を調えて部屋に入った。

弐蔵は部屋のなかを見回したりはせず、茶を運んできたつばきと向き合った。

「今日からひと月ばかりは、札差成敗を喜ぶ連中がわんさか押しかけてくるぜ」

しばらくは本祭の宵のような繁盛が続くだろうと、弐蔵は見当を告げた。

「でも弐蔵さん、それはいつまでも続かないでしょう」

つばきの顔も声も曇っていた。

「どうした、つばき坊。なにか気に入らねえらしいな」

「気に入らないんじゃなくて、あたしは先が心配なんです」

つばきは自分でいれた焙じ茶をすすった。

「なにが心配かを聞かせてくんねえ」

弐蔵は背筋を伸ばし、真顔で問うた。

「きっと弐蔵さんだって、同じことを思っているはずですけど……」

語尾を濁したつばきは、もう一度茶をすすった。湯呑みを盆に戻したあとで、弐蔵の目を見詰めた。

「仲町の辻に群れていた職人さんたちも、いまうちに来てくだすってるお客様も、だれもが札差ざまあみろって、声を弾ませて手を叩いています」

でもあれは了見違いですと、つばきは語気を強めた。

「札差衆が湯水のようにおカネを遣ってくれてきたからこそ、江戸の景気はずっとよかったんです」

ふうっと吐息を漏らしたあとで、つばきは茶で口を湿した。

*

本日発布された棄捐令（貸し金棒引き令）は、札差百九人に対して総額百十八万両超の貸し金棒引きを命じたものである。

江戸の大尽といえば、真っ先に名の挙がるのが蔵前の札差だった。

百九人に限られた札差は、徳川家家臣の俸給、禄米の売却代理人が興りである。

ときが経つにつれて、札差は禄米を担保にカネを融通し始めた。

利息は一年で一割八分。六年も借りれば元金を超えるほどの高利だ。

しかし慢性的にカネの足りない武家は、高利を承知で借りるほかに手立てがなかった。

武家は俸給をもらっても、大半は利払いで消えた。

札差は武家が支払う利息で、毎夜のように豪遊を重ねた。

家臣の窮状を看過できぬと断じた公儀は、周到な準備ののちに棄捐令を発布した。

いかに札差が大尽であろうが、利息が入ればこその金持ちだ。桁違いの貸し金棒引きを突きつけられては、生き死にの瀬戸際に追い詰められてしまう。

棒引き金額は、伊勢屋四郎左衛門が筆頭だった。その額じつに八万両以上である。

貸し金を棒引きにされた札差は、金遣いの財布のひもをきつく締めるに違いない。

札差の遣うカネで、江戸の景気は保たれていたのだ。

もし百九人の大尽が、一斉に金遣いをやめたとしたら……。

つばきはこのことを案じていた。

*

「そこまで察しをつけるとは、さすがはつばき坊だ」

武蔵は正味の物言いでつばきを褒めた。

「いっときは浮かれている職人連中も、木枯らしが吹くころには不景気のつらさに身悶えしてるに決まってるぜ」

ここからが本当の勝負どころだ。

武蔵の目が強い光を帯びている。

つばきは目を逸らさず、武蔵を見詰め返していた。

七十九

九月十六日のだいこんは、町木戸が閉じる四ツ（午後十時）が近くなっても、何組もの客が居座っていた。

「なんてえめでてえ夜だ、まだまだ呑み足りねえやね」

「今夜に限っては、町木戸の番太郎もうるせえことを言わず通してくれるさ」

札差が成敗されたことを喜んだ職人たちは、互いに徳利を傾けあった。

見知らぬ同士の今夜の酒盛りは、口開けの暮れ六ツ（午後六時）から始まった。

だいこんの店仕舞いは、いつもは五ツ半（午後九時）である。みさきとおはな以外の者は、五ツ（午後八時）を四半刻（三十分）過ぎたところで帰った。

つばきがそれを許したからだ。

宿がだいこんから近いみさきは、五ツ半ぎりぎりまでつばきを手伝った。

「みんな、嬉しそうですね。まだまだお酒も注文しそうだし……」

おはなは一向に帰ろうとしない客を見て、無邪気に喜んだ。

「あたし、もっと手伝いますから」

みさきの申し出を、つばきはきっぱりと断った。遅くなると家族が心配する。とりわけみさきは嫁入りを控えていた。

「なんだか本祭の夜みたい……」

みさきが言い残した言葉が、つばきの胸に強く響いた。

いつまでも客が帰らず、次々に酒を注文する様子は、何度も話に聞かされてきた本祭の夜と同じなのだろうと思われた。

三年に一度の本祭当日は夜の四ツを過ぎても、富岡八幡宮の氏子各町は町木戸を閉じなかった。

小料理屋といわず縄のれんといわず、真夜中になっても店を開け続けた。町の大木戸を監督する役人も、この夜は大目に見た。

深まる夜を気にせずに呑む酒は、格別に美味い。本祭の翌朝は深川の往来や路地に、酔い潰れて寝入った者がゴロゴロ転がっていた。

どの顔も柔和に見えたのは、本祭をだれもが心底大事に思っていたからだ。

早く本祭を見てみたいと、陰祭の夜を過ごしながらつばきは強く願った。

生まれ育った並木町もお祭り好きの町だった。神輿の出た日の夜は深川と同じように、担ぎ手たちは夜更けまで呑んで騒いでいた。

が、四ツを過ぎると多くの者が吉原の大門(おおもん)をくぐった。町に残っていた者はカネや行き場のない連中が大半だった。

ゆえに一夜が明けたあと、往来に寝転んでいる者は顔つきが険しかった。

富岡八幡宮の陰祭を終えた朝、町を歩いたつばきは心底深川が好きになった。

来年が待ち遠しく思われた。

町だけではない。土地に暮らす人々も大好きになった。

季節を問わず暑かろうが寒かろうが、日の出から日没までひたむきに働く。そして一日の締めくくりとして、地酒二合と小鉢を楽しむが、深酒はしない。

カラスかあで夜が明ければ、またひたむきに働いて汗を流す……。

土地で生まれて、土地で土に返る。

他所(よそ)に移り住むことなど、考えもしない人々の暮らしぶりが好きで、つばきは深川に根付いてもいいいと思った。

それほど好きに思っている面々が、いまも土間で酒を酌み交わしていた。

「ざまあみやがれ、札差連中め」

公儀から身体の芯まで響くお灸をすえられたことを肴(さかな)にして、徳利を空けている。

そんなことで、ほんとうにいいの？

つばきは大声で問いかけたかった。が、それは思いとどまり、代わりに店仕舞いをしたいからと客に告げて回った。

「明日も朝が早いものですから、どうかここでお開きとさせてください」

客のひとりひとりに、つばきはあたまを下げた。

「つれないことを言うんじゃねえよ」

「せっかくの祝い酒だ、あと四本ばかり熱燗をつけてくんねえな」

店仕舞いを素直に聞き入れてくれる客は、ひとりもいなかった。

「これで仕舞いだなんて、不景気なことを言わねえでよう。祝い酒を呑ませてくんねえな」

帰ろうとはしないが、つばきに食ってかかったり、絡んだりする客は皆無である。

だれもがだいこんを大事に思っているのが、つばきにもはっきりと分かった。

「みなさん、お願いです」

流し場から運び出してきた高さ一尺（約三十センチ）の踏み台に立ち、声を張った。

「みなさんもあたしも、明日も仕事があります。深酔いして明日の仕事をしくじったら、祝い酒が悲しい酒になってしまいます」

ここまでにして宿に戻れば、明日も日の出から働くことができますからと告げて、つばきは深々とあたまを下げた。

「ちげえねえや」

「明日もおれっちは休めねえってか」

つばきの言い分のなかに、だれもが正味のものを感じ取ったのだろう。一斉に腰掛けから立ち上がり、銘々が腹掛けのどんぶりに手を突っ込んで勘定を取り出した。

「ありがとうございました」

四ツの鐘が鳴り始めたときには、店はきれいにカラになっていた。

見上げた曇り空に月星は見えなかった。

＊

真夜中の見当だと身体がときを感じても、つばきは一向に眠気を覚えなかった。いままで味わったことのない、途方もなく大きな出来事。それを味わった気の昂ぶりが、身体の奥でくすぶっている。

くすぶりの熱にうかされて、眠気がどこかに追いやられていた。

つばきは目を開き、布団のうえに身体を起こした。眠ろうと努めても、今夜は無駄だと分かった。

掛け布団なしだと、身体が寒さを感じた。九月も中旬を過ぎた真夜中には、つばきが知らなかった寒さが潜んでいた。

薄手の綿入れを羽織り、部屋の隅に移った。火鉢の灰をかき回し、埋めておいた種火を掘り出した。

小さな種火ふたつが、暗い部屋で赤く光った。立ち上がったつばきは、箪笥（たんす）の引き出しから長い芯が剝き出しになっているろうそくを手に取った。

炎の出ていない小さな種火からでも灯せるろうそくである。明かりを手にしたあとは、店の流し場に向かった。そして消し炭と炭をいけた七輪を抱えて戻ってきた。

真夜中の見当だというのに、遠くでひとの声が行き交っていた。やはり今夜は本祭あとのような気分で、まだ酒が交わされているようだ。

土間で手早く火熾(ひおこ)しを終えたつばきは、七輪に鉄瓶を載せた。湯が沸くのを待ちながら、七輪を見つめた。

炭火の赤い光が顔を照らしている。つばきは土間にしゃがんだまま、夜が明けたらどうするかの思案を始めた。

魚河岸の仕入れは、いつもの倍にしようと決めた。

「この先まだしばらくは、ひとは浮かれ気分のままだ。札差がカネを使わなくなった不景気の波が深川に襲いかかってくるのは、早くても半月は先だ」

弐蔵が口にした読みが、つばきのあたまのなかでぐるぐる回っていた。

弐蔵の見立ては当たっているだろうが、先のことは定かには分からない。

明日はとにかく、昼も夜もいままで以上に繁盛するだろうとつばきは判じた。

不景気の波は、不意に襲いかかってくるだろう。しかし目を開いて見つめていれば、波頭を見つけることはできる。

大事なのは不景気の波はかならず襲いかかってくると用心を抜からないことだ。

危ない兆しが見えたら、即座に首をすくめて波から身を守ればいい。

これがつばきの決めたこと、その一だった。

昼の仕込みはおてるとおはなに任せて、四ツ（午前十時）になったら木島屋に出向こう
……そう考えたとき、鉄瓶が湯気を噴き出し始めた。

熱いお茶を一杯飲めば、また新しい知恵がわいてくるから……。

これは母親みのぶの口ぐせだった。カネに詰まった日々を送りながらも、みのぶは苦しいときにこそ、熱い茶をいれようと努めた。

母親が繰り返し言い続けてきた言葉の意味を、つばきはいま呑み込めたと思った。

熱い茶を飲むためには、湯沸かしから始めなければならない。

追い詰められると、目先のことしか見えなくなる。わざわざ火熾しをして湯を沸かそうなどとは、考えることすらできなくなるのだ。

しかし無理をしてでも熱い茶の支度を始めれば、気持ちに隙間が生じてくる。

湯が沸くまで待っている間に、あれこれと思案を巡らせていたりもする。

そして仕上がった茶が喉を滑り落ちれば、身体が温まる。思い詰めてカチカチに固まっていた身体を、茶のぬくもりがほぐしてくれるだろう。

固さが少しでもほぐれたら、新しい思案が浮かぶに違いない……。

細い十目ろうそくの頼りない明かりと、七輪の内で熾きている炭火の赤い光。

ふたつの光が混ざり合った土間で、つばきは茶の支度を始めた。

おっかさん、ありがとう。

つばきは正味で母に礼を言った。

ろうそくが揺れて、礼に応えていた。

八十

棄捐令発布の翌日、九月十七日は朝から雨模様となった。それも真冬の氷雨(ひさめ)を思わせる、凍(こご)えに満ちた雨である。

つばきはいつもより一回り大きな籠を提げて乗合船に乗った。息を吐くと白く濁るほどに冷えがきつい。

「まだ九月の真ん中過ぎじゃねえか」

この寒さはなんでえと、仕入れに向かう料理人がぼやいた。

魚河岸の敷地に入ったら、方々にひとの塊ができていた。だれもが申し合わせたように顔を寄せ合い、ひそひそ声を交わしている。

建家の外では、雨除け屋根の下でたき火が始まっていた。

「雨降りには、これが一番だぜ」

前垂れ姿の若い衆が、火にかざした手をこすり合わせた。

今年は三月と五月と閏六月の三回、小の月を過ごしていた。暦はまだ九月十七日だが、三日後の九月二十日には立冬が控えている。

雨降りの朝、たき火はまさにご馳走だった。

「今年は正月の二十五日に改元があったし、六月には閏月が挟まれたしさ」

両国の料亭の板長を務める男は、器用な吹き方で吸い殻をたき火の真ん中に飛ばした。

「昨日は札差衆が死に体になっちまう棄捐令とやらを触れにしたんでさ」

こんな年は、とっとと暮れを迎えて縁起直しの初春を迎えたいものだと愚痴った。

両国の料亭の多くは札差が遣うカネで商いが成り立っているのだ。さすがにこの板長は、札差がひどい目に遭っていい気味だとは言わなかった。

「板長さんよう」

向かい側で火にあたっている男が、板長に話しかけた。

「今日は仕入れをどうしなすったんでえ。まるっきり手ぶらみてえじゃねえか」

板長の籠が空っぽのままなのを、男は見咎めていた。

「みてえじゃねえ。あんたの言う通り、今日は手ぶらでけえるつもりだ」

板長は渋い顔で、新たな一服を詰め始めた。

つばきは魚河岸を隅から隅まで見て回った。それをしたことで、ひとつ、はっきりと分かったことがあった。

高値の魚介や青物は、ほとんど売れ残っていたということだ。

鯛もひらめも、いつも以上に水揚げされたわけではない。にもかかわらずどの仲卸（なかおろし）も、店先のトロ箱には行き場のない高値の魚が山積みになっていた。

それとは逆に、安値のいわし、あじ、さばなどを扱う仲卸は、きれいさっぱり店先から魚が消えていた。

つばきも今朝はいつもの五割増しで、いわしとあじを仕入れた。昨夜以上の客が、今夜も押し寄せると読んだがゆえである。

青物屋を回っても、様子は同じだった。高値の葉物、初物は大きく売れ残っていた。

佐賀町桟橋に戻る乗合船のなかで、つばきは傘をすぼめて周りを飛び交っている声に聞き入った。

「こんな調子の仕入れがひと月も続いてくれたら、うちには似合わねえ蔵が建つぜ」

声高に話すのは、仲町のやぐら下で縄のれんを営んでいるという四十見当の男だった。

他の先客から離れて舳先（へさき）に座っているのは、老舗料亭の板場たちだ。それぞれ料亭が異なるのは、身なりや足駄（あしだ）が違うことで察しがついた。

料亭は異なっても、覇気のない顔つきは同じである。

蔵前に近い両国や向島の料亭では、すでに昨日から札差の姿が消えていた。

乗合船が向かっているのは佐賀町だ。舳先に座っているのは、仲町や大和町、冬木町の料亭の板場衆だろう。

これらの料亭は札差ではなく、木場の材木商が得意客のはずだ。それなのに両国と同じように、板場衆は不景気顔を見せていた。

縄のれんを営む男は、まるで天下でも取ったかのように、大声で話し続けていた。

いつまでそんな声で話していられると思っているの？

すぼめた傘で雨を受けながら、つばきは胸の内でつぶやいた。いつも以上に仕入れた籠は、手のひらに痛みを覚えるほどに重たかった。

しかしこの重さも、いつまで続くか知れたものではないのだ。

雨に煙っている前方に佐賀町が見えてきた。

「木島屋から断りを言われる前に、おめえのほうからあいさつに出向くほうがいい」

弐蔵はつばきにこれを告げていた。

朝のうちに行く……近づく佐賀町桟橋を見ながら、つばきは思い定めた。

＊

つばきが木島屋に顔を出したのは、雨脚が一段と強くなった四ツ（午前十時）過ぎのことだった。

「ごめんください」

声を発しても、険しい顔つきの手代たちは近寄ってくる様子がなかった。

つばきは下腹に力をいれて、もう一度声を発した。

たまたま店先に顔を出した三番番頭は、月見仕出しの一件でつばきを見知っていた。

「お忙しいのを重々承知で申し上げます」

つばきはまっすぐに三番番頭を見た。

「もしも頭取番頭さんがお手すきならば、おつなぎいただきたいのですが」

言ったあとも、つばきは番頭から目を逸らさなかった。

「ときがときだからねえ……」

三番番頭は引き受けることを渋った。

「木島屋さんにご損のいく話ではありませんから」

小声ながらも、相手の胸にストンと落ちる物言いである。番頭は分かったという合図で、小さくうなずいた。

三番番頭が引っ込んでから、さほど間をおかずに八右衛門が出てきた。

頭取番頭と目を合わせるなり、つばきの瞳が潤んだ。

八右衛門の顔に、いぶかしむような色が浮かんでいた。

八十一

八右衛門の言いつけで、つばきはひとまず売り場座敷に上げられた。しかし千代が案内したのは上客との商談を進める小部屋ではなく、衝立仕切りの並客座敷だった。

座布団の支度はしてあるものの、粗末な杉の卓が置かれているだけだ。商談にはつきものの煙草盆は備えられてはいない。

客が煙草を吸うのは拒み、さっさと話を済ませてお引き取りいただくという造りだった。

小僧が茶を運んでくることもない。

畳を踏みならして慌ただしく奉公人が行き来をしている。その騒がしさが丸ごと伝わってくる座敷だった。

つばきのほかにも手代と話し合いを持っている並客は何組もあった。

「昨日の夕方のあの騒動からこちら、木島屋さんに切られはしないかと心配で心配で、仕事が手につかないんですよ」

「蔵前はひどい騒動になっているそうですが、木島屋さんはなんともありませんよね？」

「妙な言い方に聞こえたら勘弁してほしいんだが、木島屋さんからの今度の払いは間違いないでしょうな？」

手代に問い質す来客の声は、いずれも尖りを含んでいた。

日頃の商談ならば客は声の調子を気遣っており、衝立の外に漏れることはなかった。

いまは気持ちにゆとりがないのだろう。生々しい声が衝立を乗り越えて、四方からつばきの耳に飛び込んできた。

口先ではとりあえず、客はまず木島屋の安否を問うていた。

しかしすぐに調子が変わった。この先、我が身はどうなるのかと、応対に出てきた手代を問い詰めていた。

岡目八目という。

他人の囲碁を脇で見ているときには、自分が打つとき以上に成り行きが巧く読める。

「お納め済みの代金は、次の節季には払っていただけるんでしょうね？」

「頂戴しているご注文は、予定通りに納めさせていただけますよね？」

どの客も手代相手に、我が身を案ずる言葉しか口にしていなかった。

もしも弐蔵さんから言われなかったら……。

膝に重ねた両手を見ながら、つばきは重たい吐息を漏らした。

もしも弐蔵に言われなかったら、果たして同じ知恵が浮かんだのか？

一刻も早く顔を出して、木島屋の安泰を願っていることだけを伝える。

火事見舞のようなことが、果たして自分にできたのだろうか……。

血相を変えて手代に詰め寄っている客を見て、つばきはおのれを振り返った。

衝立の内から漏れてくる客の声。聞けば聞くほど、武蔵が授けてくれた知恵の重きことを思い知っていた。

木島屋に顔を出す前に、つばきはやぐら下の岡満津に立ち寄ってきた。

昨日から休む間もなく、奉公人は働き続けているに違いない、せめて甘いものでも口にしてもらいたいと思い、手土産を誂えようと考えたのだ。

「店の口開けから、もなかを三十個もかね」

岡満津のあるじは大きな買い物を喜ぶ前に、いぶかしげな声を出した。

「使い物かい？」

「そうです」

つばきは即座に答えたあと、進物用の竹皮に包んでほしいと頼んだ。

あんたも、このもなかを持って行く先で、札差が成敗された祝いをする気なのかと、あるじは問いかけてきた。

「札差さんをわるく言うつもりはありません」

つばきはきっぱりとした口調で言い返した。

あるじの眼の光り方が変わった。

「昨日っから札差ざまあみろの声しか聞いてなかったもんでね。つい余計なことを言ったが、あんたは札差の味方かい？」

あるじの物言いには実が感じられた。口開け早々で他に客もおらず、木島屋に向かう刻限に約束があるわけでもなかった。

「札差さんたちのおかげで、みんないい思いもしてきているはずなのに……」

胸の内で思い続けていたことを、つばきは岡満津のあるじに話した。

「まったくそうだ。おまいさんの言う通りさ」

得たりの顔つきになったあるじは、つばきを土間の内に招き入れた。

「三十個を竹皮にきちんと包むには、いささか手間がかかるんでね」

店の内で待っていてくれというのが理由だった。が、それは口実で、まことはつばきと話がしたかったようだ。

土間の腰掛けに座ったつばきに茶が供された。菓子皿に載った小さなぼた餅が、茶請けで添えられた。

「口開けから三十もの菓子を買ってもらえたんだ。遠慮しないでやってくんなさい」

もなかを包むのは店の者に任せて、あるじはつばきの向かい側に座った。大きな湯呑みを手に持っていた。

「あんたが買ってくれたもなかは、あたしの親父が思いついた品でね。拵え始めてからかれこれ三十年になる自慢の深川名物だ」

あるじは茶をすすり、話を続けた。

「毎月五日に、蔵前の寺で茶の催しをする札差さんがいるんだ。そのひとは親父と仲がよかったもので、茶会にうちのもなかを使ってくれている」

茶の湯の菓子にもなかはそぐわないと、札差は宗匠(そうしょう)から言われたらしい。

「わしの大事な友が気を入れて拵えるもなかだ。いやだと言うなら、あんたが辞めろ」

札差は高い縁切り金を払って宗匠を取り替えた。

「茶の湯のこころが分かってない、札差の横暴な振舞いだ」

出入りを止められた宗匠は周りにこれを言いふらした。札差はまったく気にもとめず、今年九月の茶会の折りにも、もなか百個を買い求めていた。

岡満津の先代が急死したときには、札差は真っ先に通夜に駆けつけた。そして心底からにじみ出た涙をこぼした。

「まさにあんたが言った通りでね。うちらがこうしておまんまを食べていられるのも、蔵前のあのひとたちが盛大にゼニを遣ってくれていたからだ」

礼も言わず、悪し様(あしざま)に罵る(ののし)のは了見違いだと、岡満津のあるじはため息をついた。

分かっているひともいたんだと、つばきは店を出たあとで少し気持ちが軽くなった。

ところが木島屋で生々しい声を聞いているうちに、また気持ちがざらついてきた。

もなかを包んできた風呂敷を引き寄せて、結び目を結わえ直した。

訪ねてきた用向きも訊かず、頭取番頭はつばきを座敷には上げてくれた。しかし衝立の内に顔を出したのは、四半刻（三十分）近くが過ぎたころだった。

＊

「あんたも知っての通り、昨日の夕方からは江戸中がひっくり返るような騒ぎだ」

八右衛門が口を開いているさなかにも、他の衝立の内から尖り気味の声が漏れてきた。

頭取番頭はつばきを強く光る眼で見た。

「なにか、差し迫った用でもあるのかね？」

問い質した声に温もりはなかった。

「ございます」

つばきは八右衛門の光る眼を真正面から受け止めて、即答した。

「聞かせてもらおう」

八右衛門の声音はさらに冷えていた。

つばきはひと息おいてから口を開いた。

「先日、頭取番頭さんからありがたいお話を頂戴いたしましたが、昨日のことが起きたいまでは、お話をいただいたときと事情はまったく変わることになろうかと存じます」

息継ぎをして、つばきは後を続けた。

「なにとぞ木島屋様の商いが安泰でありますことを強く強く願っております。てまえどもに頂戴しましたお話は、ひとまず棚上げとしていただき、世の中が落ち着きましたら、またお考えをいただければと存じます」

その断りを言いたくて出向いてきたと、つばきは顔を出した事情を話した。

八右衛門の眼の光が一段と強まった。

その眼から逃れようとはせず、岡満津で買い求めた包みを卓に載せた。

「いまは木島屋様は、息つく暇もないほどに忙しないときと存じます」

わずかな数だが、休みのお茶請けの足しにしてほしい……つばきは風呂敷包みを八右衛門のほうに押し出した。

頭取番頭が吐息を漏らし、眼の光を抑えた。

「あんたにはいつも驚かされてばかりいる」

八右衛門が手を打った。

頭取番頭の手が鳴ったのだ。控えていた小僧がすっ飛んできた。

「茶を支度しなさい」

「かしこまりましたあ」

甲高い声を残して、小僧は茶の支度に急ぎ下がった。

「ごめんください」

「どなたかいらっしゃいませんか」

次々と客が押しかけてきているようだ。

黙して向き合っている八右衛門とつばきの耳に、おとないを言う声が聞こえた。

八右衛門は静かな眼でつばきを見ている。

つばきは膝に載せた手に力をこめて、頭取番頭の眼を受け止めていた。

八十二

木島屋を出たあと、つばきは永代橋に向かった。雨脚が強くなったらしく、時折りバラバラと傘が鳴った。

格別永代橋に用があったわけではない。が、今日の昼の段取りはおてるに任せて出てきていた。

今し方聞かされた八右衛門の話をしっかりと呑み込みたくて、雨のなかを永代橋に向かっていた。

橋の上から大川を見つつ、聞かされたことを思い返す……こうすることで、より深く呑み込める気がしていた。

橋番小屋に差し掛かる手前で立ち止まり、つばきはたもとからがま口を取り出した。

並木町のころから、かれこれ八年も使ってきたがま口である。さすがに近頃では口金の締まりが緩んでいた。

しかしつばきに取り替える気などは、いささかもなかった。

並木町と材木町、門前仲町それぞれのだいこんを、このがま口は見てきたのだ。

布が破れたら張り替えればいい。

口金が緩んだら、締め直せばいい。

つばきは生涯、このがま口を使い続ける気でいた。

渡り賃の四文銭一枚を取り出したあと、口金を閉じた。


パチンッ。

近頃にないほど、口金は締まりのよい音を発した。橋に向かうつばきの気持ちを、口金はしっかり受けとめているかのようだった。

がま口をたもとに納め直したつばきは右手で傘を持ち、左手には四文銭を握っていた。橋番小屋の前で立ち止まって、あとからくる者の邪魔をせぬようにとの気遣いである。

橋番小屋の軒下には竹で拵えた大きなザルが吊り下げられている。渡り賃を投げ入れるザルだ。

小屋の内にいる白髪の目立つ親爺は、杉の机に頬杖をついていた。目は行き交う通行人を見ているようだが、瞳は定まっていないように見えた。

小屋に近寄ろうとしたつばきの前に、蛇の目傘をさした女が割って入ってきた。風呂敷包みを抱えた女児が女のあとに従っていた。

つばきは自分の足取りをゆるめて女と女児を先に行かせた。

女はザルに渡り賃を投げ入れずに通り過ぎようとした。

「待ちねえ！」

頬杖を外した親爺が、小屋の内から尖った声を発した。

「素通りはねえぜ」

親爺の目が光を帯びていた。

女はザルの前まで戻り、両端が吊り上がった目を親爺に向けた。

雨降りゆえか、通行人の数は少ない。それでも次々にザルに渡り賃を投げ込んで通り過ぎて行った。

「姐さん、そこに立ってられたんじゃあ、銭を投げ入れる邪魔だぜ」

傘もささず半纏を合羽代わりに羽織った職人風の男が、やんわりとした口調で窘めた。

女はザルの前から動いたが、橋番親爺から目は離さなかった。

「素通りなんて、人聞きのわるいことを言わないでちょうだい」

あとの子がふたり分を払うんだからと、権高な物言いを親爺にぶつけた。女に従っていた女児は、うろたえ気味である。

「おまえがグズだから、妙な言いがかりをつけられたじゃないか」

女の矛先（ほこさき）が親爺から女児へと移った。

叱られた子は風呂敷包みを小脇に挟んだまま、前垂れのどんぶりに手を差し入れた。そして四文銭二枚を取り出した。

女はそれを受け取ろうともせず、氷雨（ひさめ）よりも冷たい目で女児を見据えている。

こどもは風呂敷包みを持ち直した手を伸ばし、ザルに投げ入れようとした。が、背丈が低くて届かない。

「ここに載せればいいぜ」

小屋から上体を乗り出した親爺は、右手を女児の前に突き出した。

二枚の四文銭が親爺の手のひらに載った。

「まったくグズだよ、おまえって子は」

女児に毒づいた女は、高下駄を鳴らして橋に向かった。風呂敷包みを抱えた子は、急ぎ足で女を追った。

あとに続いていたつばきの目と、橋番親爺の目が合った。

「橋を渡るんなら、ずっと手前から四文は用意しとくもんだ」

ひでえ女だぜと、親爺は女児ではなく蛇の目の女を咎めた。

その通りですねという目で親爺に答えて、つばきは用意していた四文銭を投げ入れた。

永代橋の下を流れる大川は、帆を張った大型のはしけがひっきりなしに行き交う、水運の大事な道だ。

低いところでも川面から五間（約九メートル）の高さがあった。真ん中の盛り上がっているところは七間（約十二・七メートル）もある。

つばきはその場所で立ち止まり、邪魔にならぬように欄干に寄りかかった。

真下は大川のど真ん中だ。ここを走るのを許されているのは、帆柱の高さが五間ある大型船に限られていた。

雨降りでも大川を行き来する船は数え切れないほど多い。しかし真ん中をくぐろうとする船は限られていた。

川面を見ているつばきの方に、三艘の大型はしけが連なって向かってきていた。

帆に描かれた印は、三艘とも木島屋の家紋である。

つばきはあらためて、木島屋の身代の大きさを肌身に感じた。

雨脚がさらに強くなっていた。風も出てきたらしく、長着の裾がめくれ気味である。

橋の真ん中に向かってくるはしけは、帆を畳み始めていた。

これから江戸はどうなるんだろう……。

船足を落とそうとしているはしけを見ながら、つばきは八右衛門から聞かされた話を思い返し始めていた。

八十三

つばきを見る八右衛門の目には、嫁いだ娘を諭す慈父のような光が宿されていた。

「あんたにいまから聞かせることは、なにがあろうとも他言無用の大事だ」

だれに対しても口を閉じていられる覚悟ができないなら、それをいま言ってもらいたいと八右衛門は迫った。

大げさなことを言ったり、勿体ぶったことは言わない八右衛門が、わざわざ前置きを口にした。

「他言はいたしません」

つばきの短い返答に得心したのだろう。

座を立った八右衛門は、薄い綴じ本を手にして戻ってきた。

本の表紙にはなにも題字が書かれていない。表紙の下部に『鴻池両替商店』の屋号と、紋が描かれているだけだった。

「今朝の五ツ（午前八時）に、日本橋駿河町の手代がこれを届けにきた」

八右衛門は屋号と紋がつばきから見やすいように、上下を引っ繰り返した。が、表紙をめくろうとはしなかった。

　つばきは本に手を伸ばすことはせず、屋号をあたまに刻みつけた。

記されていたのは駿河町の本両替六店のひとつ、鴻池商店だった。

公儀の公金出納御用を受け持つ本両替は、極めて限られた商家としか取引をしない。

木島屋は、鴻池の手代が綴じ本を届けにくるほどの大身商家だった。

「この綴じ本はわずか一夜で拵えたものゆえ、すこぶる薄い。しかし書かれている中身は、世にふたつとないものだ」

　鴻池の番頭と手代二十一人が知恵を集めてまとめた、景気の先行き見込みを記した一冊だと八右衛門は素性を明かした。

「さっきはわたしも言わずもがなの、つまらない念押しをしてしまったが、あんたの人柄は確かだと買っている」

　八右衛門の両目は、つばきの胸の奥底まで見通すかのように光った。

「あんたになら、鴻池が報せてきた先行きの見立てを話してもいいという気になった」

　もちろん木島屋当主、大旦那（隠居）の許しも得ていると付け加えた。

　綴じ本を手元に引き取った八右衛門は、中身を再確認するかのように目を走らせた。そして本を閉じてからつばきを見た。

「このたびの棄捐令発布を受けて、江戸の景気は向こう四年間は底を這い続けると鴻池は見当をつけている」

四年間とは長いぞと、八右衛門は一語ずつ区切って念押しをした。

「奇しくもいまのご老中・松平（定信）様は、八代将軍吉宗公のお孫様だ」

享保時代（一七一六〜一七三六）には、将軍吉宗がみずから旗振り役となって『享保の御直し』を断行した。

今回は孫の定信が先頭に立ち、寛政の世直しを進めるに違いないと鴻池は読んでいた。

「このたびの棄捐令は、蔵前衆（札差）の行き過ぎたぜいたくを正すことを大義名分とされるに違いない」

まことのところは、徳川家直参家臣の旗本および御家人が札差に負った借金の棒引き強要である。

しかしそれを真正面から振りかざしては、余りに世間体がわるい。

「札差のぜいたくを正すということにすれば、世間は大いに溜飲を下げるだろう。御政道を称える声も、初めのうちは世に充ちるには違いない」

八右衛門はここで息を継いだ。

「しかし札差のカネが巧く世に回ったればこその江戸の好景気だ。蔵前衆がカネを使わなくなれば、たちまち不景気となる」

しかも老中松平定信がぜいたくを禁ずる触れを連発するのは目に見えていると、鴻池は続けて断じていた。

祖父吉宗に倣おうとするがゆえの施策だ。

「金回りがわるくなり、不景気風が吹き荒れ始めたころに、今年の冬と年の瀬がやってくる。年を越せない店が続出するのは必定だ」

辛い見立てを口にしたあとで、八右衛門はふうっと息を吐き出した。身の内に溜まっていた重たいものを吐き出したようだ。

「厳しい時代がしばらく、鴻池に言わせれば四年は続くという。四年はまことに長いが、江戸の庶民はかならず盛り返すに違いない」

今日から始まる逆境時の振舞い方こそが、その人物のまことの値打ちを表す。

「慌てずうろたえず、時季の到来を待てばいい。間違いなく押し寄せてくる荒波を乗り越えるには、高いこころざしがいる」

慌てふためいて我が身を案ずるのではない。自分のことはひとまず脇に置き、世話になってきた相手の身を案ずることこそ、高いこころざしである……木島屋を案じて顔を出したつばきを、八右衛門は認めていた。

「最初の騒動が落ち着きを見せ始めたときに、うちからだれかを差し向ける」

それまでは互いに精進を続けようと結び、八右衛門はつばきを店から送り出した。

*

思い返しを終えたとき、つばきは弐蔵を思い浮かべていた。

鴻池の見立て本に、木島屋がいかほど大枚をはたいているか想像もつかなかった。

半端ではない費えがかかっているだろう。しかしそんな綴じ本がしたり顔で説いていたことを、弐蔵はなんとことが起きる前から見事に言い当てていたのだ。

弐蔵さんというひとは……。

いつの間にかつばきは、弐蔵に「さん」をつけて呼んでいた。

八十四

だいこんの客足は十八日の昼になっても落ちなかった。いや、前の日よりも増えていた。

「野島屋さんからのけえり道なんだが、昼飯をいいかい？」

つばきに声をかけたのは与五郎だった。深い屈託を抱え持っているらしく、物言いにはいつもの親しさがなかった。

十六日に井筒屋前で別れてから、はや二日が過ぎていた。

「野島屋さんのなかは、火事にでも遭ったみてえに大騒ぎでね。とっても普請の話なんぞは、できたもんじゃねえんだ」

顔を合わせた番頭はにこりともしないと、与五郎は立て続けに愚痴をこぼした。

つばきは小さくうなずいて、店のなかを見回した。正午を四半刻（三十分）過ぎたころで、まだ昼飯客が土間を埋めていた。

大神宮（繁盛祈願の神棚）下の職人ふたり連れに近寄ったつばきは、相客をお願いできますかと問うた。

「そんなことをおれっちに訊くまでもねえさ、この混みようじゃねえか」

気持ちのいい返事をした職人は、ガタガタと音を立てて腰掛けをずらした。

「お宮の下があきましたから」

与五郎に告げたつばきは、流し場に向かった。

いつものように案内されるものと思っていた与五郎は、あてが外れたような顔で神棚下の卓へと向かった。

与五郎が羽織っているのは、肩から袖口にかけて小豆色の筋が入っている棟梁半纏だ。

近づいてくる相客を見た職人ふたりは、鬱陶しいという表情を拵えた。せっかくの昼飯を、見ず知らずとはいえ棟梁と同じ卓で食うのは窮屈だと感じたに違いない。

職人たちの顔つきを見た与五郎も、眉間に縦じわを刻んだ。

「邪魔するぜ」

ぞんざいな物言いをして、腰掛けに座った。腰の下ろし方が雑で、客の肩に与五郎の身体がぶつかった。

手に持っていた味噌汁の椀が揺れて、中身が職人の顔に飛び散った。

与五郎はぶつかったのを感じたはずである。しかし客に詫びも言わず、両足を開き気味にして腰掛けに座していた。

職人を目下だと見下した振舞いである。

職人は左官の留吉（とめきち）と、弟分のとび太だ。味噌汁の椀を卓に戻した留吉は与五郎を見た。

「棟梁の声が小さくて聞こえなかったんだ、もういっぺん言ってくんねえ」

「なんだとう？」

与五郎は尖り気味の声で応じた。職人に指図しなれている与五郎は声が大きい。

周りの客たちが一斉に、大神宮下の卓に目を向けた。

「見ず知らずのおめえさんになんざ、なにも言っちゃあいねえぜ」

「へえ、そうかい」

留吉は顔に飛び散った味噌汁を、首に巻いていた手拭いで拭（ふ）いた。

「あんたがその口で、おれの肩にぶつかってわるかったと詫びたんだと思ったもんだからさ」

あれは空耳だったのかと留吉が言うと、土間を埋めた客たちが手を叩いて囃（はや）した。

もはや留吉は、与五郎を棟梁とは呼ばなくなっていた。

「職人の分際で、棟梁のおれにいちゃもんをつけようてえのか」

凄む与五郎のわきに、つばきが下駄を鳴らして駆け寄った。

「留吉さん、どうかしたんですか?」

つばきは与五郎には目もくれず、職人の留吉を案じるような問いかけをした。

「なんてえことじゃねえ。椀の味噌汁が飛び散って、おれの顔にまとわりついただけさ」

留吉は控えめに言ったが、連れのとび太は気が治まらないらしい。

「そっちの棟梁が留吉あにいにぶつかっときながら、詫びも言わねえんだ」

「ばかやろう!」

与五郎が荒らげた声をぶつけて、とび太の口を押さえつけた。

「棟梁のおれが座ろうとしているのを見たら、おめえたちのほうが大きく腰掛けをずらして、間をあけるのが筋だろう」

了見違いの職人に詫びる口は持ち合わせていねえと、与五郎は吐き捨てた。

「お帰りください」

つばきは与五郎を強い目で見詰めた。

「普請場は上下があるんでしょうが、ここは気持ちよくお昼を食べていただく店です」

しくじりを詫びることのできないひとは、だいこんの客ではない……つばきは小声ながら、きっぱりと告げた。

「了見違いのひとにお出しするお昼ごはんは、持ち合わせておりませんから」

その通りだと、客の間から声が上がった。

「あんたを買いかぶっていたらしいな」

捨てゼリフを吐いてから、与五郎は渋々の動きで立ち上がった。

「あんたとはこれで縁切りだぜ」

「縁切りもなにも、はなからご縁はなかったのでしょうね」

軽い辞儀を示したつばきは、背筋を伸ばして流し場ののれんをくぐった。

「棟梁、お帰りはあちらですぜ」

立ち上がった留吉が、右手で店の外を示した。

「ふんっ」

荒く鼻を鳴らして、与五郎は土間から出た。

「やっぱりだいこんは、てえした店だ」

「生涯ひいきにするぜ」

土間の騒ぎは与五郎の姿が見えなくなったあとも鎮まらなかった。

おてるとおはなは洗い物を続けるつばきを、戸惑い顔で見詰めていた。

終章

昼過ぎまで残っていた雨雲は、八ツ（午後二時）の鐘とともに失せ始めた。

「八幡様にお参りをしてきます」

八ツ休みの支度を進めていたみさきに言い置き、つばきはだいこんを出た。

雨雲は急ぎ足で空から姿を消したがっているらしい。つばきが仲町の辻まで出たときには、九月中旬の八ツ過ぎの陽差しが降り注ぎ始めていた。

富岡八幡宮の表参道を大鳥居に向かって歩きながら、つばきは町の気配を身体で感じ取ろうと努めた。

一昨日の棄捐令発布を、多くの江戸庶民は好ましく受け止めているのだろう。縁日でもないのに、参道を歩く参詣客は多い。

大路に店を構えた土産物屋は、どの店も手代・丁稚小僧ともに顔を大きくほころばせて接客していた。

呉服屋、太物屋、履物屋には、買い物客の姿がほとんどなかった。

つばきは大路の端で足を止めた。

いまはまだ、多くのひとが棄捐令に喝采を浴びせている。ゆえに浮かれ気分で富岡八幡宮への参詣に出向いてきたのだ。

土産物屋の繁盛は、浮かれ気分のたまものということだろう。

呉服屋などにお客の姿がないのは、ひとが我知らずにも先に待ち構えている不景気の深い淵を感じ取っているから……ひとりの買い物客もいない加賀屋（呉服屋）を見て、つばきは胸の内で小声を漏らした。

遠からず、土産物屋からも客は退いてしまうだろう。

いや、それだけじゃない。うちだって、いつまでも今日の昼の繁盛が続くわけがないと、つばきはつぶやきを足した。

降り注ぐ陽差しは明るさを増していた。

参道の眩（まばゆ）さはいまだけの仮の姿だと、つばきは思っている。西に移り始めた陽光を背中に浴びつつ、大鳥居に向かって歩いた。

「深川名物、あんず飴はどうだい？」

屋台の物売り兄さんの売り声に押されて、つばきは大鳥居をくぐった。

いつも通り、本殿に向かって右端を歩いた。

「石畳の真ん中は神様の通り道だ。お参りする者は端を歩くのが作法だぜ」

武蔵から言われたことを、つばきは守り続けていた。

大鳥居をくぐると、参詣客の数が大きく増えてきた。これから本殿に向かう者と、参詣を終えて帰る者とが、石畳の道を半分ずつ使っていた。

常夜灯を過ぎ、本殿につながる石段が目の前に見え始めたとき……。

「やっぱり出会えたじゃないか」

「なんと、なんと！」

「つばきさん、あたしたちだ」

帰り道を歩いていた三人組が、つばきに声をかけてきた。

「まあっ！」

つばきが不意に足を止めた。

俯(うつむ)いて石畳を歩いてきたこどもが、つばきの尻にぶつかった。

「ごめんね、大丈夫？」

「おいら、平気だよ」

答えたこどもは顔を赤らめていた。つばきの尻にぶつかったことで、気を昂ぶらせているらしい。

連れのいなかったこどもは人混みを割り、本殿目指して駆けだした。

「まさか、ここで……」

驚きであとの言葉を呑み込んだつばきは、三人に深く辞儀をした。

参詣帰りの面々が、立ち止まっているのは邪魔だという顔で、つばきたちを避けた。

「あちらの脇に」

先に立ったつばきは、常夜灯の石灯籠脇に移った。

日本橋室町の義兼屋隠居の菊之助、駿河町の備後屋新兵衛、松本屋芳之助の三人が、連れ立って富岡八幡宮参詣に出向いていた。

「深川の八幡様にお参りに行こうと言い出したのは義兼屋さんなんだ」

松本屋芳之助が仔細を話し始めた。

*

棄捐令発布で室町の商家は、どこも上を下への大騒ぎとなった。

今年の年越しができるのだろうか……。

大店(おおだな)の多くが、十六日からうろたえ続けていた。そんなさなかの昨日午後、義兼屋・備後屋・松本屋の三人が碁会所で顔を合わせた。

「室町の表通りに店を構えるなら、こんなときこそ、どっしりと座っていろと息子に活を入れて出てきたんだ」

義兼屋が小声で言うと、うちも同じだと備後屋、松本屋が声を揃えた。

浮き足立っている室町の大店を、三人はひとしきり槍玉に挙げた。碁盤に向かうことを脇に置いて茶を呑んだ。

区切りがついたところで、義兼屋が富岡八幡宮参詣を言い出した。

「仲町まで出張って、つばきさんにも会ってこようじゃないか」

尋常ならざる事態が生じたこんなときこそ、つばきの達者な姿を見て自分を元気づけたい

……義兼屋の言い分には備後屋・松本屋とも異存はなかった。

が、つばきの店がどこにあるのかは三人とも知らなかった。

「八幡様にお願いすればいい」

義兼屋はこともなげに言った。

つばきと縁があれば、かならず八幡様が引き合わせてくれる。会えないまでも、つばきの店を知っているというひとと出会うことはできるだろう。

「だれにも会えず、店も分からず仕舞いだったならば、わしらとつばきさんとはご縁がなかったということだ」

義兼屋の言い分に得心して、三人はまだ雨雲がかぶさっていた深川まで出向いてきた。

「やはりあんたとは、いいご縁で結ばれていたということだ」

義兼屋が相好を崩した。

つばきはあらためて、想いを込めて三人に深い辞儀をした。

茶を振る舞いたいと願い出て、つばきは三人をだいこんまで案内していた。

店にはおてるがいる。三人を顔つなぎしておけば、だいこんの上客になってくれるに違いない。

＊

おてるにだいこんを任せようと決めているつばきである。

義兼屋がいみじくも口にした通り、大鳥居の先で出会えたのはご縁だった。

難儀なときにこそ、ひとの値打ちが分かるものだと、義兼屋は何度も口にした。

こんなときこそうろたえるなと、強い口調で話したのは備後屋である。

「たとえつらい日が続くことになっても、明けない夜はない」

松本屋の声はよく通る。常夜灯の脇を通りかかった者が、つい足を止めた。

木島屋の頭取番頭が言ったことも、日本橋の三人が口にしたことも、まったく同じだ。

「慌てずうろたえず、時季の到来を待てばいい。間違いなく押し寄せてくる荒波を乗り越えるには、高いこころざしがいる」

八右衛門の言葉に日本橋の三人が口にしたことを足してみた。

目の前に迫り来るきつい時代でも、乗り越えられそうな気になった。

これまでの大事な局面で、得がたい知恵を授けてくれたご隠居衆だ。いまこそ、新たな知恵を授かりたかった三人と、富岡八幡宮が引き合わせてくれた。

乗り越えられそうな気になった、ではない。

乗り越えられると、三人に出会えたいまは確信していた。

*

九月十九日、七ツ（午前四時）前。

火鉢に埋めておいた種火を掘り出したつばきは、新たな炭をふたつくべた。

自分の部屋で使うために、きれいに洗って切り揃えた炭だ。種火にかぶせて息を吹きかけても、火の粉が飛び散ることはなかった。

柔らかな楢炭は、たちまち火が回る。暗かった火鉢の周りがぼんやりと赤くなった。

魚河岸への買い出しを続けてきたつばきの身体が、かれこれ七ツだと告げていた。

おてるは今朝もすでに起きて、身支度を調え始めているだろう。

あのひとなら、だいこんを確かな手綱さばきで営んでくれる……火鉢の炭を見詰めたまま、つばきはあらためてそう考えた。

与五郎との間は、もはや元には戻らない。戻したいと思う気が、つばきから失せていた。

棄捐令を押しつけられた札差は、この先長らく息を潜め続けるに違いない。

公儀が帳消しを強要した途方もない大金は、いかに札差とて三年や四年で埋め合わせできる金高ではなかった。

おてるにだいこんを任せようと考えたときとは、事情が大きく違ってしまった。

それでもつばきは、おてるに託そうという考えを変える気はなかった。

おてるの人柄を、つばきは自分の目でしっかりと確かめてきた。そのうえで、だいこんを任せると決めたのだ。

事情が大きく変わったが、与五郎のことも札差のことも、おてるのせいではない。

ないどころか、おてるは今朝も変わらず仕入れに向かうために、夜明け前から支度を始めているに違いない。

おてるを信頼し、だいこんを任せてこそ、自分も次の新たな一手を打つことができるとつばきは思い定めた。

*

夜明けとともに、つばきは富岡八幡宮に参詣した。天気は今朝もいまひとつで、朝の空は鉛色で重たい。

しかしつばきの気持ちは澄んでいた。

「ここからが勝負だ。こんなときこそ、勝負師の腕の冴えの見せどきだ」

狛犬（こまいぬ）の前に立ったら、武蔵が言ったことを思い出した。

このところ、折に触れて武蔵を思っていることに、つばきは気づいている。さりとて、なにかをしようと思ってはいなかった。

深川の神輿の掛け声が、つばきの身体の芯に火を灯してくれた。

武蔵の言葉も、思い出すとほてりを感ずることもあった。

慌てずうろたえず時季の到来を待てばいい。

八右衛門の言葉を胸の内でなぞり返した。

曇り空なのに、明るい朝日が玉砂利を照らしているような気になっていた。

解説

末國善己（文芸評論家）

時代小説では、料理ものがブームになって久しい。時代小説に料理を出すと、季節感や当時の風俗を的確に読者に伝えられるので、池波正太郎を筆頭に、江戸の料理にこだわった作家は少なくない。ただ天才的な料理人が土地ごとの味の好みの違いに苦しみながらも、美味しい食事で人々を幸せにしていく、材料の仕入れ、値段の設定といった料理屋を経営する難しさも描く、家族、ご近所とのトラブルを織り込みながらも心温まる人情をメインにするなど、近年の時代料理小説に出てくるエピソードの原点は、山本一力の直木賞受賞作『あかね空』に網羅されているように思える。

その後も著者は、深川の料亭「江戸屋」の女将・四代目秀弥を主人公にした『梅咲きぬ』、深川に店を構えた鮨職人の成長を描く『銀しゃり』など、料理ものの名作を発表している。一力作品の大きな柱の一つである料理ものの中でも、代表作といえるのが、卓越した料理の腕と経営センスを併せ持つつばきが、周囲の人たちに支えられながら、浅草に開いた一膳飯屋を大きくしていく『だいこん』である。

腕のいい大工でありながら、博打で多額の借金を作った安治と、そんな夫に呆れ怒りながらもついていくみのぶの長女として生まれたつばきは、貧しさゆえに小さい頃から家事を手伝っていた。九歳の時、火事の炊き出しで美味しいご飯の炊き方を教わったつばきは、火の見番小屋の賄いになる。食べる人の体調や気持ちを考えて作るつばきの料理は評判となり、ここで貯めた金で一膳飯屋「だいこん」を開く。

つばきは、その道のプロから商売のコツと人として大切な「身の丈」を謙虚に学び、その上に独創的なアイディアを積み重ねたので、すぐに「だいこん」は人気を集める。周囲の嫉み、大水による店の浸水など、何度も危機に見舞われるが、料理上手な母のみのぶ、算盤勘定が得意で経理担当の下の妹さくら、接客が巧い末の妹かえで、店の普請を行うだけでなく、何人も部下を使った経験を活かしつばきに人使いのノウハウを教える父の安治と家族が一丸となって、店をもり立てていくのである。

『だいこん』は、二十五歳になったつばきが、人生を賭けた大勝負として深川に店を移転することを決め、新店舗の普請が始まったところで幕を降ろした。深川といえば一力作品で最も馴染み深い舞台であり、著者のホームグラウンド。それだけに、つばきが深川でどんな活躍をするか楽しみにしていた読者も多かったのではないか。

『だいこん』は、「小説宝石」の二〇〇二年七月号から二〇〇四年十二月号まで連載され、二〇〇五年一月に単行本、二〇〇八年一月に文庫が刊行された。実は深川編ともいえる続編は、単行本刊行直後の二〇〇五年八月号から「小説宝石」で連載が始まっているのだ。ところが完結したのが二〇一三年九月号なので、何と八年に及ぶ連載となった。こうして誕生したのが本書『つばき』だけに、まさに待望の続編といえる。

物語は独立しているので、本書で初めてシリーズに接しても問題ないが、つばきの周辺の人間関係や、つばきが学んだ「身の丈」などを知っておくと物語がより楽しめるので、事前に前作『だいこん』を読んでおくことをお勧めしたい。

つばきが生まれ育ち、初代「だいこん」を開いた浅草は、幕府が家臣に給与として支払う禄米を現金に替えたり、その米を担保に高利で金を貸したりしている札差が並ぶ商業の町であり、近くに芝居町と吉原がある享楽の町でもあった。これに対し、二代目「だいこん」がある深川は、材木商が多い意味では商業の町だが、そこで働くのは気の荒い男たちで、そんな従業員を従える主人の性格も札差の旦那とは異なっていた。習慣も仕来りも、料理の好みも分からない新しい町に来たつばきが、試行錯誤をしながら深川の人に喜んでもらえる料理を作り、地元の人に愛してもらえる店にするため奮闘するところが、前半の読みどころとなる。

そんなつばきに、昼の弁当を百個揃えて欲しいという大口の依頼が舞い込む。依頼主は、深川でも名の通った廻漕問屋「木島屋」の大旦那が建てている隠居所の普請場で働く大工で、近々に開かれる上棟式で出す弁当を揃えて欲しいというのだ。先方は、必ず小鯛の塩焼きを添えるという条件を出してくる。

素早く損益ラインを計算し、豪華な弁当を百個売れば十貫の利益になると判断したつばきは、依頼を受ける。著者は、小鯛が一尾三十文、二段重ねの折箱代が十七文など詳細な見積りを書いているが、つばきの料理のような〝一手間〟が、商売ものとしての本書に、圧倒的なリアリティと説得力を与えているのは間違いあるまい。

ただ小鯛の塩焼きを入れる弁当を作るのは簡単ではない。まず活きのいい小鯛百尾を、どのように揃えるかが問題になる。当然ながら江戸時代には冷凍、冷蔵の設備がないので、大量の小鯛を同じ質で美味しく調理する方法を見つけ、調理が終わった小鯛を配達日まで腐らせないで保存する方法を考える必要があるなど、難問が山積なのだ。

つばきは、漁師と交渉して小鯛を獲ってもらう約束を取付け、それを江戸っ子が大好きな関東風鰻の蒲焼き（かばやき）を作る手法を取り入れて調理し、子供たちを雇って夜通し団扇（うちわ）で風を送り、傷むのを防ぐなど、仲間の助言と持ち前のアイディアで目の前の〝壁〟を乗り越えようとする。しかし次々と想定外の事態が持ち上がるので、スリリングな展開が楽しめる。何より、著者が用意した〝ちゃぶ台返し〟には衝撃を受けるだろう。

弁当百個の依頼を受けた時、つばきは大店（おおだな）の「木島屋」を信頼し、前金を受け取らなかった。そんなつばきに、旧知の渡世人・弐蔵（にぞう）は「深川に昔から伝わる、商いの秘訣（ひけつ）」として、「出る杭は打たれる。出ない杭は踏んづけられる」と声をかける。

その後も繰り返し出てくる「出る杭は打たれる。出ない杭は踏んづけられる」は、本書のテーマを凝縮しているといっても過言ではない。

著者は、デビュー作『損料屋喜八郎始末控え』から一貫して、〝美しい生きざま〟とは何かを問い続けてきた。ただこの美しさは、〝驕(おご)らず謙虚にせよ〟とか、〝金に執着せず清貧に生きよ〟といった観念的なものではない。

「木島屋」の隠居に「商いの本分」は何かと聞かれたつばきは、「おいしいものを安い値段で食べてもらうことです」と答える。それを聞いた大旦那は「食べ物屋が、美味いものを拵えるのは当たり前」であり、「ほどよく儲けることが、商いの本分だ。儲けのない商いなど、道楽にもならんぞ」と「了見違い」を叱る。

この大旦那の台詞に端的に表れているように、著者は〝金は汚い、つつましい生活が正しい〟という極論を主張しているのではない。努力と才覚を使って真っ当に金を儲けるのは構わないが、自分だけ儲けたり、客や取引先を困らせるような金の稼ぎ方をするのは否定する、現実に即した〝美しい生きざま〟を描いているのである。

「木島屋」の隠居が、「おいしいものを安い値段で食べてもらう」というつばきの奇麗事に怒ったのも、これを守ればお客には喜ばれるが、料理の値段を低く抑えるというつばきの要求に応えようとすると、「だいこん」の取引先は無理をするかもしれないのに、その現実につばきが気付いていないように思えたからなのである。

　こうした想像力の欠如は、現代人も抱えている。値段の話でいえば、景気が好調とされながら給料は上がらない現代では、つばきがいうように、誰もが安くていい物を求めている。ただ安い物を作るために、生産現場では労働者の給料が低く抑えられたり、不当な扱いをされているかもしれない。「木島屋」の隠居の言葉は、〝ブラック〟な物を安く買って自分だけ得をしようと考えるのではなく、懐（ふところ）が痛まない範囲で適性な価格を支払った方が、生産者に新たな工夫や価格を下げる方策を考える余裕が生まれ、結果的に消費者の利益になるということも教えてくれているのである。

　武蔵がいう「出る杭は打たれる。出ない杭は踏んづけられる」と、「木島屋」の隠居がいう「ほどよく儲ける」は同じ意味で、利己的に振る舞って傲慢（ごうまん）になるのでも、利他的になって疲れるのでもなく、この二つのバランスを常に意識し、他人の心配を自分の身に引き寄せて考える想像力を持つことにこそ真の人情があり、それを実践すると〝美しい生きざま〟も理解できるというメッセージになっているように思えてならない。

　物語の後半、つばきは恋に落ちる。想い人にできるだけ早く手紙を送りたいつばきは、町飛脚「加田屋（かたや）」の韋駄天（いだてん）便（速達）を使えば、四半刻（三十分）で手紙を届けてくれると聞き、早速、申し込もうとする。「加田屋」の手代は、つばきの相手の家までなら普通便でも四半刻で届くので、本当に急を要する人のために韋駄天便を残して欲しいと頼まれる。つばきはすぐに自分の間違いに気付き、「費（つい）えさえ払えば、なんでも注文していいということではない」と思うが、ここには「ほどよく」という美徳を忘れ、金を払えば何をしてもいいという風潮が広まっている現代への批判がある。つばきが、自分の間違いを胸に刻む場面を読むと、なぜクレーマーが醜く、間違っているのかもよく分かるのである。

ついに結婚を意識したつばきは、結婚と「だいこん」の経営は両立できないと考え、どちらを選ぶべきか悩む。この葛藤は、法的には男女平等になったとはいえ、結婚、出産という人生の転機になると男はしなくていい選択を迫られる現代の女性も共感できるのではないだろうか。

本書のクライマックスは、札差からの借金と高い利息に苦しむ旗本、御家人を救うため、幕府が借金を棒引きにする棄捐令を出したことによる混乱である。豪奢な暮らしをしていた札差を嫉んでいた庶民は、幕府が札差を成敗したと絶賛するが、社会の裏も表も知り尽くす武蔵は、江戸の経済は札差の贅沢によって支えられていたので、札差が消費を抑えると不況になると見抜く。棄捐令が巻き起こした混乱に、つばきたちが立ち向かう終盤は、お上も間違いを犯すことがあるのだから、お上のいうことは正しいと思考停止するのではなく、自分の力で情報を集め、是非を判断して欲しいという著者の願いになっているのである。

さて、著者は「小説宝石」の二〇一六年三月号から、シリーズの第三部となる「花だいこん」を連載中である。現代に似た混迷の時代を、つばきたちがどのように生きていくのかを、楽しみにして欲しい。

初出
「小説宝石」二〇〇五年八月号～二〇一三年九月号
二〇一四年七月　光文社刊

光文社文庫

長編時代小説

つ ば き

著 者　山 本 一 力（やま もと いち りき）

2017年9月20日　初版1刷発行
2023年3月15日　2刷発行

発行者　三 宅 貴 久
印 刷　新 藤 慶 昌 堂
製 本　ナショナル製本

発行所　株式会社 光 文 社
〒112-8011　東京都文京区音羽1-16-6
電話 (03)5395-8149　編 集 部
8116　書籍販売部
8125　業 務 部

落丁本・乱丁本は業務部にご連絡くだされば、お取替えいたします。
ISBN978-4-334-77534-6　Printed in Japan

組版　萩原印刷

暗殺　坂岡真
殿中　坂岡真
継承　坂岡真
鬼役外伝　坂岡真
番士鬼役伝　坂岡真
師匠　坂岡真
入婿　坂岡真
ひなげし雨竜剣　坂岡真
秘剣横雲　坂岡真
刺客潮まねき　坂岡真
奥義花影　坂岡真
泣く女　坂岡真
与楽の飯　澤田瞳子
花籠の櫛　澤田ふじ子
短夜の髪　澤田ふじ子
城をとる話　司馬遼太郎
侍はこわい　司馬遼太郎

ぬり壁のむすめ　霜島けい
憑きものさがし　霜島けい
おもいで影法師　霜島けい
あやかし行灯　霜島けい
おとろし屏風　霜島けい
鬼灯ほろほろ　霜島けい
月の鉢　霜島けい
鬼の壺　霜島けい
のっぺら　霜島けい
ひょうたん　霜島けい
とんちんかん　霜島けい
伝七捕物帳 新装版　陣出達朗
父子十手捕物日記　鈴木英治
春風そよぐ　鈴木英治
一輪の花　鈴木英治
蒼い月　鈴木英治
鳥かご　鈴木英治

それぞれの陽だまり　中島久枝
はじまりの空　中島久枝
かなたの雲　中島久枝
あしたの星　中島久枝
あたらしい朝　中島久枝
菊花ひらく　中島久枝
晦日の月　中島　要
夫婦からくり　中島　要
刀　圭　中島　要
ひやかし　中島　要
神奈川宿雷屋　中島　要
戦国はるかなれど（上・下）　中村彰彦
忠義の果て　中村朋臣
野望の果て　中村朋臣
御城の事件〈東日本篇〉　二階堂黎人編
御城の事件〈西日本篇〉　二階堂黎人編
薩摩スチューデント、西へ　林　望

裏切老中　早見　俊
隠密道中　早見　俊
陰謀奉行　早見　俊
唐渡り花　早見　俊
心の一方　早見　俊
偽の仇討　早見　俊
踊る小判　早見　俊
お蔭騒動　早見　俊
鵺退治の宴　早見　俊
老中成敗　早見　俊
夕まぐれ江戸小景　平岩弓枝監修
口入屋賢之丞、江戸を奔る　平谷美樹
正雪の埋蔵金　藤井邦夫
出入物吟味人　藤井邦夫
阿修羅の微笑　藤井邦夫
将軍家の血筋　藤井邦夫
陽炎の符牒　藤井邦夫